21世纪高等学校规划教材 | 信息管理与信息系统

# 企业信息化

肖南峰 主编

清华大学出版社

北京

## 内 容 简 介

　　本书首先介绍企业信息化的基础知识,然后对企业信息化涉及的各个方面的作用、地位及现状进行了阐述,最后设计和开发了各个相应的子系统,并在书中给出了具体的算法,以便读者进行二次开发。本书内容翔实、理论与实践相结合、深入浅出、可读性强,是一本学术性和实用性都很强的著作和教材。

　　本书可以作为高等院校工程管理、电子商务、工商管理、物流管理及计算机应用等专业教材,还可作为国内各个行业从事企业信息化研究、开发、实施和应用的工程技术人员、软件开发人员、高等院校师生的参考书。

**图书在版编目(CIP)数据**

企业信息化/肖南峰主编. —北京:清华大学出版社,2011.2
(21 世纪高等学校规划教材·信息管理与信息系统)
ISBN 978-7-302-24027-3

Ⅰ. ①企…　Ⅱ. ①肖…　Ⅲ. ①信息技术－应用－企业管理－高等学校－教材
Ⅳ. ①F270.7

中国版本图书馆 CIP 数据核字(2010)第 214410 号

责任编辑:索　梅　王冰飞
责任校对:李建庄
责任印制:李红英

出版发行:清华大学出版社　　　　　　　　地　　址:北京清华大学学研大厦 A 座
　　　　　http://www.tup.com.cn　　　　　邮　　编:100084
　　　　社　总　机:010-62770175　　　　邮　　购:010-62786544
　　　　投稿与读者服务:010-62795954,jsjjc@tup.tsinghua.edu.cn
　　　　质　量　反　馈:010-62772015,zhiliang@tup.tsinghua.edu.cn
印　装　者:清华大学印刷厂
经　　销:全国新华书店
开　　本:185×260　印　张:14　字　数:350 千字
版　　次:2011 年 2 月第 1 版　　印　　次:2011 年 2 月第 1 次印刷
印　　数:1～3000
定　　价:25.00 元

产品编号:037778-01

# 出版说明

　　随着我国改革开放的进一步深化,高等教育也得到了快速发展,各地高校紧密结合地方经济建设发展需要,科学运用市场调节机制,加大了使用信息科学等现代科学技术提升、改造传统学科专业的投入力度,通过教育改革合理调整和配置了教育资源,优化了传统学科专业,积极为地方经济建设输送人才,为我国经济社会的快速、健康和可持续发展以及高等教育自身的改革发展做出了巨大贡献。但是,高等教育质量还需要进一步提高以适应经济社会发展的需要,不少高校的专业设置和结构不尽合理,教师队伍整体素质亟待提高,人才培养模式、教学内容和方法需要进一步转变,学生的实践能力和创新精神亟待加强。

　　教育部一直十分重视高等教育质量工作。2007 年 1 月,教育部下发了《关于实施高等学校本科教学质量与教学改革工程的意见》,计划实施“高等学校本科教学质量与教学改革工程(简称‘质量工程’)”,通过专业结构调整、课程教材建设、实践教学改革、教学团队建设等多项内容,进一步深化高等学校教学改革,提高人才培养的能力和水平,更好地满足经济社会发展对高素质人才的需要。在贯彻和落实教育部“质量工程”的过程中,各地高校发挥师资力量强、办学经验丰富、教学资源充裕等优势,对其特色专业及特色课程(群)加以规划、整理和总结,更新教学内容、改革课程体系,建设了一大批内容新、体系新、方法新、手段新的特色课程。在此基础上,经教育部相关教学指导委员会专家的指导和建议,清华大学出版社在多个领域精选各高校的特色课程,分别规划出版系列教材,以配合“质量工程”的实施,满足各高校教学质量和教学改革的需要。

　　为了深入贯彻落实教育部《关于加强高等学校本科教学工作,提高教学质量的若干意见》精神,紧密配合教育部已经启动的“高等学校教学质量与教学改革工程精品课程建设工作”,在有关专家、教授的倡议和有关部门的大力支持下,我们组织并成立了“清华大学出版社教材编审委员会”(以下简称“编委会”),旨在配合教育部制定精品课程教材的出版规划,讨论并实施精品课程教材的编写与出版工作。“编委会”成员皆来自全国各类高等学校教学与科研第一线的骨干教师,其中许多教师为各校相关院、系主管教学的院长或系主任。

　　按照教育部的要求,“编委会”一致认为,精品课程的建设工作从开始就要坚持高标准、严要求,处于一个比较高的起点上;精品课程教材应该能够反映各高校教学改革与课程建设的需要,要有特色风格、有创新性(新体系、新内容、新手段、新思路,教材的内容体系有较高的科学创新、技术创新和理念创新的含量)、先进性(对原有的学科体系有实质性的改革和发展,顺应并符合 21 世纪教学发展的规律,代表并引领课程发展的趋势和方向)、示范性(教材所体现的课程体系具有较广泛的辐射性和示范性)和一定的前瞻性。教材由个人申报或各校推荐(通过所在高校的“编委会”成员推荐),经“编委会”认真评审,最后由清华大学出版社审定出版。

目前,针对计算机类和电子信息类相关专业成立了两个"编委会",即"清华大学出版社计算机教材编审委员会"和"清华大学出版社电子信息教材编审委员会"。推出的特色精品教材包括:

(1) 21 世纪高等学校规划教材·计算机应用——高等学校各类专业,特别是非计算机专业的计算机应用类教材。

(2) 21 世纪高等学校规划教材·计算机科学与技术——高等学校计算机相关专业的教材。

(3) 21 世纪高等学校规划教材·电子信息——高等学校电子信息相关专业的教材。

(4) 21 世纪高等学校规划教材·软件工程——高等学校软件工程相关专业的教材。

(5) 21 世纪高等学校规划教材·信息管理与信息系统。

(6) 21 世纪高等学校规划教材·财经管理与计算机应用。

(7) 21 世纪高等学校规划教材·电子商务。

清华大学出版社经过二十多年的努力,在教材尤其是计算机和电子信息类专业教材出版方面树立了权威品牌,为我国的高等教育事业做出了重要贡献。清华版教材形成了技术准确、内容严谨的独特风格,这种风格将延续并反映在特色精品教材的建设中。

清华大学出版社教材编审委员会

**联系人: 魏江江**

**E-mail: weijj@tup. tsinghua. edu. cn**

# 前 言

当今,经济全球化和信息网络化已经成为世界经济和社会发展的趋势,它们正有力地推动着整个社会的发展和进步。随着整个社会信息化的大发展,以及信息技术不断地深入到整个社会的各个方面,各类信息资源正在对每一个国家的政治、经济、军事、文化、教育等方面产生深刻的影响。特别要指出的是,现今国内外各类企业围绕着信息的获取、使用和控制的斗争愈演愈烈,信息已经成为各类企业的重要战略资源,它们直接关系到企业的生存、发展和安全。事实上,一个企业的信息化水平也已经成为衡量一个企业现代化和综合实力的重要标志。

在经济全球化和信息网络化的社会中,各行各业竞争异常激烈,企业不仅需要依靠降低产品成本和提高服务水平以确保在竞争激烈的环境下站稳脚跟,更需要不断地获取新的信息和知识,提升响应速度和创新能力以获取成功,并且企业也只有通过企业信息化实现内部跨部门协调一致地工作,才能够解决好企业和供应商、客户、合作伙伴之间的关系。此外,企业建立现代企业制度,实现从金字塔形的管理模式转变到扁平化的管理,更要加强企业内部与外部的信息资源整合,加深企业员工之间、部门之间的信息交流、共享及利用。

为了配合国内外企业信息化的研究和开发,促进和推动我国企业信息化的实施和应用,提高我国企业信息化的研究、开发、实施和应用水平,作者在参考了国内外的大量文献和资料后,本着理论与实践相结合和深入浅出的原则编写了本书。作者在本书中详尽地分析、设计、开发了与企业信息化相关的生产管理、人事管理、采购管理、销售管理、库存管理、质量管理、设备管理、财务管理、商业智能、电子商务、信息安全、客户服务、知识管理、供应链管理等各个相关的子系统。目的是为广大科研工作者、工程技术人员和高等院校师生从事企业信息化研究、开发、实施和应用提供参考和范例。

在本书编写过程中,蒋艳荣(第 1 章),凌若天、吕文斌、朱懿、韩春广、陈传宗、周元元(第 2 章至第 6 章),文翰(第 7 章),葛淳棉、王元龙、陈再启、朱子迁(第 8 章),邱泰生、吴宝阳、詹勖昌、罗广生、陈步隆(第 9 章),程兴国(第 10 章)等同学收集和整理了大量的资料和参与了相关章节及程序的编写,全书由肖南峰统稿和校对,并且广东工业大学韩坚华教授以及华南理工大学"智能计算机"科研团队赵跃龙教授、陈琼副教授、梅登华副教授、张芩讲师等也提出了许多宝贵的意见,没有他们的辛勤劳动,本书是不可能完成的,在此谨向他们表示由衷的感谢。

此外,本书所述的有关研究内容得到了国家自然科学基金项目(编号 60375031、60776816)、广东省自然科学基金重点项目(编号 36552、8251064101000005)、教育部留学回国人员科研启动基金项目(编号 2002-247)、广东省科技厅科技攻关项目(编号

2007B06040107)等的资助,在此编者深表感谢。

　　由于编者水平有限,本书难免存在不足之处,在此热忱地欢迎广大读者提出批评和建议。

编　者

2010 年 12 月

# 目　录

# 企业信息化概述

当前,信息化带动工业化已经成为必然趋势。大多数企业和企业家都已经认识到了企业信息化对企业的生存和发展意味着什么。然而,由于各类企业所处的发展阶段和业务规模不同,所以每个企业在信息化方面的期望和需求也不尽相同。因此,本章对企业信息化所涉及的生产管理、人事管理、采购管理、销售管理、库存管理、质量管理、设备管理、财务管理、商业智能、电子商务、信息安全、客户服务、知识管理、供应链管理等各个方面作一个全面的介绍,使读者明白企业为何要进行信息化建设,企业信息化的内容和过程是怎样的,信息化能给企业带来什么样的效益。

## 1.1 企业信息化简介

### 1.1.1 企业信息化的定义和分类

目前,国内外学术界有以下两种较为流行的企业信息化定义。

(1) 企业信息化是企业利用现代信息技术,通过信息资源的深入开发和广泛利用,不断地提高企业的生产、经营、管理、决策的效率和水平,进而提高企业经济效益和企业竞争力的过程。

(2) 企业信息化是指企业以其流程(优化)重组为基础,在一定的深度和广度上利用计算机技术、网络技术及数据库技术,控制和集成化管理企业生产经营活动中的所有信息,实现企业内部和外部信息有效共享和利用,以提高企业经济效益和市场竞争能力。

企业信息化可以按照企业所处的行业、运营模式、信息化集成度等来进行分类。按企业所处的行业分,有制造业信息化、商业信息化、金融业信息化、服务业信息化;按照企业的运营模式分,有离散型企业信息化、流程型企业信息化;按企业的信息化集成度分,有单元技术、技术部门集成、企业内部集成、企业联盟集成。

### 1.1.2 企业信息化的目的和意义

从企业信息化的定义可以看出,企业信息化的目的是实现一个以计算机网络通信技术为基础,包含先进的和科学的管理理念、管理思想、管理方法,以产业方程式为内涵,资源需求为外延,嵌入企业业务流程,以业务流驱动物流、资金流、信息流,集成企业全域管理的一个高度集成和安全的管理信息集成系统(以下简称为企业信息化系统)。企业信息化系统采用计算机和网络通信技术的最新成就,实施以客户为中心的经营战略,综合考虑供应商、制造商、分销网络和客户等诸多方面的综合影响,实现企业资源的合理配置和利用。目前,国内外企业广泛采用的企业资源计划(Enterprise Resource Planning,ERP)可以认为是企业信息化系统的重要组成部分。此外,企业信息化系统还包括商业智能、电子商务、信息安全、客户服务、知识管理、供应链管理等许多方面。

企业信息化的意义主要有以下几个方面。

(1)企业信息化可以增强企业的可持续发展,增强企业的综合实力,适应国际化竞争。在全球知识经济和信息化高速发展的今天,企业信息化是决定企业成败的关键因素,也是企业实现跨地区、跨行业、跨所有制,特别是跨国经营的重要前提;企业信息化有利于增强企业的核心竞争力,适应市场化竞争的要求。

(2)企业信息化有助于改善企业管理,提高竞争力和经济效益。在知识经济迅速崛起、全球信息化迅速发展的今天,企业对信息的采集、共享和利用不仅成为决定企业竞争力的关键因素,也成为决定企业生产力水平和经济效益增长的关键因素。

(3)企业信息化可以加速资金流在企业内部和企业间的流动速率,实现资金的快速和重复有效的利用;加速信息流在企业内部和企业间的流动速率,实现信息的有效整合和利用;加速知识在企业中的传播和推广,实现现有知识的及时更新和应用。

(4)企业信息化可以实现全部生产经营活动的运营自动化、管理网络化、决策智能化;有利于理顺和提高企业的管理,实现管理的井井有条;可以降低企业员工的劳动强度。

(5)企业信息化可以增加企业间的技术流通,总体提升整个行业的技术水平;可以提高产品设计效率,缩短设计周期,保证设计质量。

(6)企业信息化可以降低企业的库存,节约占用资金,节约生产材料,降低生产成本;还可以缩短企业的服务时间和提高企业的客户满意度,并可及时地获取客户的需求,实现按订单生产。

## 1.2 企业信息化发展

从企业信息化发展历程来看,企业信息化可以分为 3 个阶段:第一个阶段是利用计算机实现对产品生产制造过程的自动控制;第二个阶段是利用计算机系统实现企业内部管理的系统化;第三个阶段是利用互联网开展电子商务。企业信息化要求企业在利用信息技术改造传统产业和经营管理信息化这两个方面加速推进和发展。企业信息化是互联网发展的必然阶段,已经有越来越多的国内外企业通过企业信息化增强了企业的竞争力。下面主要从 ERP、商业智能、电子商务、信息安全、供应链管理等方面来介绍企业信息化的历史、发展和趋势。

### 1.2.1 ERP

ERP 的前身是管理信息系统(Management Information System,MIS)。MIS 是一种利用计算机硬件及软件、数学模型和数据库等资源,为企业的运行、管理、分析、计划及决策等职能提供信息服务的集成化计算机应用系统[4]。20 世纪六七十年代,MIS 主要用来记录大量原始数据,其基本功能就是定期产生各种烦琐的报表,同时它还支持统计、查询、汇总等功能。这些功能简化了企业的运作流程,加快了企业运转的速度。但是,MIS系统要依赖于企业现有的数据和数据流。所以,MIS有不够灵活,不能快速地适应企业变化的缺点。

其后,资源管理系统逐步进入了(Material Requirement Planning,物料需求计划),MRP阶段。20世纪60年代发展起来的MRP是一种"既要降低库存,又要不出现物料短缺"的计划方法。初期的MRP主要解决间歇生产的生产计划和控制问题。在间歇生产的情况下,如何保证生产计划高效运行,保证及时供应物料以满足生产需要,是生产管理中的重要问题。这个问题解决不好,就会出现既库存积压、又物料短缺的情况。因为MRP主要用于制造业,其必然要从供应方买来原材料,经过加工或装配,制造出产品,而后销售给需求方。MRP的基本功能就是实现物料信息的集成,保证及时供应物料,降低库存和提高生产效率。MRP一般包含主生产计划模块、物料需求计划模块、物料清单模块、库存控制模块、采购订单模块和加工订单模块。

20世纪60年代后期,世界上主要发达国家相继进入买方市场,制造企业之间的竞争愈演愈烈,这使得企业管理者逐渐地认识到只有先进的管理方法才能给予企业足够的竞争力。于是,企业在不断地摸索和努力地寻求一种有效的管理理念和管理技术,历经30多年的筛选和考验,证明MRP Ⅱ是符合实际需求的,而且能增强企业的工作效率。MRP Ⅱ与MRP的最大不同就是它运用了管理会计的概念,实现物料信息同企业信息的集成,用货币形式说明了实施企业"物料需求计划"带来的经济效益。

MRP Ⅱ软件的模块并没有规定的划分,不同的企业,MRP Ⅱ软件的模块划分可能存在差异,模块的功能也可能不同。但是就总体来说,MRP Ⅱ软件的模块一般分为产品数据管理模块、主生产计划模块、物料需求计划模块、库存管理模块、能力需求模块、销售管理模块、采购模块、车间作业模块、财务管理模块、质量管理模块等。这些模块在形式上是独立的,但是各模块之间又有复杂的数据交换。同时,MRP Ⅱ软件也开始利用正在兴起的计算机网络技术来丰富软件的功能,它实现了企业生产由计算机来集成管理,全方位地提高了企业的管理效率。

随着全球经济一体化的发展,企业与其外部环境的联系越来越紧密,原有的MRP Ⅱ已经不能满足需求。于是,在MRP Ⅱ的基础上又发展出了ERP。ERP是一个企业全面计算机化管理系统,也是一种包含现代管理思想和管理方法的软件。计算机技术的快速发展为ERP广阔和深刻的管理思想提供了实现的可能。ERP不仅面向供应链,体现精益生产、敏捷制造、同步工程的精神,而且结合全面质量管理,以保证产品质量和客户满意度;结合准时制生产,以消除无效的劳动和浪费,降低库存和缩短交货期,消除企业生产和管理上的瓶颈,以扩大企业的经营效益。

对比以前的MRP和MRP Ⅱ,ERP有如下几个不同点:

(1) ERP普遍采取了友好易用的图形界面,它一般采用面向对象技术和第四代计算机语言来开发,是更容易理解和升级的系统。

(2) ERP加强了用户的灵活性,提供了更多的自定义选项,以适应不同用户的需求。

(3) ERP的概念和应用已经从企业内部扩展到企业与需求市场和供应市场,以及整个供需链的业务流程和组织机构的重组。

此外,有的ERP包括了金融投资管理、质量管理、运输管理、项目管理、法规与标准、过程控制等增强功能。这使得企业的物流、信息流与资金流更加有机地集成,它能更好地支持企业经营管理各方面的集成,并将给企业带来更广泛、更长远的经济效益与社会效益。应当说,ERP 是以 ERP 管理思想为核心、以 ERP 管理软件与相关人机系统为基础的现代企业管理系统。

我国开展 MRP Ⅱ/ERP 的研究与应用已有近 30 年的历史,经历了由初步应用到推广应用、由 MRP Ⅱ 到 ERP、由 ERP 技术研究到 ERP 产品开发进而发展成 ERP 产业的阶段。ERP 提高了企业的市场竞争力,获得了显著的经济效益。巨大的 ERP 市场也刺激了国产化 ERP 产品应用的不断深入和我国 ERP 软件产业的迅速发展,现在国产化 ERP 软件商已有数十家之多。我国政府制定的“十五”和“十一五”863 计划也大力地支持和推动 ERP 的研究,而且重点支持了 10 多个 ERP 软件产品的研发,对 ERP 应用和产业发展产生了重大的影响和推动作用。ERP 应用的热潮正在全面铺开,并且在制造业信息化中发挥了积极的推动作用[9]。表 1.1 总结和列出了 ERP 的各个发展阶段及其理论基础。

表 1.1　ERP 的发展阶段及其理论基础

| 阶　　段 | 企业经营方案 | 问题提出 | 管理软件发展阶段 | 理论基础 |
|---|---|---|---|---|
| 20 世纪60 年代 | 追求低成本、手工订货发货、缺货频繁 | 如何确定订货时间和订货数量 | MRP | 库存管理系统,主生产计划及物料清单,期量标准 |
| 20 世纪70 年代 | 计划、存储、人工完成车间计划作业 | 如何保障计划有效实施和及时调整 | 封闭式MRP | 能力需求计划,车间管理作业,计划、实施、反馈与作业控制循环 |
| 20 世纪80 年代 | 追求竞争优势、各个子系统缺乏联系 | 如何实现管理系统一体化 | MRPⅡ | 系统集成技术,物流管理,决策实施 |
| 20 世纪90 年代至今 | 追求创新、要求适应市场环境变化 | 如何在全社会范围利用一切可用资源 | ERP | 供需链,混合型生产环境,事前控制 |

## 1.2.2　商业智能

商业智能的概念是 1996 年由美国加特纳集团(Gartner Group)提出的。加特纳集团将商业智能定义为:商业智能描述了一系列的概念和方法,通过应用基于事实的支持系统来辅助商业决策的制定。可以认为,商业智能是对商业信息的搜集、管理和分析,目的是使企业的各级决策者获得知识或洞察力,促使他们做出对企业更有利的决策。

商业智能一般由数据仓库、联机分析处理、数据挖掘、数据备份和恢复等部分组成。商业智能的实现涉及软件、硬件、咨询服务及应用,其基本体系结构包括数据仓库、联机分析处理和数据挖掘 3 个部分。从技术层面上讲,商业智能不是什么新技术,它只是数据仓库、联机分析处理和数据挖掘等技术的综合运用。

因此,把商业智能看成是一种解决方案比较恰当。商业智能的关键是从许多来自不同企业运营系统的数据中提取出有用的数据并进行清理,以保证数据的正确性,然后经过抽取(Extraction)、转换(Transformation)和装载(Load),即 ETL 过程合并到一个企业级的数据仓库里,从而得到企业数据的一个全局视图。在此基础上,利用合适的查询和分析工具、数据挖掘工具、联机分析处理工具等对其进行分析和处理(这时信息变为辅助决策的知识),最后将知识呈现给管理者,为管理者的决策过程提供支持。目前,提供商业智能解决方案的国际著名 IT 厂商有微软、IBM、Oracle、MicroStrategy、Business Objects、Cognos、SAS 等。

## 1.2.3 电子商务

电子商务(Electronic Commerce,EC)的定义是以互联网技术为手段,以商务为核心,把原来传统的销售、购物渠道移到互联网上来,打破国家与地区有形无形的壁垒,使生产企业达到全球化、网络化、无形化、个性化。电子商务是运用信息技术,对企业的各项活动进行持续优化的过程。电子商务涵盖的范围很广,一般可分为企业对企业(Business-to-Business,B-to-B)、企业对消费者(Business-to-Consumer,B-to-C)、消费者对消费者(Consumer-to-Consumer,C-to-C)3 种。随着互联网使用人数的增加,利用互联网进行网络购物并以银行卡付款的消费方式已经流行,市场份额也在迅速的增长,电子商务网站也层出不穷。

电子商务是一个不断发展的概念。电子商务的先驱 IBM 公司于 1996 年提出了 Electronic Commerce(E-Commerce)的概念。1997 年,IBM 公司又提出了 Electronic Business(E-Business)的概念。E-Commerce 是指实现整个交易过程中各个阶段交易活动的电子化,E-Business 是指利用网络实现所有商务活动业务流程的电子化。E-Commerce 集中于电子交易,强调企业与外部的交易与合作。而 E-Business 则把涵盖范围扩大了很多,广义上是指使用各种电子工具从事商务或活动,狭义上是指利用互联网从事商务活动。电子商务对社会的影响不亚于蒸汽机的发明给整个社会带来的影响。

随着 20 世纪 90 年代互联网的爆炸式发展,出现了一种电子商务应用程序的新模式。这种模式依赖一个瘦客户端的 Web 浏览器,其主要职责是呈现超文本标记语言(Hypertext Markup Language,HTML),并把请求发回到应用服务器,而应用服务器动态地生成页面并传给客户端。这种浏览器/服务器(B/S)体系结构的应用程序成为企业和软件研发人员的首选。在 B/S 体系结构下,客户端不需要进行特别的软件部署,只要安装有浏览器,管理员就可以在服务器端通过互联网将文档和资讯发布给全世界的用户。

然而,B/S 体系结构也带来了一些显著的缺点和局限性,最大的问题与用户接口(User Interface,UI)有关。受制于 HTML 的呈现能力,桌面用户广泛接受的很多便捷元素都丢失了,如拖放功能。另外,复杂的应用系统往往需要客户端频繁地提交、请求网页,从而与服务器端协同工作以完成事务处理,这就导致 Web 应用程序的运行速度非常缓慢,使用户难以接受。

今天,对基于互联网应用程序的需求持续增长,与 20 世纪 90 年代中期的需求又有很大不同。终端用户和企业进行互联网技术投资时会提出越来越高的要求。为了给用户提供真正的价值,许多企业正在为互联网应用程序寻找更丰富的模式:既拥有传统桌面程序的丰富表现力,又拥有 Web 应用程序天生的丰富内容。因此,一种被称为富互联网应用(Rich Internet Applications,RIA)的、具有高度互动性和丰富用户体验的网络应用模式应运而生。

从电子商务网站角度来讲,一方面,消费者群体数量极为可观。截至 2009 年上半年,中国网民数量达到 2.53 亿。中国已成为世界上网民最多的国家,几乎每 5 个中国人中就有 1 位网民。全球有超过 8.75 亿的消费者曾经在网上购物,潜在的消费群体十分巨大。另一方面,电子商务交易额快速增长。2008 年,我国电子商务交易额近 2 万亿。这样的大背景下,在电子商务网站中较好地设计和实现富互联网应用程序,为用户提供更加丰富的用户体验,使得用户的购物更加便捷,同时也为企业创造更多的附加价值,具有非常重要的意义。

### 1.2.4 供应链管理

供应链(Supply Chain,SC)最早来源于彼得·德鲁克提出的"经济链",而后经由迈克尔·波特发展成为"价值链",最终日渐演变为"供应链"。供应链是由供应商、制造商、仓库、配送中心和渠道商等构成的物流网络。同一个企业可能构成这个网络的不同组成节点,但更多的情况下是由不同的企业构成这个网络中的不同节点。例如,在某个供应链中,同一个企业可能既在制造商、仓库节点,又在配送中心节点等占有位置。在分工愈细、专业要求愈高的供应链中,不同节点基本上由不同的企业组成。在供应链各成员单位间流动的原材料、在制品库存和产成品等构成了供应链上的货物流。

从上面可以看到,供应链是一个范围更广的企业机构模式。它不仅是连接供应商到用户的物料链、信息链和资金链,同时更为重要的是,它还是一条增值链。因为物料在供应链上进行了加工、包装和运输等过程而增加了其价值,从而给这条链上的相关企业带来了收益。这一点很关键,它是维系这条供应链赖以存在的基础。

供应链管理(Supply Chain Management,SCM)是一种集成的管理思想和方法,它执行供应链中从供应商到最终用户的物流计划和控制等职能。我国国家标准对供应链管理的定义是:利用计算机网络技术全面地规划供应链中的商流、物流、信息流、资金流等,并进行计划、组织、协调与控制等。全球供应链论坛(Global Supply Chain Forum,GSCF)将供应链管理定义成:为消费者带来有价值的产品、服务及信息,从源头供应商到最终消费者的集成业务流程。

供应链管理是企业的有效性管理,表现了企业在战略和战术上对企业整个作业流程的优化。从单一的企业角度来看,SCM 是指企业通过改善上、下游供应链关系,整合和优化供应链中的信息流、物流、资金流,以获得企业的竞争优势,对整个供应链系统进行计划、协调、操作、控制和优化的各种活动和过程。

一个企业采用供应链管理的最终目的有 3 个:①提升客户的最大满意度(提高交货的可靠性和灵活性);②降低企业的成本(降低库存,减少生产及分销的费用);③企业整体"流程品质"最优化(错误成本去除,异常事件消除)。

### 1.2.5 信息安全

信息安全(Information Security,IS)是指计算机的硬件、软件及其系统中的数据受到保护,不受偶然的或者恶意的原因而遭到破坏、更改和泄露,系统连续、可靠、正常地运行,信息服务不中断。因此,信息安全的目标就是保障数据的保密性、完整性、可靠性和可用性。

(1)保密性:确保信息不暴露给未授权的实体和进程,即防止非授权访问。这也是信息安全最为重要的要求。

(2)完整性:信息在存储和传输过程中保持不被修改、不被破坏和不丢失。

(3)可靠性:这是对信息完整性的信赖程度,也是对信息系统安全的信赖程度。

(4)可用性:得到授权的实体需要时可访问数据,即攻击者不能占有所有的资源而阻碍授权者工作。

在网络环境下,必须更多地考虑网络上信息的安全。假设信息存储在一个安全的主机上,信息安全问题更多体现在信息传输安全和对用户进行身份认证上,主要包括以下几个方面。

(1) 对网络上信息的监听。由于现阶段数据的传输大多数是以明文的形式在网上传输,攻击者只需在网络的传输链路上通过物理或逻辑手段,就能对数据进行非法的截取和监听,进而得到用户或服务方的敏感信息。

(2) 对用户身份的仿冒。仿冒用户身份是最常见的攻击方式,传统对策是依靠用户的登录密码来对用户身份进行认证,但用户密码在登录时也是以明文的方式在网络上进行传输,很容易就被攻击者在网络上截获,进而可以对用户身份进行仿冒,身份认证体制就被攻破。

(3) 对网络上信息的篡改。攻击者对网络上的信息进行截获,并且篡改(增加、删除或修改)其内容,使用户无法获得准确和有用的信息,或者落入攻击者的陷阱。

(4) 对发出信息予以否认。某些用户可能对自己发出信息进行恶意的否认。

(5) 对信息进行重发。攻击者截获网络上的密文信息后并不破译,而是把这些数据包再次向有关服务器发送,实现恶意的目的。

因此,典型的信息安全涉及如下内容。

(1) 信息完整性。通信过程必须保证数据完整。信息完整性是信息安全的基本要求,破坏信息完整性是影响信息安全的常用手段。

(2) 信息一致性。一致性保证数据传输过程中不会被篡改,即使发生篡改,接收方也应该能够及时地检测到篡改。

(3) 信息保密性。通信内容只有特定双方才能够了解,对于未授权的用户,信息是不可用的。

(4) 可鉴别性。通信双方能够识别对方的真实身份,而不会被假冒和欺骗。

(5) 不可抵赖性。不可抵赖性是指数据的发送方无法否认数据的传输行为。

为了满足网络信息安全的需求,当前计算机领域采用的基本方法主要有以下几种。

(1) 数据传输加密技术。对传输中的数据进行加密,用来防止通信线路上的窃听、泄露、篡改和破坏。

(2) 身份鉴别技术。对网络中的主题进行验证,防止对主体的冒充。

(3) 数据完整性技术。包括报文鉴别技术、校验技术、消息完整性编码技术。

(4) 防抵赖技术。包括对源和目的双方的证明,常用的方法是数字签名。

现在,许多机构运用公开密钥基础框架(Public Key Infrastructure,PKI)技术来构建完整的加密/签名体系,通过运用对称和非对称密码体制等密码技术,构建起一套严密的身份认证系统,从而有效地解决上述难题。在充分利用互联网实现资源共享的前提下,从真正意义上确保网络信息传递的安全。

## 1.3　企业信息化原理

### 1.3.1　企业信息化系统的组成

由于各个企业信息化系统厂商的产品风格与侧重点不尽相同,因而其企业信息化产品的模块结构也相差较大。对于初次了解企业信息化系统的人来说,有时可能会弄不清到底哪个才是真正的企业信息化系统。实际上,企业信息化系统是将企业所有资源进行整合集成管理。简单地说,是将企业的物流、资金流和信息流进行全面一体化管理的管理信息系统。它的功能模块不同于以往 MRP、MRP Ⅱ或 ERP 的模块。它不仅可用于生产性企业的管理,而且在许多其他类型的企业(如一些非生产企业、公益事业的企业)也可导入企业信息化系统进行计划和管理。本书将仍然以典型的生产企业为例子来介绍企业信息化系统的功能模块。

企业的管理一般包括 3 方面的内容:生产控制(计划、制造)、物流管理(分销、采购、库存管理)和财务管理(会计核算、财务管理)。这三大系统本身就是集成体,它们互相之间有相应的接口,能够很好地整合在一起,对企业进行管理。另外,要特别一提的是,随着企业对人力资源管理重视的加强,已经有越来越多的企业信息化系统厂商将人力资源管理纳入企业信息化系统,并且作为其中的一个重要组成部分。

## 1.3.2　企业信息化系统的功能

企业信息化系统的功能是根据其功能模块来划分的,通常企业信息化系统的功能分为基本功能和扩展功能。基本功能包括生产管理、物料管理、财务管理、销售管理、人力资源管理等,扩展功能包括商业智能、电子商务、信息安全、供应链管理、客户关系管理等。

### 1. 生产管理

生产管理让企业以最优水平生产,同时兼顾生产弹性。它包括生产规划、物料需求计划、生产控制及制造能力计划、生产成本计划和生产现场信息系统。生产管理是企业信息化系统的核心所在,它将企业的整个生产过程有机地结合在一起,使企业能够有效地降低库存、提高效率。同时各个原本分散的生产流程自动连接,也使得生产流程能够前后连贯地进行,而不会出现生产脱节,耽误生产交货时间。生产管理是一个以计划为导向的、先进的生产及管理方法。首先,企业确定它的一个总生产计划,再经过层层细分后,下达到各部门去执行。即生产部门以此生产,采购部门按此采购等。

### 2. 物料管理

物料管理协助企业有效地管理物料,以降低存货成本。它包括采购管理、库存管理、仓储管理、发票验证、库存控制和采购信息系统等。采购管理主要确定合理的定货量、优秀的供应商,保持最佳的安全储备。采购信息系统的具体功能有:①供应商信息查询(查询供应商的能力、信誉等);②催货(对外购或委托加工的物料进行跟催);③采购与委外加工统计(统计、建立档案、计算成本);④价格分析(对原料价格分析,调整库存成本)。

库存管理主要用来控制存储物料的数量,以保证稳定的物流、支持正常生产,但又最小限度地占用资金。它是一种相关的、动态的、真实的库存控制系统。它能够结合相关部门的需求,随时间变化动态地调整库存,精确地反映库存现状。这一功能又涉及:①为所有的物料建立库存,决定何时订货采购,同时作为采购部门采购、生产部门做生产计划的依据;②收到订购物料,经过质量检验入库,生产的产品也同样要经过检验入库;③收发料的日常业务处理工作。

### 3. 财务管理

财务管理提供企业更精确、跨国且实时的财务信息。它包括间接成本管理、产品成本会计、利润分析、应收应付账款管理、固定资产管理、一般流水账、特殊流水账、作业成本和总公司汇总账。企业中清晰分明的财务管理是极其重要的。所以,在企业信息化系统中它是不可或缺的一部分。企业信息化系统中的财务管理与一般的财务软件不同,它和企业信息化系统的其他模块有相应的接口,能够相互集成。例如,它可将由生产活动、采购活动输入的信息自动记入财务管理模块,生成总账、会计报表,取消了烦琐的输入凭证过程,几乎完全代替了以往传统的手工操作。

**4. 销售管理**

销售管理协助企业迅速地掌握市场信息,以便对顾客需求做出最快速的反应。它包括分销管理、订单管理、发货运输、发票管理和销售信息系统。销售管理是从产品的销售计划开始,对其销售产品、销售地区、销售客户等各种信息的管理和统计,并可对销售数量、金额、利润、绩效、客户服务做出全面的分析。这样在分销管理模块中大致有以下 3 方面的功能。

(1) 客户信息管理和服务。它能建立一个客户信息档案,对其进行分类管理,进而对其进行针对性的客户服务,以达到最高效率地保留老客户、争取新客户。

(2) 销售订单管理。销售订单是企业信息化系统的入口,所有的生产计划都是根据它下达并进行排产的。并且销售订单的管理贯穿了产品生产的整个流程。

(3) 销售统计与分析。销售信息系统根据销售订单的完成情况,依据各种指标做出统计,例如客户分类统计、销售代理分类统计等,再根据这些统计结果对企业的实际销售效果进行评价。

**5. 人力资源管理**

以往的企业信息化系统基本上是以生产制造及销售过程(供应链)为中心的。因此,长期以来,一直把与制造资源有关的资源作为企业的核心资源来进行管理。但是,近年来,企业内部的人力资源开始越来越受到企业的关注,被视为企业的资源之本。在这种情况下,人力资源管理作为一个独立的模块,被加入到了企业信息化系统。它和企业信息化系统中的财务、生产系统组成了一个高效的、具有高度集成性的企业资源系统。

此外,企业信息化系统还提供了几个非常重要的扩展功能。

(1) 商业智能。商业智能提供使企业迅速地分析数据的技术和方法,包括收集、管理和分析数据,将这些数据转化为有用的知识或信息,然后分发到企业的决策者处。

(2) 电子商务。电子商务让企业和顾客利用互联网共享企业信息、维护企业之间的关系,以产生交易行为。

(3) 供应链管理。供应链管理将从供应商之间到顾客之间的物流、信息流、资金流、程序流、服务和企业加以整合化、实时化、扁平化。

(4) 客户关系管理和销售自动化。客户关系管理和销售自动化用来管理与客户端有关的活动。销售自动化系统是能让销售人员跟踪记录客户详细数据的系统;客户关系管理系统则能从企业现存数据中挖掘所有关键的信息,以自动管理现有客户和潜在客户数据。

(5) 信息安全。信息安全能向企业信息化系统的合法用户对象提供准确、正确、及时和可靠的信息服务。

### 1.3.3　企业信息化系统的主流程图

　　企业信息化系统比 ERP 和 MRP Ⅰ 更为复杂,内容更为丰富,功能更加强大,应用更加广泛,实现了更多的管理功能。同时企业信息化系统比 ERP 和 MRP Ⅱ 更加灵活,它采用了图形、模拟、决策等各种方法,技术上结合网络技术,形成一个客户机/服务器模式的系统。企业信息化系统的主流程如图 1.1 所示。

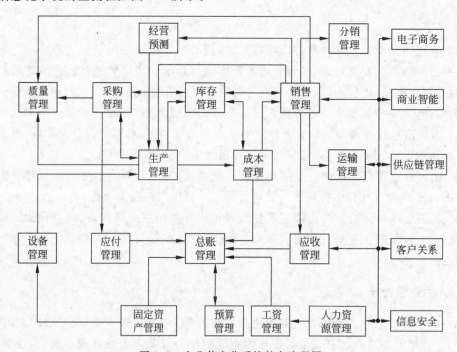

图 1.1　企业信息化系统的主流程图

　　从图 1.1 可以看出,企业信息化系统是以 ERP 功能为核心的,但又扩展了 ERP 的功能,如商业智能、电子商务、信息安全、供应链管理、客户关系管理等。而且这些功能由批处理走向实时化,从而使时间这一特性表现得更加突出。企业要快速地完成整个经营过程,时间就变成一种关键的资源。所有的功能都是以客户为中心展开的,这包括对客户的需求要做出迅速的响应,对客户的要求交货期要按时做到,对客户提出的高质量要保证达到,对客户希望的低价格要尽量给予满足。一切围绕着客户进行运作,这就形成了企业信息化系统功能与客户关系管理功能相集成。为了达到以上功能,需要将经营流程看成是一条链,通过全新的流程设计或对现有流程的改造,使流程增值。这样,企业的组织结构是弹性的,企业的流程是可以重组的。

　　按照制造类型的划分标准,生产可以分为离散式和流程式两种。早期的 MRP Ⅱ 或 ERP 往往用于离散式生产型企业,如机器制造业、飞机制造业、汽车制造业等。后来企业信息化系统也能用于流程式生产型企业。这是随着企业信息化系统的流程作业管理、配方管理及批号跟踪等功能的扩充而发展的,如化工业、食品业、医药业等。在实践中,除了离散式生产和流程式生产,还有离散式加流程式的混合型生产类型,如既有离散式的机械加工车间,又有流程式电镀车间的混合型企业。除了上面的情况,近十年来,我国的集团公司正在不断发展,特别是跨国集团公司的出现,产生了多国经营的多种经营方式。这些都是企业信息化系统所必须要面对的应用。

随着计算机技术的飞速发展,企业信息化系统在应用技术上也在不断地发展。开发的计算机服务器技术用于企业信息化系统,图形用户界面的企业信息化系统代替了字符界面的 ERP 和 MRP Ⅱ,关系数据库的结构和第四代语言及面向对象技术也用于企业信息化系统,新一代 Web 服务器技术也用于企业信息化系统。尽管如此,企业信息化系统仍处于不断发展的过程中。

## 1.4 企业信息化的实施

### 1.4.1 企业信息化的设计思想

一个企业信息化系统的最终用户为企业管理人员,他们精通企业的人事和生产管理,但是他们往往没有很高深的计算机专业知识,这就要求企业信息化系统在设计时必须充分考虑这一点;同时也要争取企业信息化系统尽可能地适应各种不同的企业环境;再者,企业信息化系统一旦实施,将应用于整个生产部门。企业信息化系统涉及企业的许多商业机密,安全性也是设计企业信息化系统所要注意的。为了达到以上目标,企业信息化系统在设计时应遵循以下设计思想和原则。

#### 1. 易用性

充分利用 Windows 操作系统带来的便利,企业信息化系统将采取简单、易用的图形界面,把复杂的逻辑用简单的界面展现出来。通过 Microsoft Visual C++、.NET 提供的快速软件界面生成工具和使用 PowerUI 公司提供的共享库 SkinPlusPlus(在非商用场合可以自由使用),实现漂亮和易用的企业信息化系统界面。

#### 2. 友好性

考虑到用户的计算机知识水平,以及要使企业信息化系统的培训周期尽可能短,在用户操作时尽可多地给出提示。在操作或系统逻辑出错时,尽可能用浅显的语言来描述当前的错误,使用户明白错误产生的地方和知道如何纠正错误。

#### 3. 健壮性

一个成熟的商业软件应该具有健壮性,即面对用户各种各样的输入和在环境各异的操作系统中运行时都不会因产生错误而导致程序崩溃。零崩溃是目标,即使程序出现错误时也能从错误中恢复自己。因为这是一个运用在商业环境中的软件,任何程序的崩溃导致数据丢失都可能造成企业经济上不可估量的损失,所以要求企业信息化系统必须能良好地运行,保证企业的利益。

#### 4. 完整性

尽可能使企业信息化系统功能更加丰富、详尽,使之能应用于企业的整个生产过程管理,使企业的生产管理条理化、自动化、信息化;尽可能地发挥企业信息化系统的最大效益,使实施企业信息化系统的企业真实感受到企业信息化系统带来的便利。

### 5. 适应性

企业信息化系统并不是为一家企业而制定的,它必须适应不同企业的业务流程,这在软件编写上是一个挑战。当然,对于可变流程的企业信息化系统设计,尽可能地采取模块化设计,使系统更换流程的时候程序员重新编程的工作量减到最低。

### 6. 安全性

必须保证企业的商业信息安全,这与企业的利益紧密相关,故可以使用 SQL Server 2000 及其更高版本带来数据安全性的管理,使用户相信企业的数据只有企业相关人员才能获取。

## 1.4.2　企业信息化的实施要素

企业信息化实施主要涉及以下几个方面。

(1) 企业信息化目标——增强企业的核心竞争力。企业信息化的关键点在于信息的集成和共享,即实现将关键的和准确的数据及时地传输到相应的决策人手中,为企业的运作和决策提供数据。同时,企业信息化的概念也是发展的,它随着管理理念、实现手段等因素的发展而发展。

(2) 企业信息化手段——计算机网络技术。企业信息化的基础是企业管理和运行模式,而不是计算机网络技术本身。计算机网络技术仅仅是企业信息化的实现手段。企业信息化也是一项集成技术。企业信息化系统的主要功能就是收集、传输、加工、存储、更新和维护企业的各类信息。

(3) 企业信息化部门——企业的各个部门和员工,包括企业的生产、经营、设计、制造、管理等职能部门。企业信息化支持高级经理层(决策层)、中间管理层(战略层)、基础业务层(战术层)。此外,企业信息化是一个有层次的系统工程,它包括了企业领导和员工理念的信息化,企业决策和管理信息化,企业经营手段信息化,设计、加工应用信息化。

(4) 企业信息化构成——企业信息化系统是一个人机合一的系统,包括人、计算机网络硬件、系统平台、数据库平台、通用软件、应用软件、终端设备(如数控机床、工业机器人等)。企业信息化的实施过程包含了人才培养、咨询服务、方案设计、设备采购、网络建设、软件选型、应用培训、二次开发等。

## 1.4.3　企业信息化的实施条件

企业信息化是面向工作流的,它实现了信息的最小冗余和最大共享。用传统方法需要几个步骤或几个部门来完成的任务,在实施企业信息化之后可能只需要一次便能完成。因此,企业要让企业信息化系统发挥作用,有必要在业务流程和组织机构方面进行重组,以使之符合企业信息化的实施要求。企业信息化强调对企业管理的事前控制能力,把设计、制造、销售、运输、仓储,以及人力资源、工作环境、决策支持等方面的作业,看做是一个动态的、可事前控制的有机整体。企业信息化系统将上述各个环节整合在一起,它的核心是管理企业现有资源,合理调配和准确地利用现有资源,为企业提供一套能够对产品质量、市场变化、客户满意度等关键问题进行实时分析、判断的决策支持系统。

企业信息化成功的标志如下。

(1) 企业信息化系统运行集成化。它的运作跨越多个部门。

(2) 业务流程合理化。各级业务部门根据完全优化后的流程重新构建。

(3) 绩效监控动态化,绩效系统能及时地反馈,以便纠正管理中存在的问题。

(4) 管理改善持续化。企业建立一个可以不断自我评价和不断改善管理的灵活机制。

## 1.4.4　企业信息化的实施方法

企业信息化实施成功有两个基本条件:一个是合适的系统软件;另一个是有效的实施方法。其中,有效的实施方法大致上可以归纳为 6 个方面的内容。

(1) 要知己知彼,选好软件。选择企业信息化系统软件必须遵循 4 个步骤:理解企业信息化原理,分析企业需求,选择软件,选择硬件平台、操作系统和数据库。前两项是为了做到"知己",后两项是为了做到"知彼"。只有知己知彼,才能选好系统软件,做到百战不殆。如果在购买企业信息化系统软件之前,对企业信息化的原理不甚了解,认为可以通过培训来弥补,那就大错特错了。

在购买企业信息化系统软件之前,还需要分析企业自身特点,了解企业当前迫切需要解决的问题,以及哪类软件能适应企业并帮助企业解决实际问题。企业选择软件,不必追究其是否为真正的企业信息化软件,选择软件功能也不能按企业的大小来区分,而要根据企业的产品特点、生产组织方式、经营管理特点的不同来选择适用的软件。

(2) 选择好的管理咨询公司。前面的详细分析说明了选择一家富有经验的管理咨询公司的重要性。企业聘请管理咨询公司,可负责完成总体规划的设计,对企业领导和全体员工进行企业信息化理念的培训,以及项目的详细实施计划等。

(3) 制定具体的量化目标。谈成功离不开目标;没有目标,成功与否就无从谈起。企业信息化项目如果没有统一的目标,或者是太抽象,即没有具体的、量化的、可考核的目标,就没有办法在系统实施完后进行对比和评判。在实施企业信息化时不能再实行粗放式管理,否则会埋下不成功的潜在危机。在双方合作合同签订前,供求双方一定要在技术协议条款中明确企业信息化的实施目标、实施内容、实现技术、实施计划、步骤以及阶段成果和验收办法。

(4) 做好业务流程重组。业务流程重组是对企业现有业务运行方式的再思考和再设计,应遵循这样的基本原则:必须以企业目标为导向调整组织结构,必须让执行者有决策的权力,必须取得高层领导的参与和支持,必须选择适当的流程进行重组,必须建立通畅的交流渠道、组织结构,必须以目标和产出为中心而不是以任务为中心。做法是由管理咨询公司在企业信息化实施前进行较长时间的企业管理状况调研,提出适合企业改进的管理模型,同时该管理模型必须考虑到企业的发展,并得到企业管理层的批准。

(5) 有针对性地实施企业信息化,解决企业管理瓶颈。一个完整的企业信息化系统是一个十分庞杂的系统,它既有管理企业内部的核心软件,还有扩充至企业关系管理(客户关系管理和供应链管理)的软件;既有管理以物流/资金流为对象的主价值链,又有管理支持性价值链(人力资源、设备资源、融资管理),以及对决策性价值链的支持。任何一个企业都不可能一朝一夕就可以实现这个庞大的系统。每个企业都有自己的特点和要解决的主要矛盾,需要根据自身的实际情况确定实施目标和步骤。

(6) 通过培训和制定制度,提高员工素质,保证系统的正常运行。企业实施信息化是一个循序渐进、不断完善的过程。只有不断提高员工的素质,才能确保系统的不断深入。可以通过给企业员工定规章制度,把员工的经济效益与工作内容结合起来,这样员工的积极性也可得到提高,熟悉业务的自觉性也可得到增强。

## 1.4.5　企业信息化的注意事项

企业信息化是一个庞大的系统工程,不是用钱买来系统软件就可以的。企业信息化更多的是一种先进的管理思想,它涉及面广、投入大、周期长、难度大,存在一定的风险,需要采取科学的方法来保证项目实施的成功,还要最高决策者和全体员工的参与。企业信息化的实施关系到企业内部管理模式的调整、业务流程的变化及大量的人员变动,没有企业领导的参与将难于付诸于实践。但同时企业信息化是企业级的信息集成,没有全体员工的参与也是不可能成功的。企业信息化是信息技术和管理技术的结合,无论是决策者、管理者,还是普通员工都要更新知识,掌握计算机技术、网络技术,并将之运用到现代企业的管理中去。企业信息化系统要实现企业数据的全局共享,作为一个管理信息系统,它处理的对象是数据。数据规范化是实现信息集成的前提,在此基础上才谈得上信息的准确、完整和及时。所以,实施企业信息化必须要花大力气准备基础数据,规范化数据,例如产品数据信息、客户信息、供应商信息等。

20 世纪末,世界已经进入经济全球化时代,传统的商业模式已经跟不上时代的发展步伐,中国企业管理的传统手工作业流程更是不再适应现代的商业模式。于是,采用先进的计算机及网络技术的企业信息化系统便应运而生,经历数十年的发展,它已经发展成今天企业信息化的面貌。

据调查,全球 80% 的 500 强企业已经购买了企业信息化系统软件,目前它们正在推行全球化供需链管理技术和敏捷化后勤系统。作为一个泱泱大国,要让我国企业顺应知识经济时代的发展潮流,我国不能没有自己的企业信息化系统。为了使我国的企业提高商业竞争力,使管理现代化、系统化,把先进的管理理念运用到企业之中,已经有很多软件开发商投身其中。他们从企业的实际出发,结合一般中国企业的管理运作和现有企业信息化系统的结构及特点,开发出了自己的企业信息化系统软件。

本书的初衷是设计一个通用的企业信息化系统软件,因此也许和具体的企业生产流程存在某些不一致的地方,但是只要经过稍微修改,本书中的企业信息化系统就能很好地适应新的环境,所以具有良好的应用前景。企业信息化系统是一个十分复杂的系统,它涉及的知识范围十分广阔,是一个多学科知识综合运用的产物。它包含了许多功能各异的模块,这些模块不是独立存在的,模块与模块之间有着紧密复杂的联系,它们是相互依存、相互影响的。同时,企业信息化系统包含了一个企业日常运作的所有内容,并存储了大量不同种类的信息。要分析和实现这样一个复杂和庞大的系统,必然存在许多设计和实现上的不足,这些都需要更进一步地深入学习和分析,掌握各方面更多的知识,投入更多的精力,使企业信息化系统软件更加完善和实用。

自 20 世纪 90 年代中期以来,企业信息化在国内炙手可热,企业信息化系统软件市场似乎盛况空前。这在企业信息化发展初期,跟媒体炒作不无关系。企业信息化系统软件市场并不成熟,国内企业盲目跟上,也并没有达到预期的效果。随着千年虫问题的解决,进入 2000 年的企业信息化系统已逐渐走向成熟,不但进一步完善了企业信息化系统的结构,还随着互联网的发展而做出了有益的外延性探索。这也是企业信息化的一种发展趋势。

可以说在中国,真正的企业信息化市场才刚刚起步。企业信息化对企业来说是必需的,国外的企业早已站在企业信息化的基础上,开始发展了 B-to-B。并且也只有具备了企业信息化的坚实基础,才能有顺畅的 B-to-B。现在,在时空缩短了的信息时代,中国企业抓住机遇,夯实自己的企业信息化,是参与未来竞争的根本所在。在中国市场的大环境下,企业信息化的前景非常看好。

## 习题 1

### 一、填空题

1. 企业信息化系统的形成与发展经历的阶段分别是_____、_____、和_____。

2. 企业信息化系统的基本功能模块包括_____模块、_____模块、_____模块、_____模块。

3. 企业信息化系统中,MPS 的含义是_____。

4. 企业信息化从本质上讲就是对企业信息资源的_____和_____过程。

5. 企业信息化系统中的成本计算采用_____法,从产品结构的最低层开始,逐层累计。

6. 企业信息化系统中的财务子系统一般分为_____和管理会计模块。

7. 企业信息化系统中,JIT 的含义是_____,CRP 的含义是_____。

8. 企业信息化实施战略包括_____、面向模块的_____和面向流程的_____。

9. 企业信息化的基本思想是_____。信息是通过载体传播的,信息还具有可加工性和_____。

10. 业务流程重组是以_____为中心,打破传统的_____组织结构向平板形发展,即所谓的_____。

### 二、简述题

1. 什么是订货点库存控制法?简述基本 MRP 的计划逻辑。

2. 闭环 MRP 计划理论与基本 MRP 计划理论有什么异同?

3. ERP 与 MRP Ⅱ 有何异同?

4. 什么是 ERP 项目实施的三级组织?请分别描述它们的作用。

### 三、论述题

1. 阐述企业信息化的一般过程。企业信息化成功的关键因素是什么?为什么?

2. 概述企业信息化系统的总体设计思路、总流程图、数据流程图和功能模块。

3. 上网查找一个企业信息化系统的成功案例,思考以下问题:①该企业为何要进行信息化建设?②该企业的信息化过程是怎样的?③信息化给企业带来了什么效益?

4. 选择自己熟悉的一个企业信息化系统,分析该系统的需求背景、主要内容、关键技术、实施方法、具体步骤、发展方向。

5. 根据自己所在单位(企业)的实际情况,分析本单位(企业)信息化建设的需求背景、主要内容、存在问题及解决方法。

# 第 2 章

# 生产管理子系统的设计与实现

本章对生产管理子系统进行详细的分析和设计,说明生产管理子系统各个模块之间的功能划分,同时给出生产管理子系统工作的关键工作流图和设计思想及实现方法,使读者可以更全面和深入地了解生产管理子系统。

## 2.1 生产管理子系统简介

生产管理子系统的主要功能是协助企业进行生产,使企业的决策者和管理人员能方便、快捷地对生产过程中出现的问题进行有效的控制和管理,使整个生产过程更加系统化、规范化、自动化,从而达到提高生产效率的目的。生产管理主要是靠计划管理来实现的,决策者通过计划来控制现在和可预见将来的整个生产过程,使生产部门不至于出现生产不足或生产过剩的情况。

计划有许多种类,如年生产计划、季度生产计划、月生产计划、主生产计划、物料需求计划、战略性计划等。其中,主生产计划是整个生产管理子系统的核心,它驱动着整个生产管理子系统的工作。主生产计划是一个企业在一段时间内总的活动,它将整个及其他活动调整至最佳状态,以满足现行的销售计划,同时能实现整个业务计划中的效益、生产率及具有竞争力的交货期等目标。它可以详细地定义企业计划中的制造部分,设定产品的产量,同时也为作业控制提供基础。主生产计划必须符合企业的实际状况,主生产计划的具体内容也可以根据客户订单和市场预测等方面来制定。主生产计划经过制定和审核后,生产管理子系统判定生产计划对于目前企业的状况是否可行。如果可行,则根据物料清单自动地生成合理的产品加工单和领料单。加工单被审核后则可以在车间实施生产计划,同时领料单被审核后,也可以从仓库中取出加工原料。加工单和领料单的审核工作应该同时进行。生产出产品后,再经过质量检查则可生成成品入库单。

## 2.2 生产管理子系统的设计目标

一个优秀的企业信息化系统应具有管理企业所有工作流程的能力。企业信息化系统要达到这个目标,就要求企业信息化系统的功能必须完备。对生产管理子系统而言,它一定要适用于整个生产部门,具有管理生产过程中各种事务的能力,使整个生产部门的管理信息化。

企业的需求是不断变化的,企业的发展、国际国内形势的改变、新技术的出现都要求企业不断改变自身来适应新的环境。企业信息化系统也必须能够跟上企业不断改进的步伐，这就要求企业信息化系统必须具有可扩展性，能提供进行二次开发的接口。本书所述的企业信息化系统没有设计和实现这么复杂的编程接口。为了尽量保证系统升级更新之时，能够最容易地改变自身的工作流程，企业信息化系统采取模块化设计，各模块能够独立地更新，以保证能够方便地进行模块更换和系统升级。

由于企业信息化系统工作时数据交互量非常庞大和频繁，所以要使用数据库管理系统（Data Base Management System，DBMS）来简化编程工作，以便集中更多的精力用于系统逻辑的实现。随着互联网/Web技术的兴起，企业信息化系统也必须利用网络技术，使企业信息化系统的使用地点不再局限于一台计算机之上，这样就能使企业信息化系统的应用遍及企业各个部门，从而最大限度地增加企业信息系统的使用价值。

归纳以上分析，得出生产管理子系统的设计目标是功能的完整性，使生产管理子系统能够适应企业的真实需求，能够提高企业的效益；其次，生产管理子系统必须具有可扩展性，能够方便日后生产管理子系统的升级；生产管理子系统必须能及时和正确地处理各种数据表单，在繁忙的应用中保持系统的健壮性；生产管理子系统将使用网络带来的便利。故总的设计目标就是规范企业生产管理，控制生产成本，达到企业效益最大化。

## 2.3 生产管理子系统的模块设计

生产管理子系统主要由以下几个模块构成。

### 1. 主生产计划

主生产计划是根据生产计划、预测和客户订单的输入来安排将来各周期中提供的产品种类和数量。它将生产计划转为产品计划，在平衡了物料和能力的需要后，精确到时间、数量的详细进度计划。主生产计划也是企业在一段时期内总活动的安排，它是一个稳定的计划，并且是从生产计划、实际订单和对历史销售的分析得来的。

### 2. 物料需求计划

在主生产计划决定生产多少最终产品之后，再根据物料清单，把整个企业要生产的产品数量转变为生产所需的零部件数量，并对照现有的库存量，可得到还需加工多少、采购多少的最终数量。这是整个部门真正的需求计划。

### 3. 能力需求计划

它是在得出初步的物料需求计划之后，将所有工作中心的总工作负荷，在与工作中心的能力平衡后产生的详细工作计划，用于确定生成的物料需求计划是否是企业生产能力上可行的需求计划。能力需求计划是一种短期的、当前实际应用的计划。

### 4. 车间控制

这是随时间变化的动态作业计划，它将作业分配到具体各个车间，再进行作业排序、作业管理、作业监控。

### 5. 制造标准

在编制计划中需要许多生产基本信息,这些基本信息是制造标准,包括零件、产品结构、工序和工作中心,它们都要用唯一的代码在计算机中识别。

(1) 零件代码:对物料资源的管理,对每种物料给予唯一的代码识别。

(2) 物料清单:定义产品结构的技术文件,用来编制各种计划。

(3) 工序:描述加工步骤,以及制造和装配产品的操作顺序。它包含加工工序,指明各道工序的加工设备,以及所需要的额定工时和工资等级等。

(4) 工作中心:由相同或相似工序的设备和劳动力组成,是从事生产进度安排、核算能力、计算成本的基本单位。

根据上面的分析,可以把生产管理子系统划分为 8 个模块,如图 2.1 所示。这 8 个模块分别为计划管理模块、物料清单管理模块、车间作业管理模块、生产物流管理模块、生产日管理模块、质量管理模块、生产人事管理模块和基础信息模块。不同的模块管理生产中的不同部分,它们有不同的功能。但是,它们又是互相依赖的。下面详细地分析和设计各个模块。

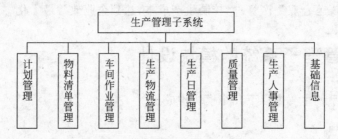

图 2.1  生产管理子系统模块划分

## 2.3.1  生产计划管理模块设计

生产管理子系统的计划管理模块由年度生产计划和主生产计划组成,如图 2.2 所示。其中,年度生产计划负责实现企业年度生产目标;主生产计划的作用是确定每一种具体产品在一个具体时间段内的生产安排。主生产计划以市场预测、客户订单为计划制定参考,安排将来企业各周期中提供的产品种类和产品数量,将生产计划转化为产品加工单。它是一个详细的进度计划,必须要平衡物料和生产能力。

图 2.2  计划管理模块划分

计划管理还包括季度生产计划、月生产计划等。由于受生产管理子系统规模所限,本章没有实现所有的计划功能,但实现了年度生产计划和主生产计划。其中,主生产计划是生产管理子系统的核心,实现了这个核心就能保证生产管理子系统的完整性。

## 2.3.2  物料清单管理模块设计

物料清单管理模块由标准工序管理和工艺路线管理两个模块组成,如图 2.3 所示。其中,标准工序管理是指生产过程中每一道细节的工序。标准工序管理模块包含了加工时需要的物料数量和加工所耗费的工时,如电镀、铣等就是一道标准工序。工艺路线管理模块的作用是指出一种产品在生产过程中需要的物料清单和生产一个产品应该经过哪些步骤(标准工序)。工艺路线由多个标准工序组成,标准工序的顺序应该与生产该产品的工序顺序相同。结合标准工序和工艺路线,可以得出每一种具体产品的加工耗时和物料清单,这就为主生产计划转化为产品加工单和定额领料单提供了可能。

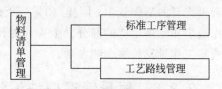

图 2.3 物料清单管理模块划分

### 2.3.3 车间作业管理模块设计

车间作业管理模块由加工单管理和返工单管理两个部分组成,如图 2.4 所示。所有加工单都是由车间作业管理模块自动生成的。生产管理员可以对生成的加工单进行修改,然后提交给审核员。审核员对这些加工单进行审核。加工单审核后,车间作业管理模块将自动地根据加工单修改生产日历,把工作量合理地加到每天的工作之中。企业必须按照生产日历中规定的进度来完成加工单。如果不完成当日要求,通过生产日管理模块,车间作业管理模块自动地把当日少生产的产品加入到未来工作日的工作内容中。如果超额完成,车间作业管理模块则会自动地把超额部分从未来的工作中减去。有些产品在质量检查阶段中认定为不合格产品,需要进入车间返工,此时需要生产管理员填写返工单。

### 2.3.4 生产物流管理模块设计

生产物流管理模块包含成品入库单、领料单、补料单和退料单 4 个部分,如图 2.5 所示。成品入库单是产品生产完成并经过质量检查后,要放入仓库前填写的表单。领料单由生产管理子系统根据物料清单在主生产计划审核完毕后自动生成,它准确地给出了某个产品加工单应该领入多少物料来进行加工。如果出现了意外情况,如领入的物料有质量缺陷或产品生产不合格而需要进行返工,这时需要填写补料单。如果生产过程中物料出现过剩的情况,则需要把多余的物料填写到退料单后返回给仓库。

图 2.4 车间作业管理模块划分

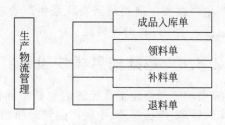

图 2.5 生产物流管理模块划分

### 2.3.5 生产日管理模块设计

生产日管理模块由生产日历、生产日报和个人计时计件 3 个部分组成,如图 2.6 所示。其中,生产日历给出了企业每天应该工作多少小时,在这段时间内应该生产什么产品,以及生产数量等相关信息。加工单审核后,生产日管理模块设计会自动地根据其内容来修改生产日历。同样,当加工单被取消后,生产日管理模块会把该加工单的工作内容从生产日历上取消。生产日报是生产部门当天生产了多少产品,耗工时多少的一个总结。生产日历根据生产日报调整以后的工作情况。如果实际产量少于计划,则把少生产的产品数量加入到以后生产日的工作量中;同样,如果当天的生产日报报告生产的产品多于计划,则在将来的工作量中扣除多生产的部分。个人计时计件是用于统计员工每天的生产状况,用于定期考核或按工作量发放奖金的参考。

### 2.3.6 质量管理模块设计

质量管理模块包含了产品缺陷类别和质量检查单,如图2.7所示。产品缺陷类别详细地描述了一个产品可能出现缺陷的不同情况。质量检查单根据检查的结果,填写好合格产品数量和不合格产品数量,对造成产品不合格的原因要仔细根据产品缺陷类别标出,日后可根据此质量检查单来评价产品的生产工艺是否需要改进和发现产品不足的地方。质量检查单中发现不合格的产品后,需要填写前面提到的返工单和根据需要选择是否填写补料单。返工单和补料单被审核后,产品即拿进车间进行修整或重新返工。

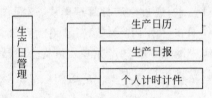

图2.6 生产日管理模块划分

图2.7 质量管理模块划分

### 2.3.7 生产人事管理模块设计

生产人事管理模块负责管理与企业生产相关人员的部分资料,如图2.8所示。它由车间班组、班组员工和生产管理员维护3个部分组成。其中,车间班组描述了企业中班组的状况。班组员工模块管理每一个班组中的成员,每个生产线上的员工都应属于某个特定的班组。生产管理员维护模块包含了生产管理员的固定电话、移动电话、传呼机、QQ号码等信息,当生产过程出现问题需要联系生产管理员的时候,可以提供快速找到的联系方法及途径,以保证生产过程的连贯性。

### 2.3.8 基础信息模块设计

完整的生产管理子系统还应包括基础信息模块。基础信息模块主要包括工作中心管理、车间管理、产品管理、中间产品管理和物料管理,如图2.9所示。企业的生产部门由各个

图2.8 生产人事管理模块划分

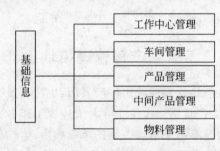

图2.9 基础信息模块划分

工作中心组成,每个工作中心负责不同的制造任务,而工作中心又是由不同的车间组成的。车间才是加工工作实际进行的地方。产品管理模块包含企业能生产什么产品及产品类型等信息。中间产品是指企业在生产过程中通过加工物料生产出来的半成品,还不是最终能够销售的产品,仍需要再进行加工才能形成最终产品,它们在生产过程中的作用相当于物料,但不需要去仓库进行提取;它们是企业产品的中间状态,或是产品的一部分,只要进行组装或再加工就能形成最终可以销售的产品。

## 2.4　生产管理子系统的工作流程图

从图 2.10 中可以看到,主生产计划的制定是整个工作的起点,主生产计划经过审核员审核后,生产管理子系统根据工艺路线和标准工序生成物料清单,结合物料清单生成临时加工单,然后通过生产日历测试加工单是否能在规定的时间内完成,即检测能力需求计划的可行性。若计划不可行,则审核失败,要求计划制定者重新制定一份更合理的计划;若计划可行,通过了能力需求测试,则生产管理子系统自动地生成产品加工单和领料单。审核员审核产品加工单和领料单后,可以去仓库提取物料和进入车间进行生产。

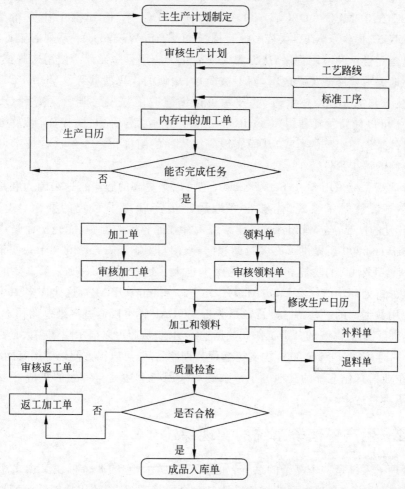

图 2.10　生产管理子系统的工作流程图

　　同时,加工单的审核也会修改生产管理子系统的生产日历,生产管理子系统会把该加工单的工作内容合理地加入到每天的工作量中。生产过程免不了会出现物料领取不够或领取过多的问题,这时需要补料单和退料单。一天的生产工作完成后,填写生产日报(这在工作流程图中没有体现)。生产管理子系统根据生产日报中填写的当日完成工作量,自动修改以后的工作计划。产品生产完毕后,需要填写质量检查单,不合格的产品需要进行返工,合格的产品则可以进入工作流中的最后一步成品入库。

# 2.5　生产管理子系统的实现

## 2.5.1　编程工具和环境

　　在众多的集成开发环境中,生产管理子系统选择 Visual C++.NET 作为开发平台,这是因为 Visual C++ 开发出来的程序能与 Windows 操作系统紧密结合,不会像 C♯、Java 等语言需要在 Windows 操作系统上再安装 Framework、JVM 等额外的运行环境,从而使软件安装过程中尽量少地出现问题。再者,Visual C++.NET 提供了多种多样的数据库访问技术——ODBC API、MFC ODBC、DAO、OLE DB、ADO 等,使开发工作变得更加灵活。Visual C++.NET 提供了 MFC 类库、ATL 模板类及 AppWizard 等一系列的工具,用于帮助用户快速地建立自己的应用程序,从而大大地简化了应用程序设计。使用这些技术,可以使开发者专心地编写程序的关键逻辑,而不被简单、烦琐的代码所羁绊。Visual C++.NET 提供了 OLE 技术和 ActiveX 技术,这些技术可以增强应用程序的能力。使用 OLE 技术和 ActiveX 技术可以使开发者利用 Visual C++.NET 提供的各种组件、控件,以及第三方开发者提供的组件来创建自己的程序,从而实现应用程序的组件化。使用这种技术可以使应用程序具有良好的可扩展性。

　　生产管理子系统采用 SQL Server 2000(也可以是更高的版本),这是因为它是一种高效和可信赖的关系数据库系统,能够很好地满足生产管理子系统的要求。并且它也是 Microsoft 开发的产品,与 Windows 操作系统不存在兼容性的问题,能轻松地集成到系统当中。SQL Server 2000 还提供了许多帮助和向导,使得 SQL Server 2000 十分便于学习和操作。SQL Server 2000 的功能相对以前的版本也大大地增强了,一项非常重要的改进就是增加了联机分析处理功能(On-Line Analytical Processing,OLAP),这让许多中小型企业用户也可以使用数据库的一些特性进行数据分析。OLAP 还可以通过多维存储技术对大型、复杂的数据集执行快速、高级的分析工作和数据挖掘功能,从而可以揭示隐藏在大量数据中的倾向及趋势。同时,SQL Server 2000 也支持远程数据库访问,可以很方便地使用其网络功能。

　　此外,企业信息化系统的其他各个子系统均采用与上述完全一致的集成开发环境和数据库,以后不再赘述。

## 2.5.2　生产管理子系统的实现综述

　　生产管理子系统是一个复杂的系统,如图 2.11 所示,它的 8 个模块又由多个子模块组成,所以要实现这样一个较大型的软件系统是一个挑战,并且要让用户能够清楚地理解设计思路、了解模块的各项功能就更是一个难题。这些模块有着各自的功能,以及各自在企业工流程中的作用。但是,这些模块又不是孤立的,它们相互依赖、相互影响。为了使用户能够清楚地了解这个复杂的生产管理子系统如何运行,开发时采取了友好的图形界面,把生产管理子系统的主要工作流程在主界面上用图标加箭头的形式表现出来,让用户对生产管理子系统的结构一目了然。

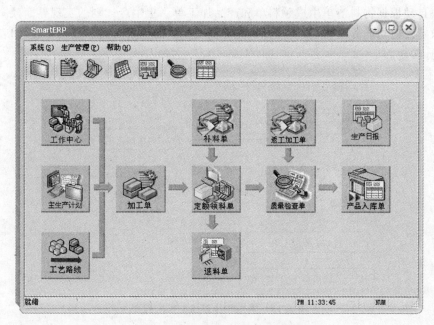

图 2.11　生产管理子系统的主界面截图

### 2.5.3　生产计划管理模块实现

从图 2.12 中可以看到,计划管理模块的用户分为审核员和一般管理人员两种。一般管理人员可以制定计划,也可以查看别的管理人员制定的计划,但他们没有权力使某个计划成为企业的正式计划。只有审核员审核后,一个计划才正式生效。审核员除了拥有一般管理人员的所有权限,还比一般管理人员多出一个审核权限。

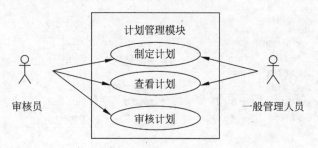

图 2.12　计划管理模块用例图

主生产计划是该模块的重点,在整个生产管理子系统中有举足轻重的意义。主生产计划的详细工作流程图和实现界面截图分别如图 2.13 和图 2.14 所示。整个工作流程图是从制定主生产计划开始的。一般管理人员或审核员制定了一个主生产计划后,交付给审核员审核。审核员负责审核该计划是否符合企业的需求和实际,若审核员认为计划没有问题,则可以审核该计划。计划管理模块同时也结合企业的能力需求计划来检查企业能否按照预定期限完成主生产计划中的任务。若计划管理模块发现企业由于生产能力所限并不能按期完成计划,则要求一般管理人员重新修改计划;若企业可以完成任务,则通过审核,然后计划管理模块自动根据物料清单生成领料单和产品加工单。主生产计划的实现界面截图是按照上面要求实现的功能界面,以及实现此功能界面所用到的主要代码和数据库表(如表 2.1 所示)的设计实现。

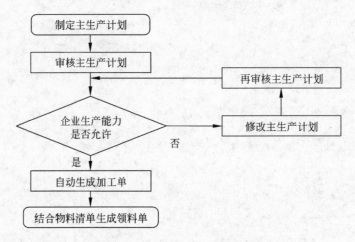

图 2.13　主生产计划的工作流程图

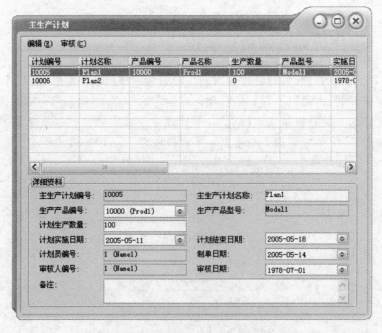

图 2.14　主生产计划的实现界面截图

**表 2.1　主生产计划数据库**

| 序号 | 字段名 | 类型 | 长度 | 允许空 | 主键 | 说明 |
|------|--------|------|------|--------|------|------|
| 1 | MainProdPlanId | Integer | 4 | | √ | 主生产计划编号 |
| 2 | MainProdPlanName | Varchar | 50 | | | 主生产计划名称 |
| 3 | ProdId | Integer | 4 | √ | | 生产产品编号 |
| 4 | ProdCnt | Integer | 4 | | | 产品名称 |
| 5 | BeginTime | Datetime | 8 | | | 计划实施日期 |
| 6 | EndTime | Datetime | 8 | | | 计划结束日期 |
| 7 | PlannerId | Integer | 4 | √ | | 计划员编号 |
| 8 | SetTime | Datetime | 8 | | | 制定计划日期 |
| 9 | CheckerId | Integer | 4 | √ | | 审核员编号 |
| 10 | CheckTime | Datetime | 8 | √ | | 审核日期 |
| 11 | Remark | Varchar | 200 | | | 备注 |

根据当天生产日报调整以后主生产安排的算法伪码如下。

```
BOOL IsPlanFeasible(int MPS_ID)              //主生产计划编号
{ int TotalHours = 0;                        //加工单总耗时
  //根据 MPS_ID 从工艺路线和标准工序中取出该产品的工序;
  while(没有到达最后一个工序)
  { TotalHours = TotalHours + 产品数量 * 工序耗时; }
    int TotalAvailalbeHours = 0;             //主生产计划实施时间段内可利用的时间
    Date BeginDate = 主生产计划开始实施日期;
    While(BeginDate <= 主生产计划实施结束日期)
    { TotalAvailalbeHours = TotalAvailalbeHours + 从生产日历上得到该日的空闲时间; }
    if(TotalHours <= TotalAvailalbeHours)return TRUE; else return FALSE;
}
```

## 2.5.4　生产日管理模块实现

### 1. 生产日报实现

从图 2.15 中可以看到,生产日报是针对产品加工单的。每日生产结束之时,管理人员都需要向生产管理子系统报告该日的生产情况,如果对于某加工单而言,该日生产多于生产日历上要求的数量,则从生产日历的最后减去超产的部分,以求早日结束生产工作;如果实际生产少于生产日历上的要求,则把少生产的数量平均加到日后的工作中,这是为了企业的生产平稳,而不至于某日生产量远远多于其他工作日,也不会把工作量积压到最后。生产日报由于涉及企业的生产安排问题,所以也需要审核。生产日报的用例图如图 2.16 所示。

根据当天生产日报调整以后日生产安排的算法伪码如下。

```
void ModifyProdCal(int MB_ID /* 加工单编号 */)
{ int TodayPlanProd = 根据生产日历和 MB_ID 取出该日的计划产量;
  if(报告产量 < TodayPlanProd)/* 实际产量少于计划产量 */
  {   int DayAdd = (TodayPlanProd - 报告产量)/* 离计划结束的天数 */;
      Date Today = 今天的日期;
      while(Today 没有到达计划结束日期)
```

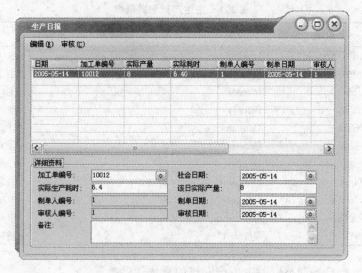

图 2.15　生产日报的实现界面截图

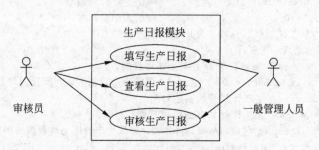

图 2.16　生产日报模块用例图

```
{   生产日历 MB_ID 加工单的计划生产量 = 原计划生产量 + DayAdd;
    Today = 与 Today 相对的第二日; } }
else if(报告产量 > TodayPlanProd)/* 实际产量多于计划 */
{   int Excess = 报告产量 - TodayPlanProd; /* 超产部分 */
    Date LastDay = MB_ID 加工单在生产日历上的最后一天;
    while(Excess > 0 and LastDay > 今天)
    {   int LastDayProdCnt = 生产日历上取出 LastDay 的产量;
        if(Excess > LastDayProdCnt)
        { Excess = Excess - LastDayProdCnt; //生产日历 LastDay 的计划产量修改为 0
          LastDay = LastDay 相对应的前一天; }
        else { 修改生产日历 LastDay 的计划产量 = 生产日历 LastDay 的计划产量
        - Excess; Excess = 0; } }
    }
}
```

## 2. 生产日历实现

生产日历用于分配生产工作。每日生产之前，可以从生产日历上得出该日有哪些加工单需要完成、在哪个工作中心进行加工、应该生产多少某种产品、在多长的生产时间内必须完成。如果在规定时间内没有完成，则该日的其他生产必然受到影响。生产日历的实现界面如图2.17所示。用例图如图2.18所示。

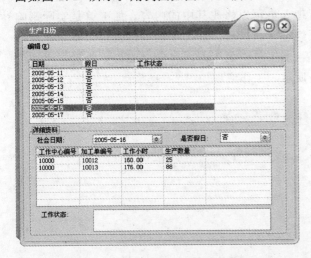

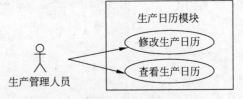

图 2.17　生产日历的实现界面截图　　　　图 2.18　生产日历模块用例图

生产日报和生产日历相关的数据库表的设计实现如表2.2和表2.3所示。

表 2.2　生产日报数据库

| 序号 | 字段名 | 类型 | 长度 | 允许空 | 主键 | 说明 |
|---|---|---|---|---|---|---|
| 1 | ReportSocialDate | Datetime | 8 | | √ | 报告日期 |
| 2 | MachiningBillId | Integer | 4 | | √ | 加工单编号 |
| 3 | FactProdCnt | Integer | 4 | | | 实际产量 |
| 4 | FactHourCnt | Decimal | 9 | √ | | 实际工作时间 |
| 5 | SetterId | Integer | 4 | √ | | 报告填写员编号 |
| 6 | SetTime | Datetime | 8 | | | 报告填写日期 |
| 7 | CheckerId | Integer | 4 | √ | | 报告审核员编号 |
| 8 | CheckTime | Datetime | 8 | √ | | 报告审核时间 |
| 9 | Remark | Varchar | 200 | √ | | 备注 |

表 2.3　生产日历数据库

| 序号 | 字段名 | 类型 | 长度 | 允许空 | 主键 | 说明 |
|---|---|---|---|---|---|---|
| 1 | SocialDate | Datetime | 8 | | | 日期 |
| 2 | IsHoliday | Integer | 4 | | | 是否假日 |
| 3 | WorkStatus | Varchar | 50 | √ | | 工作状态 |
| 4 | WorkCenterId | Integer | 4 | √ | | 工作中心编号 |
| 5 | MachiningBillId | Integer | 4 | √ | | 加工单编号 |
| 6 | HourCnt | Decimal | 9 | | | 计划工作小时 |
| 7 | ProductCnt | Integer | 4 | | | 计划产量 |
| 8 | ListId | Integer | 4 | | √ | 主键 |

## 2.5.5　车间作业模块实现

产品加工单由生产管理子系统自动生成,但是在加工单被真正实施之前,管理员还有机会修改加工单的内容。如果生产管理子系统生成加工单的生产数量或者生产时间上存在问题,从图2.19所示的界面中可以看到,管理人员可以修改其中的内容。加工单是实际影响企业生产环节的部分,所以加工单也必须经过审核阶段。加工单被审核就意味着企业对加工单中加工内容的最终确认。审核成功后,加工单上的生产内容就会成为企业日常生产的一部分。产品加工单的用例图如图2.20所示。工作流程如图2.21所示。

图 2.19　产品加工单的实现界面截图

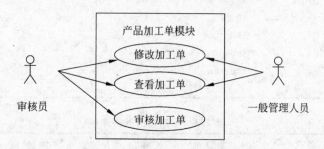

图 2.20　产品加工单模块用例图

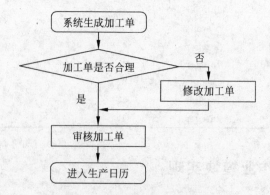

图 2.21　产品加工单模块工作流程

加工单被审核后正式实施的算法伪码如下。

```
BOOL ModifyProdCal( int MB_ID / * 加工单编号 * /)
{   int TotalProdCnt = 产品加工总量;
    int EveryDayProd = TotalProdCnt        //工作天数
    Date BeginDate = 加工单实施日期;
    Date EndDate = 加工单结束日期;
    while(BeginDate <= EndDate)
    {   if(BeginDate == EndDate)
    {   往工作日历的 BeginDate 这一天中增加 TotalProdCnt 的工作量;
    TotalProdCnt = 0; }
    else {   往工作日历的 BeginDate 这一天中增加 EveryDayProd 的工作量;
            TotalProdCnt = TotalProdCnt - EveryDayProd;
        }
    BeginDate = 与 BeginDate 相对应的第二日; }
    }
}
```

产品加工单相关的数据库表的设计如表 2.4 所示。

**表 2.4  产品加工单数据库**

| 序号 | 字段名 | 类型 | 长度 | 允许空 | 主键 | 说明 |
|------|--------|------|------|--------|------|------|
| 1 | MachiningBillId | Integer | 4 | | √ | 加工单编号 |
| 2 | MainProdPlanId | Integer | 4 | √ | | 生产计划编号 |
| 3 | ProdId | Integer | 4 | √ | | 产品编号 |
| 4 | SemiProdId | Integer | 4 | √ | | 中间产品编号 |
| 5 | WorkCenterId | Integer | 4 | √ | | 工作中心编号 |
| 6 | ProdCnt | Integer | 4 | | | 产品产量 |
| 7 | HourCnt | Decimal | 9 | | | 工作总耗时 |
| 8 | ProcedureId | Integer | 4 | √ | | 工序编号 |
| 9 | BeginTime | Datetime | 8 | | | 起始日期 |
| 10 | EndTime | Datetime | 8 | | | 结束日期 |
| 11 | PlannerId | Integer | 4 | √ | | 计划员编号 |
| 12 | SetTime | Datetime | 8 | | | 生成日期 |
| 13 | CheckerId | Integer | 4 | √ | | 审核员编号 |
| 14 | CheckTime | Datetime | 8 | √ | | 审核日期 |
| 15 | Remark | Varchar | 200 | √ | | 备注 |

## 2.5.6  生产物流模块实现

成品入库单是企业生产流程的一个重要部分,经过质量检查部分后,被认为是合乎生产要求的产品则进入该模块中。同样该模块由于其重要性,在生产管理人员制定了成品入库单后,需要让更高级别的管理人员进行表单的审核。成品入库单与生产加工单相对应,当然只有生产最终产品的加工单才有对应的成品入库单。成品入库单的实现界面截图如图 2.22 所示。用例图如图 2.23 所示。

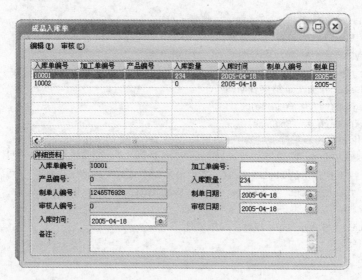

图 2.22　成品入库单的实现界面截图

图 2.23　成品入库单模块用例图

领料单、补料单和退料单 3 个模块的实现基本相同,其中领料单是生产管理子系统根据生产计划和物料清单自动生成的。生产管理人员没有新建领料单的权限,但可以在领料单被审核前修改领料单的具体内容。考虑到一个预定义好的生产管理子系统能满足实际生产变化的需求,所以在领料单被确认前有一个修改的机会是十分必要的。当领料单被审核后,就可以凭此领料单去仓库中取相关物料。生产过程并不总是一成不变的,也许在生产过程中会出现许多意外情况:加工中出现错误造成物料浪费而导致物料不足;或由于良好的生产使物料的用量比原来减少而出现过剩;或由于加工单临时被取消,所有物料需要退回仓库。补料单和退料单就是为了应付这些情况的发生而设计的。

## 2.5.7　物料清单管理模块实现

在物料清单管理模块中,标准工序是单个的工序,它能在工作中心的某个车间里独立地完成,不再需要其他车间的协作。同时标准工序也记录了此道工序需要哪些物料、一般情况下需要加工多长时间完成。工艺路线与产品相对应,它告诉管理者一个产品应该如何生产,应该先把哪些物料交给哪个工作中心加工,再把加工好的中间产品拿到哪个车间里继续加工或组合,最终形成企业能销售的最终产品。根据产品的编号找出相应的工艺路线,再分析工艺路线里面的标准工序,就可以得到一个产品的物料清单和加工耗时。图 2.24 为物料清单模块用例图。

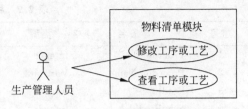

图 2.24 物料清单模块用例图

工艺路线不属于表单,它不需要审核。管理人员对其修改后,新制定的工艺路线不会对已经审核的主生产计划产生任何影响,新的工艺路线只影响以后制定的主生产计划。图 2.25 为领料单的实现界面截图。标准工序和工艺路线数据库表的设计如表 2.5 至表 2.8 所示。

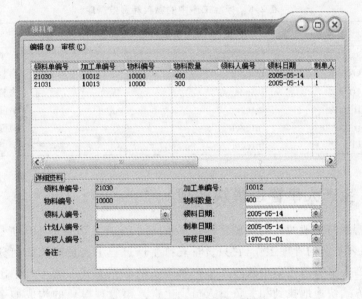

图 2.25 领料单的实现界面截图

表 2.5 工艺路线数据库

| 序号 | 字段名 | 类型 | 长度 | 允许空 | 主键 | 说明 |
|---|---|---|---|---|---|---|
| 1 | CraftProcessId | Integer | 4 | | √ | 工艺路线编号 |
| 2 | CraftProcessName | Varchar | 50 | | | 工艺路线名称 |
| 3 | Remark | Varchar | 200 | √ | | 备注 |
| 4 | ProdId | Integer | 4 | √ | | 工艺路线对应产品编号 |
| 5 | Active | Integer | 4 | | | 是否存活 |

表 2.6 工艺路线中的标准工艺数据库

| 序号 | 字段名 | 类型 | 长度 | 允许空 | 主键 | 说明 |
|---|---|---|---|---|---|---|
| 1 | CraftProcessId | Integer | 4 | | | 日期 |
| 2 | ProcedureId | Integer | 4 | √ | | 是否假日 |
| 3 | ListId | Integer | 4 | | √ | 工作状态 |

表 2.7    标准工序数据库

| 序号 | 字段名 | 类型 | 长度 | 允许空 | 主键 | 说明 |
|---|---|---|---|---|---|---|
| 1 | ProcedureId | Integer | 4 | | √ | 标准工序编号 |
| 2 | ProcedureName | Varchar | 50 | | | 标准工序名称 |
| 3 | ProdId | Integer | 4 | √ | | 产品编号 |
| 4 | SemiProdId | Integer | 4 | √ | | 中间产品编号 |
| 5 | WorkCenterId | Integer | 4 | √ | | 工作中心编号 |
| 6 | HourCnt | Decimal | 9 | | | 工作耗时 |
| 7 | Remark | Varchar | 200 | √ | | 备注 |
| 8 | Active | Integer | 4 | | | 是否存活 |

表 2.8    标准工序中的物料耗费数据库

| 序号 | 字段名 | 类型 | 长度 | 允许空 | 主键 | 说明 |
|---|---|---|---|---|---|---|
| 1 | ProcedureId | Integer | 4 | | | 标准工序编号 |
| 2 | MaterialId | Integer | 4 | √ | | 物料编号 |
| 3 | MaterialCost | Integer | 4 | √ | | 物料使用数量 |
| 4 | SemiProdId | Integer | 4 | √ | | 中间产品编号 |
| 5 | SemiProdCost | Integer | 4 | √ | | 中间产品使用数量 |
| 6 | ListId | Integer | 4 | | √ | 主键 |

## 2.5.8    生产人事管理模块实现

生产人事管理与一般的人力资源管理是不相同的,生产人事管理不负责员工的工薪、请假、调动等一系列复杂的管理工作,它只负责安排生产过程中人员应该如何分配、应该工作多长时间。生产人事管理还集中管理了生产管理员的联系方式。若生产中出现任何问题,就可通过联系方式快速地找到相关负责人员。生产人事管理模块的构成如 2.3.7 节所述。由于模块实现简单,只有简单的数据库读写操作,故不做详细说明。

## 2.5.9    质量控制模块实现

质量控制模块负责管理企业生产线上的产品质量状况。产品缺陷类别是负责管理产品一共能有多少种能够引起产品质量问题的地方,每一种缺陷都在生产管理子系统中分配给它一个唯一的 ID。质量检查单中记录一次生产中有多少是合格产品,有多少是有缺陷的产品,缺陷的原因又是什么。考虑到质量检查的数量可能会比较多,为了不影响企业的生产流程,质量检查单是不用审核的。表单里面记录了制单人的编号,所以若表单出现任何问题,还能够找到负责的相关人员。图 2.26 给出了质量检查单的实现界面。

## 2.5.10    基础信息模块实现

基础信息模块主要包括一些生产中需要用到的基础资料。生产管理员需要在这里录入企业的基本资料,如工作中心的情况、工作中心中的车间又是怎样配置的、企业生产一些什么产品、它们都有哪些型号等一些生产管理子系统运行时必需的信息。生产管理子系统有

图 2.26　质量检查单的实现界面截图

了这些信息后才能正常地运行。这些信息平时一般不需要做出改动,因为这些都是企业基本的信息。在没有更换生产线的情况下,工作中心和车间管理都不需要改变。这里还包含物料管理,但这个物料管理没有真正的管理权力,真正的管理工作在物料采购模块和仓库管理模块中完成,这不属于生产管理子系统的内容。生产管理子系统提供的物料管理只有查看物料的权限。图 2.27 给出了基础信息模块的用例图。

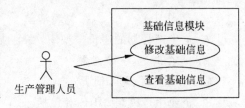

图 2.27　基础信息模块用例图

# 习题 2

**一、名词解释**

订货点法、粗能力计划、加工单、物料清单、低阶码、静态数据、动态数据、中间数据、提前期、工艺路线、库存控制

**二、填空题**

1. 制造业采用的生产类型,从总体上可以分为两大类:_____和_____。

2. 产品结构是_____。物料清单是_____。从广义上讲,物料清单 BOM ＝_____＋_____。

3. 基本 MRP 的依据是_____、_____、_____;MRP 的特点包括_____、_____、_____;MRP 的运行方式包括_____、_____两种。

4. 系统基础数据的_____、_____、_____将直接影响 ERP 实施的成败。

5. 为企业信息化系统运行所需的所有物料进行_____是企业信息化最基础的工作;

_____是 CRP 计算过程的首要环节。工作中心数据主要分为_____、_____、_____。

### 三、选择题

1. 物料编码是某一特定的信息管理系统对物料的唯一标识符,其编码原则有_____。

　A. 简单性　　　　　B. 分类展开性　　　　C. 完整性　　　　　D. 伸缩性

2. 企业信息化系统中,主生产排程子系统输出结果是采购计划和_____。

3. 某一特定的信息管理系统对物料的唯一标识符是_____。

　A. 物料编码　　　B. 物料清单　　　　C. MRP　　　　　D. 库存信息

4. 物料编码的功能是_____。

　A. 增强物料资料的正确性,防止物料舞弊事件发生

　B. 提高物料管理的工作效率

　C. 有利于计算机的管理,便于物料的领用

　D. 降低物料库存,降低成本

5. 为了达到一定的管理目的,而人为设置的零件是指_____。

　A. 虚拟件　　　　B. 产成品　　　　　C. 物料编码　　　　D. 检测设备

6. _____是企业信息化系统的基本加工单位,是进行物料需求计划与能力需求计划运算的基本资料。

　A. 工作中心　　　B. 物料清单　　　　C. 物料需求计划　　D. 主生产计划

7. 主生产计划的逻辑模型中,整个计划跨度共可被分成_____。

　A. 一个时区、一个时界　　　　　　B. 两个时区、两个时界

　C. 三个时区、两个时界　　　　　　D. 两个时区、三个时界

8. 企业生产模块 MRP-Ⅱ包括_____。

　A. 主生产计划　　　　　　　　　　B. 物料需求计划

　C. 能力需求计划　　　　　　　　　D. 车间控制和制造标准

9. 物料需求计划中的物料指的是构成产品的所有物品,包括_____以及制造零件所用的毛坯与原材料等。

　A. 部件　　　　　B. 零件　　　　　　C. 外购件　　　　　D. 标准件

### 四、简答题

1. 什么是物料编码?简述物料编码的原则。什么是 BOM?物料清单的作用有哪些?制造 BOM 和设计 BOM 有何不同?

2. 什么是工作中心?工艺路线的作用是什么?车间管理工作的主要内容是什么?

3. 简述粗能力计划制定的注意事项和粗能力计划的制定过程。

4. 简述 CRP 的作用。CRP 的计算共分为哪几个步骤?

5. 解释生产管理子系统的主要内容和主要目的。

6. 说明生产管理子系统的具体任务和设计目标。

7. 给出生产管理子系统的模块划分和工作流图。

8. 阐述生产管理子系统的详细设计和实现过程。

# 第3章
## 人力资源管理子系统的设计与实现

本章对人力资源管理子系统进行详细的分析和设计,说明人力资源管理子系统各个模块之间的功能划分,特别介绍了人力资源管理子系统的工作流图、设计方法和实现过程,以使读者可以更全面地了解人力资源管理子系统。

## 3.1 人力资源管理简介

### 3.1.1 人力资源管理的定义

人力资源是在一定的时间和空间条件下,现实和潜在的劳动力数量和质量的总和。人力资源管理(Human Resource Management,HRM)是指根据企业发展战略的要求,企业有计划地对人力资源进行合理的配置,通过对企业员工的招聘、培训、使用、考核、激励、调整等一系列过程,调动员工的积极性,发挥员工的潜能,为企业创造价值,确保企业战略目标的实现。

人力资源管理的另一个定义:企业的一系列人力资源政策及相应的管理活动。这些活动主要包括企业人力资源战略的制定、员工的招募与选拔、培训与开发、绩效管理、薪酬管理,以及员工流动管理、员工关系管理、员工健康管理等。即企业运用现代管理方法,对人力资源的获取(选人)、开发(育人)、保持(留人)和利用(用人)等方面所进行的计划、组织、指挥、控制和协调等一系列活动,最终达到实现企业发展目标的一种管理行为。

一般说来,人力资源管理主要包括这几个部分:①人力资源的战略规划和决策;②人力资源的成本核算与管理;③人力资源的招聘、选拔和录用;④人力资源的教育和培训;⑤人力资源的工作绩效考评;⑥人力资源的薪酬和福利管理与激励;⑦人力资源的保障;⑧人力资源的职业发展设计;⑨人力资源管理的政策和法规;⑩人力资源管理的诊断。

### 3.1.2 人力资源管理的目标

人力资源管理的目标是指企业人力资源管理需要完成的职责和需要达到的绩效。人力资源管理既要考虑企业目标的实现,又要考虑员工个人的发展,强调在实现企业目标的同时实现个人的全面发展。人力资源管理的目标包括全体管理人员在人力资源管理方面的目标与任务,以及专门的人力资源部门的目标与任务。

无论是专门的人力资源管理部门,还是其他非人力资源管理部门,进行人力资源管理的目标主要包括 3 个方面:①保证企业对人力资源的需求得到最大限度的满足;②最大限度地开发与管理企业内外的人力资源,促进企业的持续发展;③维护与激励企业内部人力资源,使其潜能得到最大限度的发挥,使其人力资本得到应有的提升和扩充。

### 3.1.3　人力资源管理的任务

现代人力资源管理与传统方式下的人事管理有着根本的不同。现代人力管理主要包括以下一些具体内容和工作任务。

#### 1．人力资源规划的辅助决策

对于企业人员、组织结构编制的多种方案,进行模拟比较和运行分析,并辅之以图形的直观评估,辅助管理者做出最终决策。制定职务模型,包括职位要求、升迁路径和培训计划。根据担任该职位员工的资格和条件,提出针对该员工的一系列培训建议,一旦机构改组或职位变动,提出一系列的职位变动或升迁建议。

#### 2．工时管理与工资核算

根据本国或当地的日历,安排企业的运作时间,以及劳动力的作息时间表;运用远端考勤系统,可以将员工的实际出勤状况记录到薪资系统中,并把与员工薪资、奖金有关的时间数据导入薪资系统和成本核算中。

#### 3．招聘管理与雇佣管理

人才是企业最重要的资源。只有优秀的人才才能保证企业持久的竞争力。招聘一般从这几个方面提供支持:①进行招聘过程的管理,优化招聘过程,减少业务工作量;②对招聘的成本进行科学管理,从而降低招聘成本;③为选择聘用人员的岗位提供辅助信息,并有效地帮助企业进行人才资源的挖掘。

#### 4．入厂教育、培训和发展

任何应聘进入一个企业的新员工,都必须接受入厂教育,这是帮助新员工了解和适应企业、接受企业文化的有效手段。入厂教育的主要内容包括企业的历史发展状况和未来发展规划、职业道德和组织纪律、劳动安全和卫生、社会保障和质量管理知识与要求、岗位职责、员工权益及工资福利状况等。

#### 5．绩效考核与档案保管

工作绩效考核就是对照工作岗位职责说明书和工作任务,对员工的业务能力、工作表现及工作态度等进行评价,并给予量化处理的过程。这种评价可以是自我总结式,也可以是他评式,或者是综合评价。考核结果是员工晋升、接受奖惩、发放工资、接受培训等的有效依据,它有利于调动员工的积极性和创造性,检查和改进人力资源管理工作。

### 6. 帮助员工的职业生涯发展

人力资源管理部门和管理人员有责任鼓励和关心员工的个人发展,帮助其制订个人发展计划,并及时进行监督和考察。这样做有利于促进企业的发展,使员工有归属感,进而激发其工作积极性和创造性,提高企业效益。

### 7. 福利保障设计

员工福利是社会和企业保障的一部分,是工资报酬的补充或延续。它主要包括企业规定的退休金或养老保险、医疗保险、失业保险、工伤保险、节假日,并且为了保障员工的工作安全卫生,提供必要的安全培训教育和良好的工作条件等。

## 3.2　人力资源管理子系统的设计目标

企业信息化系统要成功地应用于企业,那么企业信息化就必须深入到企业各部门中,这就要求企业信息化系统必须具有完整性。但是,人力资源管理子系统与其他(生产管理、销售管理、采购管理、财务管理)子系统是不一样的。它看似与企业信息化系统的其他子系统没有什么联系,实际上它在整个企业信息化系统中的作用是不可忽视的。

归纳以上的分析,人力资源管理子系统的设计目标是:功能具有完整性,使人力资源管理子系统能够适应企业的真实需求,能提高企业的效益;人力资源管理子系统必须具有可扩展性,方便日后升级;人力资源管理子系统必须能及时、正确地处理各种数据表单,在繁忙的应用中保持系统的健壮性;人力资源管理子系统要使用计算机网络带来的便利。总的设计目标就是规范企业人力资源管理,配合管理层进行人力资源评估,为企业的人才储备和人才竞争贡献力量。

## 3.3　人力资源管理子系统的模块设计

人力资源管理子系统的主要功能就是协助企业进行人事、考勤、工资、员工培训等管理,使企业的决策者和管理人员能方便、快捷地对整个企业的人力资源状况进行有效的控制和管理,使整个人力资源管理过程更加系统化、规范化、自动化、人性化,从而达到企业以人为本的方针。在企业信息化系统中,人力资源管理子系统起着至关重要的作用。典型的人力资源管理内容有招聘选拔、培训开发、福利管理、安全健康、人事调动、薪酬管理。人力资源管理评估是对人力资源管理总体活动的成本——效益进行测量,并与企业过去的绩效、类似企业的绩效、企业目标进行比较。

人事管理模块主要用于员工个人资料的录入、查询和修改。员工教育情况、工作经历、健康状况、奖惩情况的档案,以及人事变动的记录和管理使企业的管理层可以方便地掌握企业人员的动向,及时调整人员的分配。

考勤制度是每个企业所必需的,“没有规矩不成方圆”。考勤管理模块使得对员工出勤情况的记录和统计工作变得更加简单,而且员工的考勤结果与员工的薪水挂钩。工资管理模块,顾名思义,是用于每个月员工实发工资的计算,计算的项目包括基本工资、奖金、福利、津贴等。

员工培训管理模块使企业的培训工作系统化、规范化、自动化,提高了企业培训管理的效率。在竞争越来越激烈的今天,知识更新的速度也在急剧加快,所以对员工进行培训也越来越受到各个企业管理层的重视。

### 3.3.1　模块总体设计

图 3.1 所示是人力资源管理子系统的总体数据流程图。人力资源管理子系统可以划分为 4 个模块,图 3.2 所示这 4 个模块分别为人事管理模块、考勤管理模块、工资管理模块、培训管理模块。

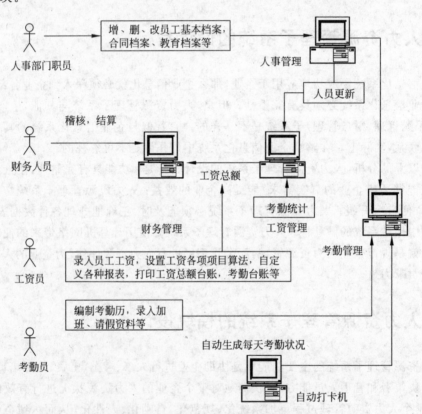

图 3.1　人事管理子系统总体数据流程图

### 3.3.2　人事管理模块设计

人事管理模块由新员工档案输入、员工档案查询修改、人事变动记录、奖惩情况记录、教育情况记录、工作经历记录组成,如图 3.3 所示。新员工档案输入是当企业进来一名新员工时对其基本资料进行添加,人事管理模块会自动地分配员工号,并且设置初始的用户密码。员工档案查询修改是输入员工号,人事管理模块会自动地查询出该员工的基本资料,并可以在其上对用户密码和其他基本资料进行修改。人事变动记录主要是对岗位、职务变动,以及退休、离职等人事变动情况进行记录。奖惩情况记录是对员工在工作中表现的记录,包括何种奖励或惩罚。教育情况记录是对员工入职前的教育情况和已经工作期间的培训情况的记录。工作经历记录是对员工入职前在其他企业工作情况(即任何种职务、从事何种性质的工作)的记录。

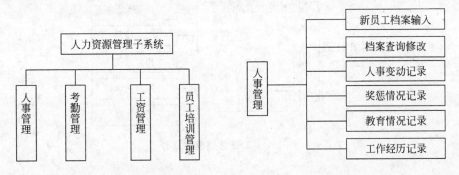

图 3.2 人力资源管理子系统模块划分          图 3.3 人事管理模块划分

### 3.3.3 考勤管理模块设计

人力资源管理子系统中的考勤管理模块包括上下班时间设置、工作情况记录、考勤统计3 部分,其中工作情况记录由手工补录出勤、加班记录、请假记录、出差记录组成,如图 3.4所示。企业的上下班时间是相对固定的,可保存在客户端的设置文件中。由于设计的限制,考勤管理模块中的工作情况记录都是手工添加的(有条件的话,可以用自动打卡机来实现,对于特殊情况可以采用手工补录)。考勤统计是把一个月内员工考勤情况进行统计,将统计结果发送到工资管理模块,用来作为员工奖金或扣发的依据。

图 3.4 考勤管理模块划分

### 3.3.4 工资管理模块设计

人力资源管理子系统中的工资管理模块包括工资设置查询和工资统计两部分,其中工资设置查询由基本工资设置、福利设置、津贴设置、奖金设置、扣发设置组成,工资统计由计算公式调整和统计计算组成,如图 3.5 所示。基本工资设置主要是对工资计算项进行设置。在工资管理模块中实发工资由基本工资、福利、津贴、奖金、扣发等组成。工资查询可以查看各工资计算项的具体数目,以及按照计算公式最终计算出的实发工资数目。工资统计是工资管理员按照一定的计算公式统计出每个员工当月的实发工资。计算公式可以进行调整,调整后将按照新的公式来计算工资。

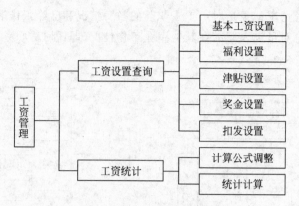

图 3.5  工资管理模块划分

### 3.3.5  培训管理模块设计

人力资源管理子系统中的培训管理模块包括培训需求管理、培训计划管理、基本信息管理、培训效果评价、培训计划实施、培训资源管理、系统管理和其他这 8 个部分，其中基本信息管理由课程信息管理、学员信息管理和成绩信息管理组成，系统管理由用户管理和权限管理组成，如图 3.6 所示。

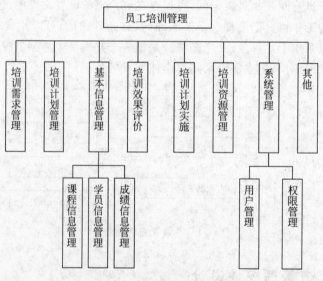

图 3.6  培训管理模块划分

该模块主要完成以下功能：员工各种信息的输入，包括员工基本信息、职称、岗位、已经培训过的课程和成绩、培训计划等；员工各种信息的查询、修改；培训课程信息的输入，包括课时、课程种类等；培训课程信息的查询、修改；企业所有员工培训需求管理；企业培训计划制定、修改；培训课程评价；培训管理系统的使用帮助；教师信息的管理、教师评价；培训资源管理；培训教材管理；员工外出培训管理；系统用户管理、权限管理。

# 3.4 数据库设计

## 3.4.1 利用 UML 建立数据库结构

目前,最常用的数据库构建方式有关系型数据库系统和面向对象数据库系统,以及用关联和面向对象混合数据库系统存储连续的数据和对象。当利用统一建模语言(Unified Modeling Language,UML)来建立数据库结构时,其设计模型有两类:第一类是设计逻辑数据库大纲(Schema);第二类是设计实体数据库纲要。逻辑数据库大纲可使用 UML 的类图(Class Diagram)来设计数据结构的数据库大纲。设计实体数据库纲要则可以利用 UML 的组件图(Component Diagram)来设计数据结构的实体数据库纲要。

## 3.4.2 数据字典

基本数据如表 3.1 至表 3.17 所示。

表 3.1 员工个人信息(Table Name:PERSON)〔字段结构〕

| 项次 | 字段名称 | 类型 | NULL | 字段说明 |
|---|---|---|---|---|
| 1 | ID | Char(10) | No | 员工号 |
| 2 | PASSWORD | Char(10) | No | 密码 |
| 3 | NAME | Char(10) | No | 姓名 |
| 4 | AUTHORITY | Char(10) | No | 权限 |
| 5 | SEX | Char(4) | No | 性别 |
| 6 | BIRTHDAY | Datetime | No | 生日 |
| 7 | NATIVEPLACE | Char(40) | Yes | 籍贯 |
| 8 | DEPARTMENT | Char(20) | No | 所在部门 |
| 9 | JOB | Char(20) | No | 工种 |
| 10 | BUSINESS | Char(40) | No | 职位 |
| 11 | EDU_LEVEL | Char(10) | No | 教育水平 |
| 12 | KIND | Char(4) | No | 员工分类 |
| 13 | ACTIVE | Smallint(2) | No | 是否存在 |
| 14 | LEAGUE | Char(4) | No | 政治面貌 |
| 15 | MARRIAGE | Char(4) | No | 婚姻状况 |
| 16 | COMPACT_TYPE | Char(4) | No | 合同类型 |
| 17 | COMPACTID | Char(10) | No | 合同编号 |
| 18 | JOB_TIME | Datetime | No | 工作时间 |
| 19 | ENTER_TIME | Datetime | No | 入职时间 |
| 20 | WORKLENGTH | Char(4) | No | 工龄 |
| 21 | HOMEPLACE | Char(40) | No | 家庭住址 |
| 22 | HOMEPHONE | Char(11) | No | 家里电话 |
| 23 | MOBILEPHONE | Char(11) | No | 手机号 |
| 24 | POSTCODE | Char(6) | No | 邮编 |
| 25 | EMAIL | Char(20) | No | 电子邮箱 |
| 26 | SPECIALITY | Char(4) | No | 专业技能 |
| 27 | ACCOUNT | Char(18) | No | 银行账号 |

**表 3.2 部门信息(Table Name：DEPARTMENT)〔字段结构〕**

| 项次 | 字段名称 | 类型 | NULL | 字段说明 |
|---|---|---|---|---|
| 1 | ID | Char(10) | No | 部门编号 |
| 2 | NAME | Char(20) | No | 部门名称 |
| 3 | MANAGER | Char(10) | No | 部门经理 |
| 4 | INFO | Varchar(200) | Yes | 简介 |

**表 3.3 工种信息(Table Name：JOB)〔字段结构〕**

| 项次 | 字段名称 | 类型 | NULL | 字段说明 |
|---|---|---|---|---|
| 1 | ID | Char(10) | No | 工种号 |
| 2 | NAME | Char(20) | No | 工种名称 |
| 3 | WORKTIME | Char(10) | No | 工作时段 |
| 4 | DESCRIPTION | Varchar(200) | Yes | 描述 |

**表 3.4 职务信息(Table Name：BUSINESS)〔字段结构〕**

| 项次 | 字段名称 | 类型 | NULL | 字段说明 |
|---|---|---|---|---|
| 1 | ID | Char(10) | No | 职务号 |
| 2 | NAME | Char(20) | No | 职务名称 |
| 3 | DESCRIPTION | Varchar(200) | Yes | 描述 |

**表 3.5 计数器(Table Name：COUNT)〔字段结构〕**

| 项次 | 字段名称 | 类型 | NULL | 字段说明 |
|---|---|---|---|---|
| 1 | ID | Char(10) | No | 计数器编号 |
| 2 | COUNT_VALUE | Int(04) | No | 计数值 |
| 3 | DESCRIPTION | Varchar(200) | No | 描述 |

**表 3.6 出勤记录(Table Name：ATTENDANCE)〔字段结构〕**

| 项次 | 字段名称 | 类型 | NULL | 字段说明 |
|---|---|---|---|---|
| 1 | ID | Char(10) | No | 记录编号 |
| 2 | PERSON | Char(10) | No | 员工号 |
| 3 | IN_OUT | Char(04) | No | 出入情况(I—上班，O—下班) |
| 4 | IO_TIME | Datetime | No | 出入时间 |

**表 3.7 加班记录(Table Name：OVERTIME)〔字段结构〕**

| 项次 | 字段名称 | 类型 | NULL | 字段说明 |
|---|---|---|---|---|
| 1 | ID | Int(04) | No | 记录编号 |
| 2 | PERSON | Char(10) | No | 员工号 |
| 3 | WORK_HOURS | Int(04) | No | 加班时间 |
| 4 | WORK_DATE | Datetime | No | 加班日期 |

**表 3.8 请假记录(Table Name:LEAVE)〔字段结构〕**

| 项次 | 字段名称 | 类型 | NULL | 字段说明 |
|---|---|---|---|---|
| 1 | ID | Int(04) | No | 记录编号 |
| 2 | PERSON | Char(10) | No | 员工号 |
| 3 | START_TIME | Datetime | No | 请假开始时间 |
| 4 | END_TIME | Datetime | No | 请假结束时间 |
| 5 | REASON | Varchar(200) | No | 请假缘由 |

**表 3.9 出差记录(Table Name:ERRAND)〔字段结构〕**

| 项次 | 字段名称 | 类型 | NULL | 字段说明 |
|---|---|---|---|---|
| 1 | ID | Int(04) | No | 记录编号 |
| 2 | PERSON | Char(10) | No | 员工号 |
| 3 | START_TIME | Datetime | No | 出差开始时间 |
| 4 | END_TIME | Datetime | No | 出差结束时间 |
| 5 | DESCRIPTION | Varchar(200) | Yes | 具体描述 |

**表 3.10 月度考勤统计(Table Name:ATTENDANCE_STAT)〔字段结构〕**

| 项次 | 字段名称 | 类型 | NULL | 字段说明 |
|---|---|---|---|---|
| 1 | ID | Char(10) | No | 记录编号 |
| 2 | YEARMONTH | Char(10) | No | 年月 |
| 3 | PERSON | Char(10) | No | 员工号 |
| 4 | WORK_HOUR | Int(4) | No | 累计工作时间 |
| 5 | OVER_HOUR | Int(4) | No | 累计加班时间 |
| 6 | LEAVE_HDAY | Int(4) | No | 累计请假时间(半天) |
| 7 | ERRAND_HDY | Int(4) | No | 累计出差时间(半天) |
| 8 | LATE_TIMES | Int(4) | No | 迟到次数 |
| 9 | EARLY_TIMES | Int(4) | No | 早退次数 |
| 10 | ABSENT_TIMES | Int(4) | No | 旷工次数 |

**表 3.11 月度工资统计(Table Name:SALARY)〔字段结构〕**

| 项次 | 字段名称 | 类型 | NULL | 字段说明 |
|---|---|---|---|---|
| 1 | ID | Int(4) | No | 记录编号 |
| 2 | YEARMONTH | Char(10) | No | 年月 |
| 3 | PERSON | Char(10) | No | 员工号 |
| 4 | BASIC | Decimal(9) | No | 基本工资 |
| 5 | BONUS | Decimal(9) | No | 奖金 |
| 6 | ADD_DETAIL | Char(10) | No | 其他应发明细表 |
| 7 | ADD_TOTAL | Decimal(9) | No | 其他应发总额 |
| 8 | SUB_DETAIL | Char(10) | No | 扣发明细表 |
| 9 | SUB_TOTAL | Decimal(9) | No | 扣发总额 |
| 10 | TOTAL | Decimal(9) | No | 实发总额 |

### 表 3.12 福利津贴扣发（Table Name：SALARY_OTHER）〔字段结构〕

| 项次 | 字段名称 | 类型 | NULL | 字段说明 |
|---|---|---|---|---|
| 1 | ID | Int(4) | No | 记录编号 |
| 2 | YEARMONTH | Char(10) | No | 年月 |
| 3 | PERSON | Char(10) | No | 员工号 |
| 4 | TYPE | Char(10) | No | 类型 |
| 5 | NAME | Char(10) | No | 名称 |
| 6 | MONEY | Decimal(9) | No | 金额 |
| 7 | DESCRIPTION | Varchar(200) | Yes | 具体描述 |

### 表 3.13 工资设置（Table Name：SALARY_SET）〔字段结构〕

| 项次 | 字段名称 | 类型 | NULL | 字段说明 |
|---|---|---|---|---|
| 1 | PERSON | Char(10) | No | 员工号 |
| 2 | SALARY | Decimal(9) | No | 工资 |

### 表 3.14 人事变更记录（Table Name：PERSONCHANGE）〔字段结构〕

| 项次 | 字段名称 | 类型 | NULL | 字段说明 |
|---|---|---|---|---|
| 1 | ID | Int(4) | No | 记录编号 |
| 2 | DATE | Datetime | No | 日期 |
| 3 | PERSON | Char(10) | No | 员工号 |
| 4 | TYPE | Char(4) | No | 变更类型 |
| 5 | DESCRIPTION | Varchar(200) | Yes | 具体描述 |

### 表 3.15 教育情况记录（Table Name：PERSONEDU）〔字段结构〕

| 项次 | 字段名称 | 类型 | NULL | 字段说明 |
|---|---|---|---|---|
| 1 | ID | Int(4) | No | 记录编号 |
| 2 | PERSON | Char(10) | No | 员工号 |
| 3 | GRADUATESCHOOL | Char(40) | No | 毕业学校 |
| 4 | EDUSPECIALITY | Char(40) | No | 专业 |
| 5 | ENTRANCEDATE | Datetime | No | 入学日期 |
| 6 | GRADUATEDATE | Datetime | No | 毕业日期 |
| 7 | EDUREMARK | Char(200) | Yes | 具体描述 |

### 表 3.16 奖惩记录（Table Name：PERSONRP）〔字段结构〕

| 项次 | 字段名称 | 类型 | NULL | 字段说明 |
|---|---|---|---|---|
| 1 | ID | Int(4) | No | 记录编号 |
| 2 | DATE | Datetime | No | 日期 |
| 3 | PERSON | Char(10) | No | 员工号 |
| 4 | TYPE | Char(4) | No | 奖惩类型 |
| 5 | MONEY | Decimal(9) | No | 奖惩金额 |
| 6 | DESCRIPTION | Varchar(200) | Yes | 具体描述 |

表 3.17　工作经历记录(Table Name：PERSONEXP)〔字段结构〕

| 项次 | 字段名称 | 类型 | NULL | 字段说明 |
|---|---|---|---|---|
| 1 | ID | Int(4) | No | 记录编号 |
| 2 | PERSON | Char(10) | No | 员工号 |
| 3 | COMPANY | Char(20) | No | 从事工作 |
| 4 | JOB | Char(20) | No | 工作单位 |
| 5 | START_TIME | Datetime | No | 起始时间 |
| 6 | END_TIME | Datetime | No | 终止时间 |
| 7 | EXPREMARK | Varchar(200) | Yes | 备注 |

# 3.5　人力资源管理子系统的实现

人力资源管理子系统是一个复杂的系统,要实现这样一个较大型系统是一个挑战。让用户能够清楚地理解设计思路,了解模块的各个功能就更是一个难题。这些模块有着各自的功能、各自在企业工流程中的作用。但是,这些模块又不是孤立的,它们相互依赖、相互影响。为了使用户能够清楚地了解这个复杂的系统是怎样运行的,软件采取了友好的图形界面,把主要工作流程在主界面上以图标加箭头的形式表现出来,让用户对人力资源管理子系统的结构一目了然。

## 3.5.1　人事管理模块实现

### 1. 人事管理模块的功能及用例图

人事管理模块主要有以下几项功能要求:①新员工资料输入;②自动分配员工号,并且设置初始用户密码;③人事变动详细记录,包括岗位和部门调整;④员工信息查询和修改,包括员工个人信息和密码等;⑤员工奖惩情况记录;⑥员工教育情况、工作经历记录。

图 3.7 是人事管理模块的用例图。人事档案管理员以管理员的身份登录人事管理子系统,只负责员工入职与离职管理、人事调动、员工基本资料的修改、员工奖惩情况、教育情况、工作经历、人力资源状况分析,以及自定义公布各种人力资源状况报表和图表等。离职及人事调动的作业会立即影响到工资管理模块的输入和输出。

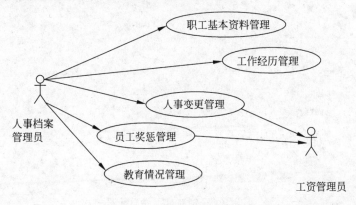

图 3.7　人事管理模块用例图

## 2. 人事管理模块数据流程图

人事管理模块数据流程图如图 3.8 所示。

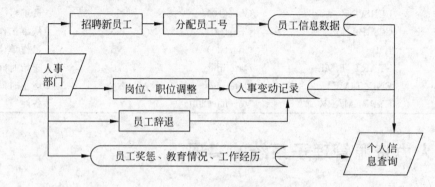

图 3.8　人事管理模块数据流程图

## 3. 人事管理模块实现

人事管理模块分为添加新员工、查询修改员工信息、人事变动、奖惩记录、教育情况、工作经历 6 个模块。各模块的功能及用例图在上面已经给出，下面详细介绍各模块的实现过程。

1）添加新员工模块

从图 3.9 中可以看出，该模块主要实现了员工基本档案的输入。企业通过招聘或者其他方式新进了一批员工，这时人事管理人员要给每位新员工一个员工号和密码（这里可以是

图 3.9　添加新员工界面截图

系统自动分发，也可以是按照一定的部门人为给出），之后添加员工的资料，完成员工基本档案，这些信息将会保存到后台数据库中。

　　2）查询修改员工信息模块

　　单纯从图3.10中可以看出，该模块和添加新员工模块是差不多的，不过它们的功能和实现过程是不一样的。添加新员工模块是把员工的基本信息存档；而查询修改员工信息模块则是通过员工号从后台数据库中查找出该员工的基本档案，并将其显示在界面上。可以说它们是完全相反的两个过程。另外，该模块还可以对员工的密码和基本档案进行修改，修改后的信息会重新写回到后台数据库。

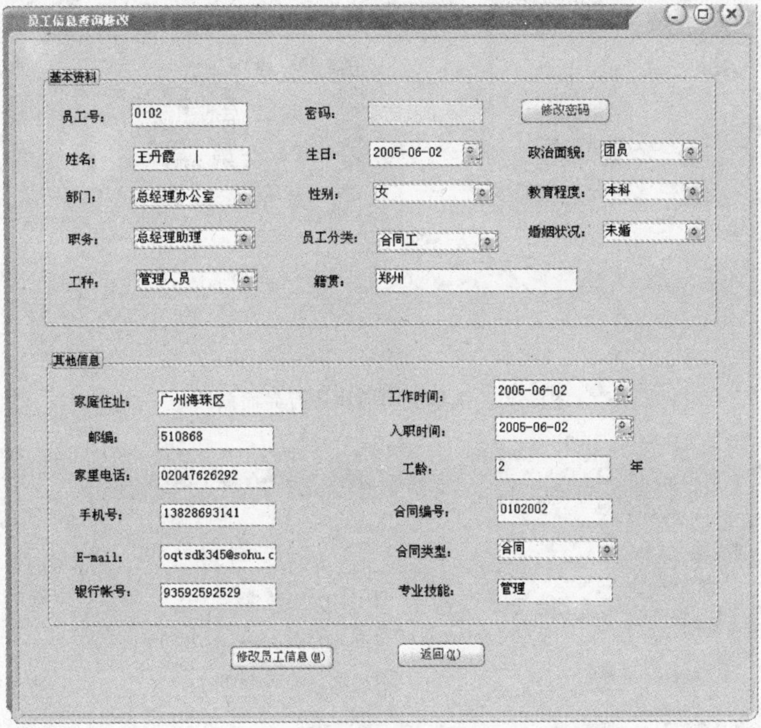

图 3.10　查询修改员工信息模块运行界面截图

　　3）人事变动模块

　　从图3.11中可以看到，人事变动模块主要实现了记录企业人事变动情况的功能。人事变动分为职位变动、工作地点变动、离职、退休等几种情况。在实现过程中应用一个ListCtrl控件，将企业的人事变动情况添加到变动记录列表中。这个列表是按记录号排列的，查看起来比较方便。

　　4）奖惩记录模块

　　奖惩记录界面截图如图3.12所示。

　　5）教育情况模块

　　教育情况界面截图如图3.13所示。

　　6）工作经历模块

　　工作经历界面截图如图3.14所示。

图 3.11　人事变动模块运行界面截图

图 3.12　奖惩记录界面截图

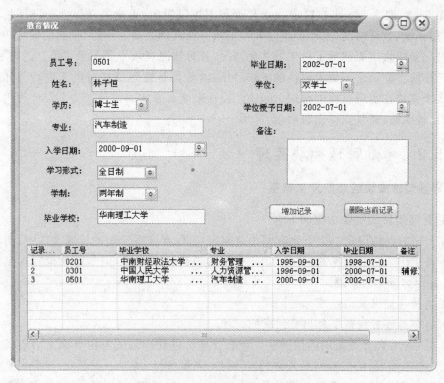

图 3.13　教育情况界面截图

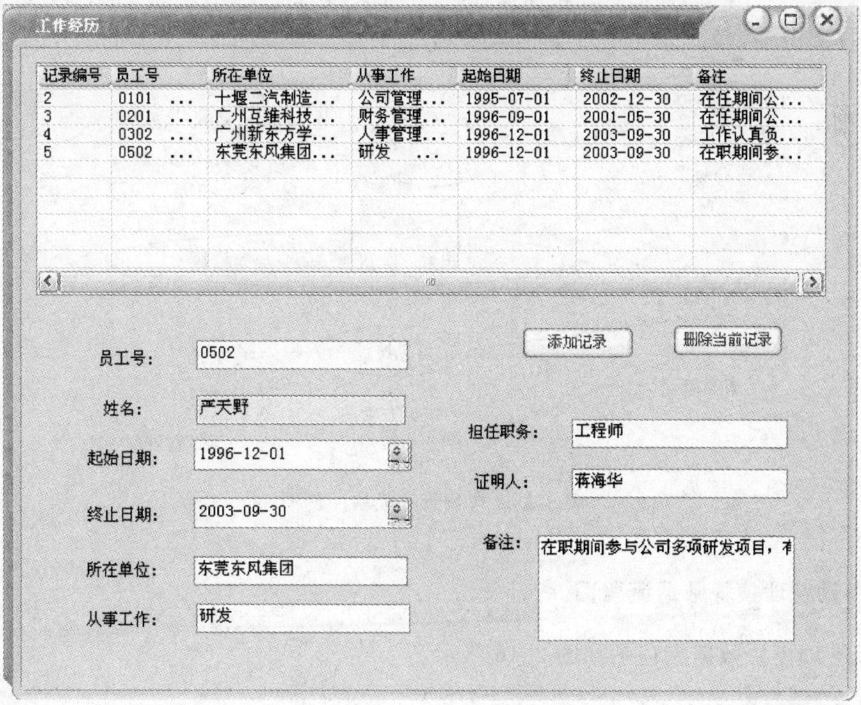

图 3.14　工作经历界面截图

从图 3.12、图 3.13、图 3.14 这 3 个界面截图可以看出,无论是在界面布局还是实现方法上,奖惩记录、教育情况、工作经历这 3 个模块存在共同之处。所以,把它们放在一起来介绍。奖惩记录模块主要记录了员工的奖惩情况,教育情况模块主要记录了员工的学习经历,工作经历模块主要记录了员工以往的工作经历,这些都是管理层在对员工进行测评时的依据。这 3 个模块在实现过程中都用 ListCtrl 控件来显示添加的记录。整个设计过程比较直观,目的比较明确,而且操作比较简单、易用。

### 3.5.2　考勤管理模块实现

**1. 考勤管理模块的功能及用例图**

考勤管理模块的主要功能如下。

(1) 上班时间的设定。上下班时间相对固定,可保存在客户端的设置文件中。

(2) 员工出入企业情况的记录。出入情况由考勤机来记录,但是需要设置人工添加的功能,以备特殊情况的处理。

(3) 请假和加班及出差情况的记录。

(4) 每个月底进行整个月出勤情况的统计。

图 3.15 是考勤管理模块的用例图。考勤管理员以管理员的身份登录人力资源管理子系统、负责职工加班、请假资料录入、出勤历编制、考勤统计、考勤状况公布、考勤台账等。考勤统计作业立即影响到工资管理模块的输入和输出。普通职工以普通用户的身份登录人力资源管理子系统,每天打卡及申请假期。

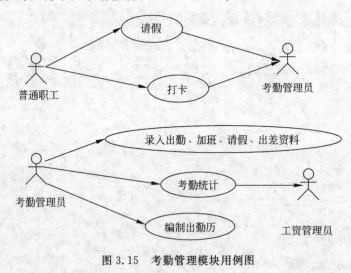

图 3.15　考勤管理模块用例图

**2. 考勤管理模块数据流程图**

考勤管理模块数据流程图如图 3.16 所示。

**3. 考勤管理模块的实现**

考勤管理模块是由上下班时间设置、考勤修改、考勤统计 3 个子模块组成的。其中考勤

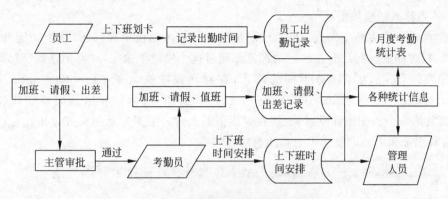

图 3.16 考勤管理模块数据流程图

修改子模块又分为出勤记录、加班记录、请假记录、出差记录 4 部分,它是考勤管理模块的中心模块,负责对员工的考勤进行记录整理。考勤统计子模块则是对考勤修改子模块中的记录进行统计,得出每个月员工的考勤情况。上下班时间设置子模块很简单,由企业作息制度设定。各个子模块的功能及用例图在上面已经给出,下面详细介绍各个子模块的实现过程。

1) 上下班时间设置子模块

"上下班时间设置"对话框的布局如图 3.17 所示,该模块主要是对员工上下班时间进行设定,以此作为对员工出勤考核(迟到、早退、加班)的依据。员工迟到、早退或加班的时间将会在考勤修改模块中被记录下来,每月都会统计,作为员工绩效考核的一部分。上下班时间包括两对时间值,可根据需要设置。单击"修改"按钮,时间设置会保存到 worktimeSet. ini 文件中。单击"恢复默认设置"按钮,系统会从 worktimeSet. ini 文件中读取保存的时间设置。如果该配置文件不存在,则用程序中默认的时间来代替。

图 3.17 上下班时间设置界面截图

2）考勤修改子模块

考勤修改模块主要用来人工输入出勤情况。如果考勤机出现问题,这个功能可及时弥补数据。同时加班、请假、出差的记录都需要通过这个模块来输入。"考勤修改"对话框的布局如图 3.18 所示。为了区分不同的输入,在对话框中嵌入了 CProperty Sheet 和 4 个 CPropertyPage。4 个 CPropertyPage 分别放置出勤、加班、请假和出差记录的修改界面。4 个界面共用一个查询条件设置,放置在对话框的上方。中下方是用来放置出勤记录、加班记录、请假记录和出差记录这 4 个属性页的。

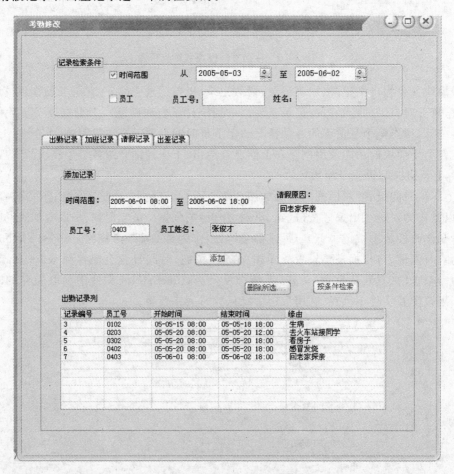

图 3.18　考勤修改界面截图

为了使用 CPropertySheet 和 CPropertyPage,需要在类定义中加入如下变量。

```
CPage1 m_AttendOnduty;                      //出勤页
CPage2 m_AttendOnduty;                      //加班页
CPage3 m_AttendOnduty;                      //请假页
CPage4 m_AttendOnduty;                      //出差页
```

然后在 OnInitDialog 中加入以下代码。

```
m_Sheet.AddPage(&m_AttendOnduty);           //添加出勤页
m_Sheet.AddPage(&m_AttendOvertime);         //添加加班页
```

```
m_Sheet.AddPage(&m_AttendLeave);              //添加请假页
m_Sheet.AddPage(&m_AttendErrand);             //添加出差页
m_Sheet.Create(this,WS_CHILD | WS_VISIBLE,0);  //创建窗口
m_Sheet.ModifyStyleEx(0,WS_EX_CONTROLPARENT);  //修改风格
m_Sheet.ModifyStyle(0,WS_TABSTOP);            //修改风格
//设置窗口位置
m_Sheet.SetWindowPos(NULL,25,150,00,0,
SWP_NOZORDER | SWP_NOSIZE | SWP_NOACTIVATE);
```

3）考勤统计子模块

从图 3.19 中可以看出,考勤统计模块分为月度统计、检索条件和记录列表 3 部分。月度统计需要设定统计的时间范围,默认的时间范围为一个月。最后统计结果会保存到 ATTENDANCE_STAT 数据表中。检索条件和"检索"按钮用于快速定位记录,便于查询和修改。

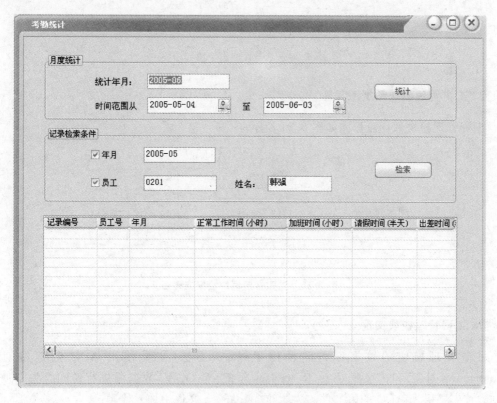

图 3.19　考勤统计界面截图

## 3.5.3　工资管理模块实现

### 1. 工资管理模块的功能及用例图

工资管理模块主要有以下几项功能:①员工基本工资设定;②奖金及福利补贴设置;③实发工资计算公式调整;④根据出勤统计结果计算本月各项实际金额。图 3.20 是工资管理模块的用例图。工资管理员以超级管理员的身份登录人力资源管理子系统,负责增减

工资项目,设置计提方法,设置各类工资报表、台账格式等。工资管理员以管理员的身份登录人力资源管理子系统,负责职工工资奖金修改、工资统计和发放,公布职工收入状况、各类工资报表、台账等。工资发放作业会立即影响到财务管理子系统的输入和输出。普通职工通过浏览器以普通用户的身份登录系统,只能查询自己的工资奖金状况。

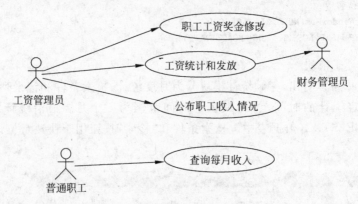

图 3.20　工资管理模块用例图

### 2. 工资管理模块数据流程图

工资管理模块数据流程图如图 3.21 所示。

图 3.21　工资管理模块数据流程图

### 3. 工资管理模块实现

工资管理模块的数据库访问采用了 ADO 方法,主要使用 ADO 的连接对象(Connection 对象)和记录集对象(Recordset 对象)对 ODBC 数据源进行访问。为了使用ADO,首先要引入 ADO 的库文件。为此,在 stdafx. h 文件中加入代码:

```
# import "C:\Program Files\Common Files\System\ado\msado15.dll" no_name space rename("EOF",
"adoEOF")rename("BOF","FirstOffFile")              //加载 ADO 库
```

其中,ADO 库文件位置可能在不同的计算机上。由于在该模块中只需对一个数据源进行访问,所以建立了一个全局的 Connection 对象:

```
_connectionPtr pTheConn;                     //Connection 对象
```

因为 ADO 底层使用了 COM 组件,因此需要对 InitInstance()进行 COM 环境的初始化,并创建以下 Connection 对象的实例。

```
::CoInitialize(NULL);                              //初始化 COM 环境
pTheConn.CreateInstance(__uuidof(Connection));     //创建实例
pTheConn->Open("SmartERP","","",NULL);
```

工资管理模块分为计算公式调整、实际工资统计和工资查看 3 部分。其中,实际工资统计子模块为工资管理模块的中心模块,完成了员工工资项的设定和工资的计算统计。工资查看子模块用于检索和查看员工工资的计算结果。而计算公式调整子模块用来设置实发工资计算公式中的 4 个参数。各个子模块的功能及用例图在上面已经给出,下面详细介绍各个子模块的实现过程。

1) 计算公式调整模块

"计算公式调整"对话框如图 3.22 所示,主要用来调整月度加班时间、出差时间(半天)、迟到早退次数和旷工次数的参数值。单击"保存设置"按钮,参数值会保存到 formula.ini 文件中。单击"恢复默认值"按钮,系统会从 formula.ini 文件中读取保存的 4 个参数值。

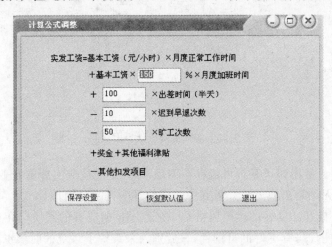

图 3.22　计算公式调整界面截图

2) 实际工资统计模块

"实际工资统计"对话框如图 3.23 所示,这个对话框由 4 个部分组成,左方为部门员工列表;右上方为员工基本信息与基本工资设置;右中方为奖金、福利、津贴、扣发项添加,可以实现单个员工添加和部门员工批量添加;右下方为 4 个列表,分别为固定福利津贴、月度奖金、月度福利津贴、月度扣发。该对话框中的 5 个列表是用 DataGrid 控件来实现的。DataGrid 控件可以很简单地实现数据绑定。由于使用了 DataGrid 控件,所以要附带相应的 msdatgrid.ocx 文件并为其注册,同时还需要包含 ComCat.dll 和 MSStdFmt.dll 两个动态链接库。

人力资源管理子系统在开发前经过详细的需求分析,参考了多个现成的企业信息化系统,并结合实际开发能力和时间,才得以实现。这个子系统具有如下优点。

(1) 界面友好。在开发过程中坚持使用图形界面,而且在主界面中表明该子系统的操作流程,让用户对该子系统的操作一目了然。同时使用了免费的 SkinPlusPlus 界面美化库,使界面有别于一般的 Windows 应用程序。图形界面的使用也使程序在操作上十分简便,只要通过鼠标单击就能控制整个系统。

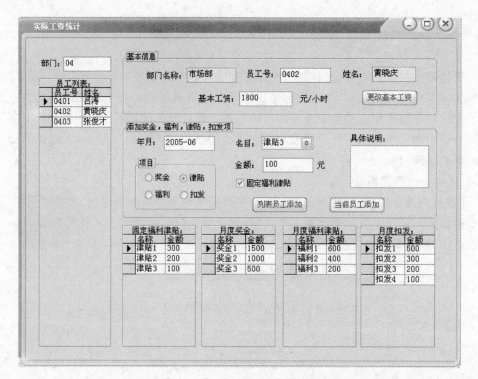

图 3.23 实际工资统计界面截图

（2）改进容易。考虑到子系统可能存在不足，不一定能适应实施的企业，因而该子系统采取模块化设计，无论是更换还是升级其中的模块都变得十分简单。

（3）代码风格良好。良好的代码风格是一个程序员所应有的素质。在程序中坚持使用统一的命名规则，使代码有更好的可读性，日后别人来维护子系统的时候也更加方便。

由于开发时间、开发人员数量等多方面条件所限，本章介绍的人力资源管理子系统还不能与现有的商用人力资源管理子系统相比。人力资源管理子系统还存在以下需要改进的地方。

（1）需求分析还不够完整。需求分析由于只是参考文献和现成的人力资源管理子系统设计的，没有实地深入考察各类企业的实际应用需求，所以肯定还有很多与企业日常工作流程不相同的地方。若想开发一个真正的人力资源管理子系统，还需进一步考察一些人力资源管理子系统成功实施企业的情况和实施失败企业的经验教训，这样才能使人力资源管理子系统具备真正在企业实施的能力。

（2）模块还需增加。由于开发时间和开发人员数量所限，人力资源管理子系统又是一个很大型的系统，所以没有能力在短时间内开发出一个很完整的人力资源管理子系统。人力资源管理子系统仍需要进一步完善。

# 习题 3

1. 解释人力资源管理子系统的主要内容和主要目的。
2. 说明人力资源管理子系统的具体任务和设计目标。

3. 给出人力资源管理子系统的模块划分和工作流图。

4. 阐述人力资源管理子系统的详细设计和实现过程。

5. 选择自己熟悉的一个人力资源管理子系统,分析该子系统的需求背景、主要内容、关键技术、实施方法、具体步骤、发展方向。

6. 根据自己所在单位(企业)的实际情况,分析本单位(企业)人力资源管理的需求背景、主要内容、存在问题及解决方法。

# 第4章

# 采购管理子系统的设计与实现

本章详细地分析和设计采购管理子系统,说明采购管理子系统各个模块之间的功能划分,同时也给出采购管理子系统的工作流图和设计方法。在采购管理子系统实现过程中,提出了使界面友好和风格统一的设计思想,再加上使用图形化界面和界面美化库,从而使得界面看起来十分友好,并且具有良好的可扩展性。

## 4.1　采购管理简介

### 4.1.1　采购管理的定义与分类

采购管理是计划下达、采购单生成、采购单执行、到货接收、检验入库、采购发票收集、采购结算等采购活动的全过程,对采购过程中物流运动的各个环节状态进行严密的跟踪、监督,实现对企业采购活动执行过程的科学管理。

根据企业采购工作的通性和个性,通常可将采购管理工作分为以下4类。

**1. 生产性采购**

生产性采购的物品直接为了企业生产运营所需。而生产性采购又分为两类。

(1) 原材料采购。所采购的物料是本企业所生产产品的组成部分或中间产品。

(2) 零配件采购。这种采购是为了维修。这些零配件是为了保障机器能正常生产、运作。这两类采购管理性质不同,运作方式也不同,看问题的角度也不同。

**2. 商贸性采购**

这种采购不属于生产性采购,它和生产性采购最大的区别是采购什么商品并不十分重要,重要的是采购的东西必须保证能赚钱,笔笔都赚钱,不赚钱就没有必要采购进货。

**3. 一般日常用品性采购**

这种采购有办公用品采购、行政采购等。其特点是采购品类繁杂,采购金额小。但所采购的物品主要是保障公司的正常行政管理所用。

**4. 项目性采购**

有时候采购工作属于项目性采购,比如说买一台设备、盖一个车间等。项目性采购的主要特点是一次性,很少有重复性的采购。这就意味着每次采购的流程都要重新开始,以往的经验和关系很少能用到。

## 4.1.2　采购管理的地位与目标

采购在企业中占据着非常重要的地位,因为购进的零部件和辅助材料一般要占到最终产品销售价值的 40%～60%。这意味着在获得物料方面所做的点滴成本节约对利润产生的影响要大于企业其他成本——销售领域内相同数量的节约给利润带来的影响。

采购管理的目标是:①提供不间断的物料流和物资流,从而保障企业运作;②使库存投资和损失保持最小;③保持并提高质量;④发展有竞争力的供应商;⑤当条件允许的时候,将所购物料标准化;⑥以最低的总成本获得所需的物资和服务;⑦提高企业的竞争地位;⑧协调企业内各职能部门之间的合作;⑨以最低的管理费用完成采购目标。

## 4.1.3　采购管理的组件与层次

采购管理包括采购计划管理、采购订单管理和发票校验 3 个组件。

(1) 采购计划管理。采购计划管理对企业的采购计划进行制定和管理,为企业提供及时、准确的采购计划和执行路线。采购计划包括定期采购计划(如周、月度、季度、年度)、非定期采购计划(如根据销售和生产需求产生的采购)。通过对多对象、多元素的采购计划编制、分解,将企业的采购需求变为直接的采购任务。采购管理子系统支持企业以销订购、以销订产、以产订购的多种采购应用模式,支持多种设置灵活的采购单生成流程。

(2) 采购订单管理。采购订单管理以采购单为源头,对供应商确认订单、发货、到货、检验、入库等采购订单流转的各个环节进行准确的跟踪,实现全过程管理。通过流程配置,可进行多种采购流程选择,如订单直接入库,或经过到货质检环节后检验入库等。在整个过程中,可以对采购存货的计划状态、订单在途状态、到货待检状态等实现监控和管理。采购订单可以直接通过电子商务系统发向对应的供应商,进行在线采购。

(3) 发票校验。发票校验是采购管理的重要内容。采购货物是否需要暂估、劳务采购处理、非库存消耗性采购处理、直运采购业务、受托代销业务等都在此进行处理。通过对流程进行配置,允许用户更改各种业务的处理规则,也可定义新的业务处理规则,以适应企业业务不断重组、流程不断优化的需要。

采购管理包括 3 个层次:交易管理,管单购买;采购管理;策略性采购、供应链管理。

(1) 交易管理,简单购买。较初级的采购管理多为对各个交易的实施和监督。其特征为:①围绕着采购订单;②与供应商较容易地讨价还价;③仅重视诸如价格、付款条件、具体交货日期等一般商务条件;④被动地执行配方和技术标准。

(2) 采购管理。随着对前期大量订单的经验总结和汇总及管理技能的提高,管理人员意识到供应商管理的重要性;同时,根据自身的业务量分析(ABC 法)整个后勤系统的要求,合理地分配自身的资源,开展多个专案管理。

(3) 策略性采购,供应链管理。目前,比较新的策略性采购特征是:①与供应商建立策略性伙伴关系;②更加重视整个供应链的成本和效率管理;③与供应商共同研发产品及其对消费者的影响;④寻求新的技术和材料替代物,实行服务外包(OEM)方式的操作;⑤充分利用诸如跨地区、跨国家的企业集团力量集中采购；⑥更为复杂、广泛地应用投标手段。

## 4.1.4　采购管理的原则与误区

采购管理的原则：①首先必须建立完善的供应商评审体制，对具体的供应商资格、评审程序、评审方法等做出明确的规定；②建立采购流程、价格审核流程、验收流程、付款结算流程；③完善采购员的培训制度，保证采购流程有效实施；④价格评审应由相应程序规定，由相关负责人联名签署生效，杜绝暗箱操作；⑤规范样品的确认制度，分散采购部的权力；⑥不定期地监督，规范采购行为；⑦建立奖励制度，下调价格后应对采购员进行奖励；⑧加强开发能力，寻求廉价替代品。

采购、外协工作在企业运营中的地位十分重要，它的影响往往最直接、最明显地反映到成本和质量上。对于工程企业、商贸企业等，由于采购、外协的比重大，采购管理的意义更加重大了。然而，根据对几家不同类型、不同性质的企业调研和管理咨询，目前不少企业的采购都存在管理误区，有些几乎已成通病。

(1) 采购只要保证"货比三家"就行了。其实，很多管理者都可能会发现"货比三家"的方法经常失灵。这三家是怎样选出来的？中间代理商算不算数？同样类别的采购，这次审批的三家和上次的三家是不是同样三家？会不会有申报者通过操纵报价信息影响审批者决策的可能？为了防备这种可能，往往又要求采购工程师只提供客观的报价而不能有任何主观评价，结果上边的问题依然存在，又屏蔽了可能有用的决策支持信息，还免除了申报者的责任。

解决这个问题的关键是要给采购人员的询价活动圈定一个范围，这就是"合格供方评审"。"合格供方评审"是质量管理的概念，但从更广义和实用的角度看，就是管理者按照一个质量、成本等方面的标准，划定一个范围。这个范围可以由企业高层管理者直接决定，也可以由一个委员会决定。总之，采购执行人员不能单独决定这个范围，也不能跳出这个范围活动，并要对每次采购活动中这个范围内的决策支持信息负责。

(2) 招标"一招就灵"。招标的采购方式给人以客观、公平、透明的印象，很多管理者认为，采取招标方式可以引入竞争、降低成本也就万事大吉了。但有时候招标也不是"一招就灵"。为什么要招标？什么情况下该招标？还有什么情况可以采用更合适的采购方式？这涉及采购方式选择的问题。目前，常用的采购方式有很多，主要有招标采购、竞争性谈判、询价采购、单一来源采购等。

合理运用多种采购方式，还可以实现对分包商队伍的动态管理和优化。例如，最初对采购内容的成本信息、技术信息不够了解，就可以通过招标来获得信息、扩大分包商备选范围。等到对成本、技术和分包商信息有了足够的了解后，转用询价采购，不必再招标。再等到条件成熟，对这种采购商品就可以固定一两家长期合作厂家了。反过来，如果对长期合作厂家不满意，可以通过扩大询价范围或招标来调整、优化供应商或对合作企业施加压力。

(3) 只要档案保存好，采购信息就都留下来了。在调研和咨询过程中，有不少管理者很早就意识到采购管理存在问题，但苦于无力改进或来不及改进，于是要求相关人员把所有和采购相关的记录、文件统统存档，以待具备条件时分析信息、改进工作。但实际上，从这些保存完好的采购档案中，往往还是得不到充足、有用的信息，甚至有很多必要的信息永远无法获得了。这在很大程度上是由于采购工作过程不够规范引起的。可见，采购管理的改进和采购信息的收集是相互影响的,要改进采购管理还是要及早。想把资料先存下来,等有条件了再来改进,这样往往是到了想起改进采购管理的时候,相关的信息缺失已经很严重了。

## 4.2 采购管理子系统设计

### 4.2.1 采购管理子系统的模块划分

采购工作主要为企业提供生产和管理所需的各种物料。采购管理就是对采购业务过程进行组织、实施和控制的管理过程。任何企业要向市场提供产品和服务都离不开原材料和消耗品的采购。本章结合各种企业的业务资料,以及参阅了一些著名企业的企业信息化系统后,提出了采购管理子系统如下的功能需求。

(1) MRP 查询:通过该功能可以查询物料需求,以便制定采购计划。

(2) 供应商资料管理:通过该功能可以对供应商的资料进行添加、修改、删除。

(3) 供应商物料价格查询:通过该功能可以查询各供应商所提供的物料价格,以便进行比较,从而选择合适的供应商进行采购。

(4) 采购计划管理:通过该功能制定采购计划,并进行管理。

(5) 采购申请管理:通过该功能,采购员可以根据计划自行提出采购申请,待审核通过后转为正式的采购订单。

(6) 采购订单管理:通过该功能维护和管理采购订单。

(7) 采购收货管理:根据采购订单进行收货处理。

(8) 采购退货管理:根据采购收货单进行退货处理。

(9) 采购请付功能:该功能用来向财务模块提供请款单,以便财务模块进行付款操作。

(10) 供应商信誉等级管理:通过该功能可以对设定的供应商信誉等级记录进行添加、修改或删除操作,这些记录用来管理供应商资料。

(11) 供应商类型管理:记录供应商的各种类型,提供给供应商资料使用。

(12) 采购员资料管理:用来查询采购员的基本资料,如编号、姓名、联系电话等。

(13) 物料管理:该功能用来记录各种物料的详细资料,提供给多个模块使用。

(14) 退货原因维护:该功能用来管理退货时的各种不同原因,供退货管理使用。

(15) 运输方式管理:通过该功能可以管理物料的各种运输方式。

根据上面的功能需求,将采购管理子系统分为以下 5 个模块:

(1) 采购基础资料模块。该模块包含了采购管理子系统所需的一些基本资料,如采购员资料、物料资料、退货原因及运输方式等。

(2) 供应商管理模块。该模块包含了供应商的资料,如供应商基本信息、供应商信誉资料、供应商类型资料等,以进行采购计划的制定和对供应商进行评估。

(3) 采购计划管理模块。该模块包括根据物料需求、供应商物料价格查询等制定采购计划,并对采购计划进行管理等。

(4) 采购订单管理模块。该模块包括采购请购单和采购订单的生成、维护和管理等。

(5) 采购收货管理模块。该模块包括采购的收获及退货单的生成和管理,以及通过将生成的采购请款单传递给财务模块请求付款。

采购管理子系统的结构如图4.1所示。

图 4.1 采购管理子系统功能模块图

## 4.2.2 采购管理子系统的工作流程

对采购管理子系统进行需求分析和模块划分后,确定了采购管理子系统的流程:采购从生产模块的物料需求开始,需要查询物料需求来确定采购内容。之后必须有供应商的各种资料,包括供应商的类型、所提供物料的价格、信誉及其他的基本资料等。通过这些再结合物料需求就可以决定在哪个供应商购买何种物料了。接下来是制定采购计划,结合具体的时间以决定采购计划。根据采购计划,需要形成采购单,并通过审核后才能进行采购。同时,可能出现某些采购员可以通过自己的关系进行更好的采购情况,这时可由采购员提出请购单,通过申请后也可形成采购单。采购单通过审批后便可以签订采购合同了,这部分应该以书面的形式存在,之后便是采购收货。货到后要进行质量检测,合格才记入收货单并入仓;不合格便需要退货,形成退货单,并说明退货原因。收货之后便要向财务部门请求付款。通过形成一张采购请款单传给财务部门以付款。除上述之外,还需一些必要的基本信息,如物料资料、采购员资料、运输方式等。整个采购管理子系统的工作流程如图4.2所示。

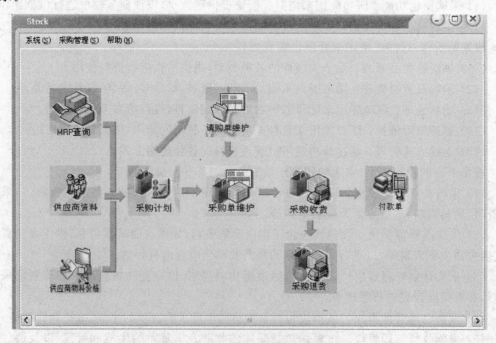

图 4.2 采购管理子系统的工作流程

### 4.2.3　采购管理子系统的数据流程图

采购管理子系统的数据流程如图 4.3 所示。

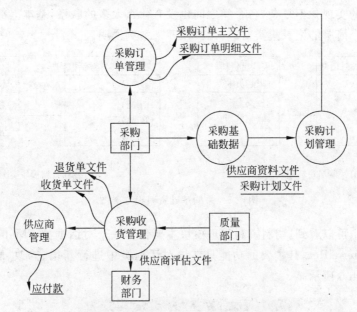

图 4.3　采购管理子系统的数据流程图

### 4.2.4　数据库实体关系图

数据库实体关系如图 4.4 所示。

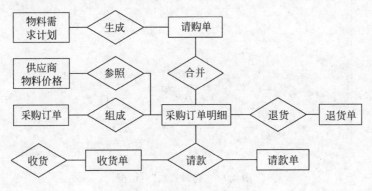

图 4.4　数据库实体关系图

## 4.3　采购管理子系统的实现

采购管理子系统使用 Visual C++.NET 和 SQL Server 2000 进行编程。Visual C++.NET
的 MFC 类库定义了几个数据库类。利用 ODBC 编程时，经常要用到 CDatabase（数据库
类）、CRecordset（记录集类）等。在界面设计上，采购管理子系统采用了友好的图形界面，使

用户能够了解设计思路,并对采购管理子系统流程一目了然。

### 4.3.1　采购基础资料模块实现

这个模块的实现并不复杂,各个类之间也没有什么太多的联系,基本上都是单独的一个对话框类与一个简单的记录集类对应,以图 4.5 来举例说明。

(a) 采购员资料模块类图　　　　　　　　(b) 物料资料模块类图

图 4.5　采购基础资料模块类图

从图 4.5 中可以看到,物料资料管理模块主要包含一个对话框类 CMaterielDlg 和一个记录集类 CMaterielRec,其主要的功能是在该对话框类中进行新增、修改、删除 3 种操作。该对话框如图 4.6 所示。

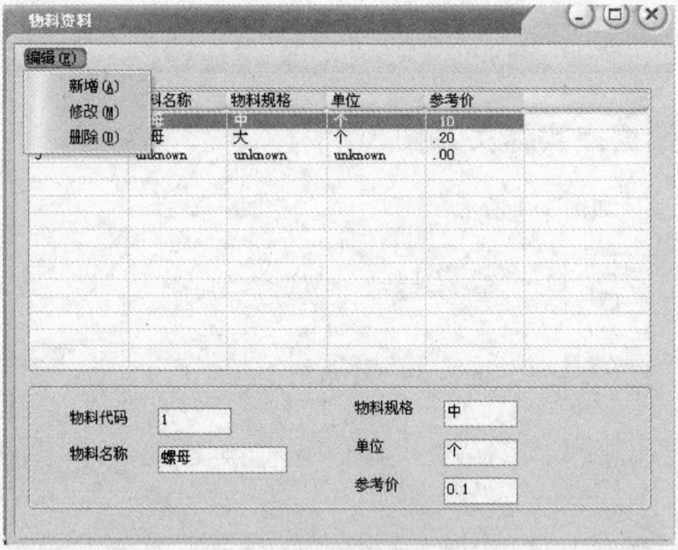

图 4.6　"物料资料"对话框

首先在 SQL Server 中建立一个表 Materiel,其属性设置如表 4.1 所示。

表 4.1　物料信息 Materiel

| 字　段　名 | 数 据 类 型 | 可 否 为 空 | 说　　明 |
| --- | --- | --- | --- |
| MaterielID | Integer | Not Null | 物料 ID(主键) |
| MaterielName | Varchar | Null | 物料名称 |
| MaterielSpec | Varchar | Null | 物料规格 |

续表

| 字　段　名 | 数 据 类 型 | 可 否 为 空 | 说　　明 |
| --- | --- | --- | --- |
| Unit | Varchar | Null | 单位 |
| Price | Decimal | Null | 单价 |
| Active | Integer | Not Null | 是否被删除 |

之后使用 CMaterielRec 类连接数据源,并打开一个记录集。数据库的连接采用 ODBC 方式,数据源为 SmartERP,代码如下。

```
CString CMaterielRec::GetDefaultConnect()
{    return _T("ODBC; DSN = SmartERP"); }
    CString CMaterielRec::GetDefaultSQL()
    {    CString sql;
        sql += _T("select MaterielID,MaterielName,MaterielSpec,
        Unit,Price,Active from Materiel"); return sql;
}
```

在 CMaterielDlg 类中,建立一个 CMaterielRec 的成员变量 m_rec,以操作该记录集。接下来使用 OnInitDialog()初始化该对话框,由于大多数对话框使用了 CListCtrl 控件,因此定义了两个宏 INIT_LISTCTRL_SYTLE 和 INIT_ LISTCTRL_SYTLE 来统一对 CListCtrl 控件进行初始化,并使用 void FillListCtrl()函数来填充该 CListCtrl 控件。

为了明确是哪条物料基本信息被选中,程序利用了 CListCtrl 类的单击事件,并把选中的记录设为高亮(在程序中显示为蓝色),单击事件的函数为:

```
void CMaterielDlg::OnNMClick(NMHDR * pNMHDR,LRESULT * pResult)
```

为了在单击一条记录的同时,在下面的 CEdit 控件中显示该记录对应的内容,在 OnNMClick 函数中利用了 CRecordset 的成员变量 m_strFilter 来执行条件查询。其中 m_strFilter 为过滤字符串,存放的是 SQL 语句中 where 以后的条件。再使用 CRecordset:: Requery()来重建记录集,并在 CEdit 控件中填入所选定的该条记录对应的内容。在该对话框的菜单中有新增、修改和删除 3 种操作,分别调用 OnInfoNew()、OnInfoModify()和 OnInfoDel()3 个函数。以删除操作为例,首先要判断记录是否被选中,同样是使用 m_strFilter查询,然后判断,该条记录的代码如下。

```
if(m_rec.GetRecordCount()! = 1)
{ AfxMessageBox(_T("错误: 没有找到该物料")); return; }
```

选中记录后使用 CRecordset::Delete()函数删除该条记录,再重新将记录集的内容填入 CListCtrl 控件。添加和修改函数所要做的判断是类似的,此处不将其全部列出,只以一部分为例说明如何添加数据。首先,使用 CRecordset::Edit()修改一条记录,将当前 CEdit 控件的内容填入该条记录的各个字段,再使用 CRecordset::Update()将修改结果存入数据库。需要注意的是,Delete()之后不需要 Update()函数,而 Edit()和 AddNew()之后一定要用 Update()函数将新的结果存入数据库。采购基础资料模块中的其他部分与物料资料管理的实现大同小异,表 4.2 至表 4.4 是它们的数据库表结构。

**表 4.2　采购员信息 Buyer**

| 字　段　名 | 数 据 类 型 | 可 否 为 空 | 说　　明 |
| --- | --- | --- | --- |
| BuyerID | Integer | Not Null | 采购员 ID(主键) |
| BuyerName | Varchar | Null | 采购员姓名 |
| Phone | Varchar | Null | 联系电话 |
| Active | Integer | Not Null | 是否被删除 |

**表 4.3　退货原因维护 ProductReturn**

| 字　段　名 | 数 据 类 型 | 可 否 为 空 | 说　　明 |
| --- | --- | --- | --- |
| ReturnID | Integer | Not Null | 原因 ID(主键) |
| ReturnReason | Varchar | Null | 退货原因 |
| Active | Integer | Not Null | 是否被删除 |

**表 4.4　送货方式维护 DeliveryType**

| 字　段　名 | 数 据 类 型 | 可 否 为 空 | 说　　明 |
| --- | --- | --- | --- |
| DeliveryID | Integer | Not Null | 方式 ID(主键) |
| DeliveryName | Varchar | Null | 送货方式 |
| DeliveryMemo | Varchar | Null | 备注 |
| Active | Integer | Not Null | 是否被删除 |

## 4.3.2　供应商管理模块实现

这个模块主要分为供应商资料和供应商物料价格两个部分。其中的核心是供应商物料价格查询,以便选择供应商制定采购计划。可以定义实体类及其主要属性如下:①供应商物料价格表,作为供应商物料价格的集合供查询使用;②供应商资料表,包括代码、名称、所在地区、联系方式等;③供应商信誉等级表,包括等级编号、名称、说明等,供供应商资料表引用;④供应商类型表,记录了各种供应商的类型,供供应商资料表应用。

还可以定义出的对话框有:①"供应商物料价格"对话框;②"供应商资料"对话框;③"供应商信誉等级"对话框;④"供应商类型"对话框;⑤"物料价格查询"对话框。

根据以上的分析,可以得到供应商管理模块的类图,如图 4.7 所示。从类图中可以清楚地了解到各个类之间的联系,在供应商资料中分离出供应商类型和信誉等级两个类来具体说明这两个字段,而供应商物料价格又引用了

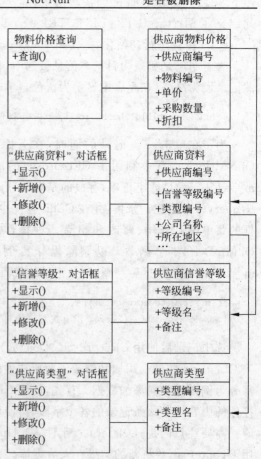

图 4.7　供应商管理模块类图

供应商资料和物料资料两个表项。

由于其他部分的实现和上一个模块差不多,因此主要介绍物料价格查询这部分。这里设计了一张供应商物料价格表,其表结构如表 4.5 所示。

表 4.5 供应商物料价格 MaterielPrice

| 字 段 名 | 数据类型 | 可否为空 | 说 明 |
|---|---|---|---|
| SupplierID | Integer | Not Null | 供应商 ID(主键、外键) |
| MaterielID | Integer | Not Null | 物料 ID(主键、外键) |
| UnitPrice | Decimal | Null | 单价 |
| Quantity1 | Decimal | Null | 数量 1 |
| Quantity2 | Decimal | Null | 数量 2 |
| Quantity3 | Decimal | Null | 数量 3 |
| Discount1 | Decimal | Null | 折扣 1 |
| Discount2 | Decimal | Null | 折扣 2 |
| Discount3 | Decimal | Null | 折扣 3 |

"物料价格查询"对话框如图 4.8 所示。

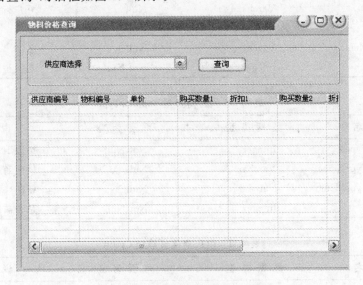

图 4.8 "物料价格查询"对话框

这里采用了一个 ComboBox 控件,通过这个控件来选择一个具体的供应商,当单击"查询"按钮时,调用查询函数 OnBtClSearch()查询出该供应商所提供的物料价格,包括购买不同数量时的折扣等。为了在单击"查询"按钮时得到 ComboBox 控件的内容,使用了 int CComboBox::GetCurSel() 和 int CComboBox::GetLBText(int nIndex,LPTSTR lpszText) 函数。前一个函数的作用是确定所选项是第几项,后一个函数根据前面确定的项号得到列表框内指定行的字符串,再使用 m_strFilter 执行条件查询。代码如下。

```
CString strchoose;
int n = m_CSupChoose.GetCurSel();
m_CSupChoose.GetLBText(n,strchoose);
```

```
CString strWhere;
strWhere.Format("and MaterielPrice.SupplierID = %s",strchoose);
```

这个模块的其他数据库表项如表 4.6 至表 4.8 所示。

表 4.6　供应商信息 Suppliers

| 字　段　名 | 数 据 类 型 | 可 否 为 空 | 说　　　明 |
|---|---|---|---|
| SupplierID | Integer | Not Null | 供应商 ID(主键) |
| CreditID | Integer | Null | 信誉等级(外键) |
| CompanyName | Varchar | Null | 公司名称 |
| Region | Varchar | Null | 地区 |
| SupplierTypeID | Integer | Null | 供应商类型(外键) |
| ContactName | Varchar | Null | 联系人 |
| Address | Varchar | Null | 联系地址 |
| Phone | Varchar | Null | 电话 |
| Fax | Varchar | Null | 传真 |
| Email | Varchar | Null | E-mail |
| Bank | Varchar | Null | 开户行 |
| Account | Varchar | Null | 账号 |
| SupplierMemo | Varchar | Null | 备注 |
| Active | Integer | Not Null | 是否被删除 |

表 4.7　供应商类型 SupplierType

| 字　段　名 | 数 据 类 型 | 可 否 为 空 | 说　　　明 |
|---|---|---|---|
| SupplierTypeID | Integer | Not Null | 类型 ID(主键) |
| SupplierTypeName | Varchar | Null | 供应商类型 |
| SupplierTypeMemo | Varchar | Null | 备注 |
| Active | Integer | Not Null | 是否被删除 |

表 4.8　供应商信誉等级 Credit

| 字　段　名 | 数 据 类 型 | 可 否 为 空 | 说　　　明 |
|---|---|---|---|
| CreditID | Integer | Not Null | 等级 ID(主键) |
| CreditLEV | Varchar | Not Null | 信誉等级 |
| CreditMemo | Varchar | Null | 备注 |
| Active | Integer | Not Null | 是否被删除 |

### 4.3.3　采购计划管理模块实现

这个模块的核心是根据物料需求制定采购计划,对采购计划进行审核、取消等管理。这个过程主要由管理人员手动制定。合理的采购计划对整个采购过程来说是非常重要的。这里主要提供两个对话框类:"采购计划表"对话框和"采购计划管理"对话框。其中,"采购计划表"对话框对应的是包含采购计划主表和采购计划明细表两张表的记录集类,而"采购计

划管理"对话框对应的只是包含采购计划主表的记录集类。因此,可以定义出采购计划管理
模块的类图,如图4.9所示。

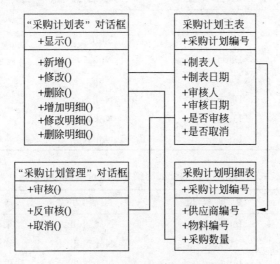

图 4.9　采购计划管理模块类图

　　"采购计划表"对话框运行时界面如图4.10所示。如果要新增一条采购计划,单击左上
角菜单中的"编辑"→"新增"命令。如果要为一个采购计划增加明细项,则首先在采购计划
列表框中选定一个采购计划,下面列出其采购计划里所包含的具体项目。这时单击左上角
菜单中的"增加明细"子菜单,选择相应的增加、修改、删除选项就可以了。采购计划明细需
要和前面的物料资料表及供应商资料表结合起来制定具体的采购计划内容。

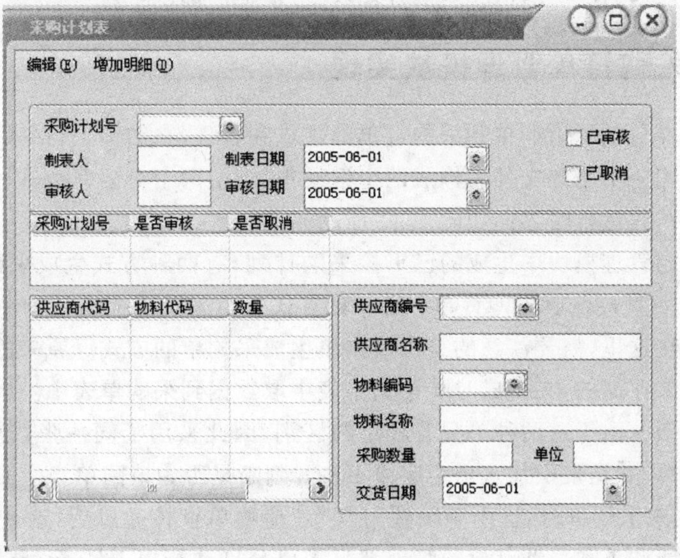

图 4.10　"采购计划表"对话框

　　首先为采购计划生成两张表:采购计划主文件表和采购计划明细文件表。其数据库表
结构如表4.9和表4.10所示。

**表 4.9 采购计划主文件 StockPlan**

| 字 段 名 | 数 据 类 型 | 可 否 为 空 | 说 明 |
|---|---|---|---|
| StockPlanID | Integer | Not Null | 采购计划 ID(主键) |
| Maker | Varchar | Null | 制表员 |
| MakeDate | Datetime | Null | 制表日期 |
| Verifier | Varchar | Null | 审核人 |
| VerifyDate | Datetime | Null | 审核日期 |
| Verifyed | Integer | Not Null | 是否审核 |
| Canceled | Integer | Not Null | 是否取消 |

**表 4.10 采购计划明细文件 StockPlanDetail**

| 字 段 名 | 数 据 类 型 | 可 否 为 空 | 说 明 |
|---|---|---|---|
| StockPlanID | Integer | Not Null | 采购计划 ID(主键、外键) |
| MaterielID | Integer | Not Null | 物料 ID(主键、外键) |
| SupplierID | Integer | Not Null | 供应商编号(外键) |
| Quantity | Decimal | Null | 采购数量 |
| DeliveryDate | Datetime | Null | 交货日期 |

在"采购计划管理"对话框中,可以对已有的采购计划进行审核和取消操作。不过需要特别注意的是,采购计划不能随便取消。一个采购计划被取消之后,不允许进行审核和反审核操作。同样,当一个采购计划处于已审核状态时是不允许被取消的。此外,当一个采购计划被审核或取消之后,便不允许在"采购计划表"对话框内修改了。

## 4.3.4 采购订单管理模块实现

这个模块主要包括了请购单和采购订单的生成和管理,在结构上与采购计划类似,都是由一个主文件表和一个明细文件表构成两个记录集类,由两个对话框类进行管理。以"采购订单"对话框为例,其运行时界面如图 4.11 所示。

根据采购计划管理模块中生成的已审核采购计划,有两种方式生成采购订单。一种方式是根据采购计划直接生成采购订单;另一种方式是由采购员提出请购单,待审核通过后转为采购订单。在这里,需要注意的是由请购单生成采购单的方式。原来的设计中,这两种单是分为两个表来存储的,在生成时从请购单表中取数据到采购单表中生成新单,不过这样实现起来比较复杂。由于这两种单只有较小的区别,因此采用了同一张数据库表来同时存储请购单和采购单,并在表中加入一个字段 IsReq 判断是否为请购单。生成请购单时,这个字段置为"1";生成采购单时,这个字段置为"0"。请购单审核通过后,这个字段也由"1"变为"0"。于是,对请购单和采购订单的管理都只需要分别选择出 IsReq==1 和 IsReq==0 的记录集就可以。以请购单管理为例,创建并打开一个记录集,代码如下。

```
CString sql;
sql += _T("select StocklistID,CompanyName,BuyerName,DeliveryDate,Verifyed,Canceled");
sql += _T(" from Stock,Suppliers,Buyer ");
```

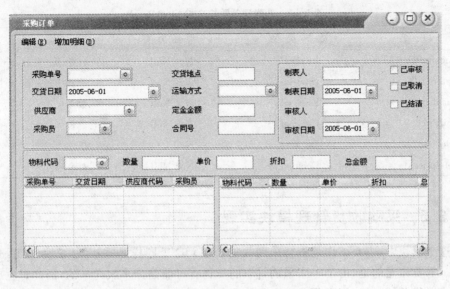

图 4.11 "采购订单"对话框

```
sql += _T(" where Stock.SupplierID = Suppliers.SupplierID ");
sql += _T(" and Stock.BuyerID = Buyer.BuyerID ");
sql += _T(" and IsReq = 1 ");
CRecordsetrs(CStockDB::GetInstance());
rs.Open(CRecordset::snapshot,Sql);
```

具体的数据库表结构如表 4.11 和表 4.12 所示。

表 4.11 采购订单主文件 Stock

| 字 段 名 | 数 据 类 型 | 可否为空 | 说 明 |
|---|---|---|---|
| StocklistID | Integer | Not Null | 订单 ID(主键) |
| SupplierID | Integer | Not Null | 供应商名称(外键) |
| DeliveryDate | Datetime | Not Null | 交货日期 |
| BuyerID | Integer | Not Null | 采购员(外键) |
| DeliveryAddress | Varchar | Not Null | 交货地点 |
| DeliveryID | Integer | Not Null | 运输方式(外键) |
| Earnest | Decimal | Null | 定金金额 |
| ContractID | Varchar | Null | 合同号 |
| Maker | Varchar | Null | 制表员 |
| MakeDate | Datetime | Null | 制表日期 |
| Verifier | Varchar | Null | 审核人 |
| VerifyDate | Datetime | Null | 审核日期 |
| Verifyed | Integer | Not Null | 是否审核 |
| Canceled | Integer | Not Null | 是否取消 |
| Squared | Integer | Not Null | 是否结清 |
| IsReq | Integer | Not Null | 是否为请购单 |

表 4.12　采购订单明细文件 StockDetail

| 字 段 名 | 数 据 类 型 | 可 否 为 空 | 说 明 |
|---|---|---|---|
| StocklistID | Integer | Not Null | 订单 ID(主键、外键) |
| MaterielID | Integer | Not Null | 物料 ID(主键、外键) |
| Quantity | Decimal | Not Null | 数量 |
| UnitPrice | Decimal | Not Null | 单价 |
| Discount | Decimal | Null | 折扣 |
| Totalprices | Decimal | Not Null | 总金额 |

### 4.3.5　采购收货管理模块实现

在这个模块中,主要工作是进行采购收货管理。这里同样是采用"主文件—明细文件"的结构。需要注意的是,由于一张采购订单的货物有可能是分多次送来的,因此每生成一张收货单或退货单的时候,都必须确定它是从属于哪张采购订单的。这些采购订单的表项里面都有一个 StocklistID 字段,该字段表明这是属于哪张订单的收货或退货,通过这个字段的查询可以对每笔订单的到货情况一目了然。当一张采购订单的全部收货完成之后,便可以回到采购订单管理模块中将这张订单结清掉,同时生成一张采购请款单。每张请款单必须指定一张采购订单,在付款类型中可以选择是对这张订单预付的定金,还是订单结清后的付款。图 4.12 所示是"采购请款单"对话框。

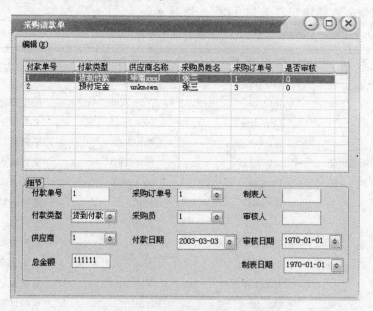

图 4.12　"采购请款单"对话框

采购收货管理中建立的主要数据库表结构如表 4.13 至表 4.17 所示。

通过上面的用例测试可以看到,采购管理子系统可以按照选择的供应商正确地查询出与其相关的物料报价。

表 4.13 采购收货单主文件 ReceiveList

| 字 段 名 | 数 据 类 型 | 可 否 为 空 | 说 明 |
| --- | --- | --- | --- |
| ReceiveListID | Integer | Not Null | 收货单 ID(主键) |
| StocklistID | Integer | Not Null | 订单号(外键) |
| ReceiveDate | Datetime | Not Null | 收货日期 |
| SupplierID | Integer | Not Null | 供应商名称(外键) |
| BuyerID | Integer | Not Null | 采购员(外键) |
| DeliveryID | Integer | Not Null | 运输方式(外键) |
| Maker | Varchar | Null | 制表员 |
| MakeDate | Datetime | Null | 制表日期 |
| Verifier | Varchar | Null | 审核人 |
| VerifyDate | Datetime | Null | 审核日期 |
| Verifyed | Integer | Not Null | 是否审核 |
| Canceled | Integer | Not Null | 是否取消 |

表 4.14 采购收货单明细文件 ReceiveDetail

| 字 段 名 | 数 据 类 型 | 可 否 为 空 | 说 明 |
| --- | --- | --- | --- |
| ReceiveListID | Integer | Not Null | 收货单 ID(主键、外键) |
| MaterielID | Integer | Not Null | 物料 ID(主键、外键) |
| UnitPrice | Decimal | Not Null | 单价 |
| Discount | Decimal | Null | 折扣 |
| Totalprices | Decimal | Not Null | 总金额 |
| ReceiveQuantity | Decimal | Not Null | 收货数量 |

表 4.15 采购退货单主文件 ReturnList

| 字 段 名 | 数 据 类 型 | 可 否 为 空 | 说 明 |
| --- | --- | --- | --- |
| ReturnListID | Integer | Not Null | 退货单 ID(主键) |
| StocklistID | Integer | Not Null | 订单号(外键) |
| ReturnDate | Datetime | Not Null | 退货日期 |
| ReturnID | Integer | Not Null | 退货原因(外键) |
| SupplierID | Integer | Not Null | 供应商名称(外键) |
| DeliveryID | Integer | Not Null | 运输方式(外键) |
| ReturnAddress | Varchar | Not Null | 退货地址 |
| Maker | Varchar | Null | 制表员 |
| MakeDate | Datetime | Null | 制表日期 |
| Verifier | Varchar | Null | 审核人 |
| VerifyDate | Datetime | Null | 审核日期 |
| Verifyed | Integer | Not Null | 是否审核 |
| Canceled | Integer | Not Null | 是否取消 |

表 4.16　采购退货单明细文件 ReturnDetail

| 字　段　名 | 数 据 类 型 | 可 否 为 空 | 说　　　明 |
|---|---|---|---|
| ReturnListID | Integer | Not Null | 退货单 ID(主键、外键) |
| MaterielID | Integer | Not Null | 物料 ID(主键、外键) |
| ReturnQuantity | Decimal | Not Null | 退货数量 |
| Returnprice | Decimal | Not Null | 退货金额 |

表 4.17　采购请款单 Pay

| 字　段　名 | 数 据 类 型 | 可 否 为 空 | 说　　　明 |
|---|---|---|---|
| PayID | Integer | Not Null | 付款单号(主键) |
| PayType | Integer | Not Null | 付款类型 |
| PayDate | Datetime | Not Null | 付款日期 |
| SupplierID | Integer | Not Null | 供应商 ID(外键) |
| BuyerID | Integer | Not Null | 采购员 ID(外键) |
| TotalMoney | Decimal | Not Null | 付款金额 |
| StocklistID | Integer | Not Null | 订单号(外键) |
| Maker | Varchar | Null | 制表员 |
| MakeDate | Datetime | Null | 制表日期 |
| Verifier | Varchar | Null | 审核人 |
| VerifyDate | Datetime | Null | 审核日期 |
| Verifyed | Integer | Not Null | 是否审核 |
| Canceled | Integer | Not Null | 是否取消 |

# 习题 4

## 一、填空题

1. 库存的作用包括_____。

2. 库存管理的主要功能主要有出入库单据管理和_____。

3. 在 ERP 系统中,供应商管理模块包括_____。

4. 在 ERP 系统中,采购业务处理从录入_____单据开始。

5. 库存盘点的方法主要有永续盘点和_____两种方法。

## 二、简述题

1. 解释采购管理子系统的主要内容和主要目的。

2. 说明采购管理子系统的具体任务和设计目标。

3. 给出采购管理子系统的模块划分和工作流图。

4. 阐述采购管理子系统的详细设计和实现过程。

## 三、运算题

1. 若某企业需制定采购计划,已知采购提前期为 3 周,安全库存为 10 件,订货数量为 80 件,客户需求为 10 件/周,现有库存为 40 件,计划收到第 2 周 80 件,试制定该企业的采购计划。

| 周 | | 1 | 2 | 3 | 4 | 5 | 6 | 7 | 8 | 9 | 10 |
|---|---|---|---|---|---|---|---|---|---|---|---|
| 需求量 | | 10 | 10 | 10 | 10 | 10 | 10 | 10 | 10 | 10 | 10 |
| 计划收到 | | | 80 | | | | | | | | |
| 现有库存 | 40 | | | | | | | | | | |
| 计划采购 | | | | | | | | | | | |

2. 接上题,若加入计划采购数量后,对1题的表重新进行计算并做出新表。

# 第 **5** 章
# 销售管理子系统的设计与实现

本章主要介绍销售管理子系统的设计,包括对销售管理子系统的需求分析、对销售数据流的方向分析、销售管理子系统整体工作流程、模块划分和销售模块工作流程等。同时给出销售管理子系统的工作流图、设计思想和实现过程,以使读者可以更全面和深入地了解销售管理子系统。

## 5.1 销售管理简介

### 5.1.1 销售管理的定义

销售管理也称为营销管理。关于销售管理的定义,中外专家和学者的理解有所不同。西方国家的学者一般认为,销售管理就是对销售人员的管理。一般地说,销售管理是为了实现各种企业的目标,创造、建立和保持与目标市场之间的有益交换和联系而设计的方案分析、计划、执行和控制。通过计划、执行及控制企业的销售活动,以达到企业的销售目标。销售管理有狭义和广义之分,狭义的销售管理专指以销售人员为中心的管理,广义的销售管理是对所有销售活动的综合管理。

根据以上销售管理的定义,可以看出销售管理是企业管理中非常重要的一个工作环节。销售管理必须与企业的产品开发、生产、销售、财务等工作环节协调。只有这样,企业的整体经营目标才能够达成,企业的总体经营策略才能够得以有效的贯彻落实。而且销售管理工作是在企业的经营目标、战略经营计划的总体战略之下,根据对经营环境的分析结果,对市场进行细分,选定希望进入的目标市场,然后据此而制定市场营销计划和营销组合,并且推动计划的落实执行和对执行计划过程进行监督、控制、评估、检讨和修订。

销售管理的过程如下:①制定销售计划及相应的销售策略;②建立销售部门并对销售人员进行培训;③制定销售人员的个人销售指标,将销售计划转化为销售业绩;④对销售计划的成效及销售人员的工作表现进行评估。

企业在确定了营销策略和计划之后,销售部门便需要据此制定具体的销售计划,以便开展、执行企业的销售任务,以达到企业的销售目标。销售部门必须清楚地了解企业的经营目标、产品的目标市场和目标客户,对这些问题有了清晰的了解之后,才能够制定出切实而有效的销售策略和计划。

在制定销售策略的时候,必须考虑市场的经营环境、行业的竞争状况、企业本身的实力、可分配的资源状况、产品所处的生命周期等各项因素。在企业制定的市场营销策略的基础上,销售部制定相应的销售策略和战术。

根据预测的销售目标及销售费用,销售部必须决定销售企业的规模。销售人员的工作安排、培训安排、销售区域的划分及人员的编排、销售人员的工作评估及报酬都是销售部在制定销售计划时所必须考虑的问题。

销售计划必须包括销售人员的工作任务安排。每一个地区的销售工作都必须安排具体的人员负责。销售计划必须做到具体和量化,要能够明确定出每一个地区或者每一个销售人员需要完成的销售指标。

以下是销售管理的"四化"。

(1) 制度化。没有规矩就不成方圆。一个企业要想发展,就必须有相应的制度来约束员工、管理企业。销售管理也如此。销售管理需要一定的规章制度,而这些要依靠销售管理者去实施。

(2) 简单化。管理制度并不是越多越好,也不是越复杂越好,而应该是越精简越好。现代企业的管理追求简单化,只有简单的才是易于执行的。销售管理简单化是必要的,因为简单化可以节约资源、提高效率。

(3) 人性化。要明白什么是人性化管理,就必须知道人性是什么。销售管理人性化中的人性就是人的天性,即"善"、"恶"并存的天性,这在不同的环境中有不同的表现。

(4) 合理化,即不断地将不合理调整为合理的努力过程,亦即进行更好的改善,以确保企业拥有竞争优势,永续经营发展。企业管理合理化要素是抓住异常,重点管理;追根究底,止于至善;自我回馈,自动自发。

## 5.1.2　销售管理的功能

对于销售管理子系统来说,管理订单、处理客户资料等功能尤为重要。对于企业信息化系统来说,因为是以订单和客户需求来驱动的,所以对订单数据的完整性和可靠性要求比较高。而客户资料的维护是和销售人员的业绩密切相关的。接到客户的订单更多,销售人员的佣金也会更多,所以掌握客户的第一手资料很重要。本章所述的销售管理子系统主要是面向基层销售人员,该系统提供了基本的下单和查询功能。

销售管理子系统中大致有以下 3 方面的功能。

(1) 客户信息管理和服务。它能建立一个客户信息档案,对其进行分类管理,进而对其进行针对性的客户服务,以达到最高效率地保留老客户、争取新客户。这里要特别提到的就是最近新出现的客户关系管理软件 CRM,它必将大大地增加企业的效益。

(2) 销售订单管理。销售订单是企业信息化系统的入口,所有的生产计划都是根据它下达并进行排产的。而销售订单管理贯穿了产品生产的整个流程,它包括:①客户信用审核及查询(客户信用分级,审核订单交易);②产品库存查询(决定是否要延期交货、分批发货或用代用品发货等);③产品报价(为客户做不同产品的报价);④订单输入、变更及跟踪(订单输入后,变更的修正及订单的跟踪分析);⑤交货期的确认及交货处理(决定交货期和发货事物安排)。

(3) 销售统计与分析。销售管理子系统根据销售订单的完成情况,依据各种指标做出统计,例如客户分类统计、销售代理分类统计等,再根据这些统计结果对企业实际销售效果进行评价。

## 5.2　销售管理子系统的数据流分析

销售管理子系统包括了销售计划模块、销售服务管理模块、销售订单管理模块、发收货管理模块、销售基础数据模块,其流程如图 5.1 所示。生产部门先制定出有能力生产的产品表,然后销售部门由此制定出相应的报价表,销售人员根据报价表向客户销售产品。

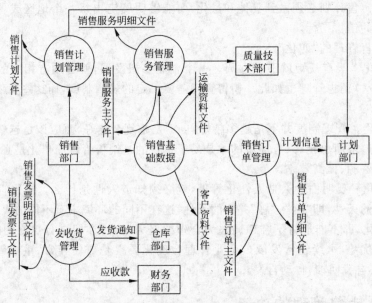

图 5.1　销售管理子系统数据流

销售员与客户签订了订单之后,生产部门就根据订单内容制定生产计划,然后向采购部门要求采购原料。采购部门统计好原料数据之后就向财务部门请求拨款。财务部门审批之后将采购款拨给采购部门,采购部门再将采购好的生产材料运送到生产部门进行生产。生产好的产品入库以后由销售部门进行发货,然后由客户结款。订单结款之后,也就是交易成功之后,销售模块将计算出销售人员应得的佣金,佣金由财务部门支付给人事部门。销售管理子系统整体工作流程如图 5.2 所示。

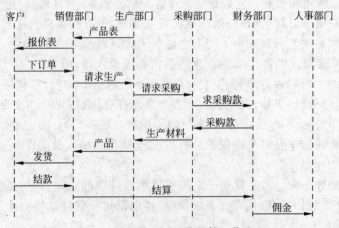

图 5.2　销售管理子系统整体工作流程

# 5.3　销售管理子系统的模块设计

## 5.3.1　销售管理子系统的结构设计

销售管理子系统提供了销售基础数据、客户资料管理、销售订单管理、销售结款管理、收发货管理和销售计划管理等功能，如图 5.3 所示。

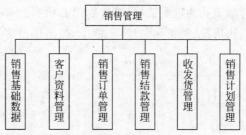

图 5.3　销售管理子系统的结构设计

在一个复杂的销售管理子系统中，上述功能都是最基本的。各个功能之间都以数据库表的方式作为通信纽带，各自实现自身功能的同时也对其余功能的数据产生不同的影响。因为销售管理子系统面向的用户是使用销售管理子系统的销售人员，所以设计的功能也是他们最常用的和最重要的。下面具体介绍每一个功能的作用和效果。

## 5.3.2　销售管理的模块分析

### 1. 销售基础数据

销售基础数据是存储在数据库中，关于销售的各种数据集合，是整个销售管理子系统的基础。销售基础数据定义了多张数据库表，包括销售类型维护、客户组别维护、价格种类维护、折扣种类维护、价格表维护、订货方式维护、结算方式维护、订单取消原因、销售员维护、销售部门维护和销售开销费用。其他的功能模块都将从这个基础数据模块中获取一些需要的数据，如图 5.4 所示。

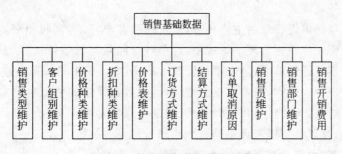

图 5.4　销售基础数据模块划分

### 2. 客户资料管理

销售管理的思想是从客户的需要出发来规划企业的生产经营活动，在大量的客户信息分析基础之上来回答生产何种产品、产品如何定价、产品如何销售、如何为用户服务、如何确定本企业最优的产品组合等诸多问题。因此，完整的客户信息不仅是销售活动的需要，而且也是企业全部生产经营活动的需要。

每一个客户的信息以客户档案的形式存在,至少包括客户代码、客户名称、通信办法、地区代码、开户银行、信贷能力、客户类型等基本信息。所谓客户类型,是指客户使用产品的特征,包括以下几点。

(1) 代理商:对产品仅起分配和介绍的作用,并不具有产品的所有权。对这类客户,档案中还应保留佣金支付信息。

(2) 经销商:在产品交换过程中持有所有权,将产品用于经销。

(3) 直接使用者:把产品直接用于生产或消费的用户。另外,客户的信贷信息是销售订单确认的重要依据,销售部门必须据此来决策销售订单的确认与否。当然,对于销售订单确认情况、销售佣金计算、标价,应提供给客户以迅速、方便的查询功能。

因为销售部门是直接面向客户的,所以相对于其他部门,它可以得到客户的第一手资料。这些资料也是销售人员针对客户的背景和需求,销售相对适合的货品给客户的重要参考。客户资料当中某些数据是从订单模块中获取的,客户的结款账号用于财务部门收取货款。分销商管理是合并在客户资料管理中,也就是说,将各个分销商当成大客户来对待,只是售货价格会有特殊的优惠折扣。图 5.5 所示为客户资料管理的模块。

图 5.5　客户资料管理模块划分

### 3. 销售订单管理

客户的实际需求通过销售订单进入销售管理子系统。订单是根据获取的客户信息、交运信息、销售项目及其他注意事项而建立的,其主要内容有订单号、客户代码、订单类型、订单内容(项目号、描述、数量、价格、需求日期、交运日期,以及是否要交税、是否单独装运等要求)、有关日期信息(订货日期、登记日期,以及最后更改确认日期)、有关交运的信息(运输地点、所有权变更地点、运输路线等)、与客户有关的信息(客户采购号、采购者姓名等),以及其他信息(销售地区代码等)。销售订单输入销售管理子系统后,便跟踪产品销售的整个过程,直至完成全部业务处理。

销售订单管理是销售管理的主要环节,负责跟踪客户订单、合同和交款情况,这与财务部门联系比较紧密。在销售管理子系统中,订单和合同是同时签订的,以一张订单来表示。销售人员与客户签订好订单后,录入销售管理子系统,则订单中的数据会被添加到相应的订单表及基础数据表中。这样,随着订单的增加,基础数据库中的数据也会愈发充实起来,而不单纯依靠人工输入。因为本销售模块面向的是普通的销售人员,所以只允许添加和查看订单,并不允许修改订单。销售订单是整个销售管理子系统中的第一个环节,也是销售管理子系统的驱动,其数据将被许多模块所引用,地位相当重要,如图 5.6 所示。

### 4. 销售结款管理

销售结款在销售管理子系统中是由销售模块来实现的,如图 5.7 所示,具体形式是结款单。结款单中的收款数额是根据订单上的折后价税总计扣去预付款而得到的,

图 5.6　销售订单管理模块划分

结款单的大部分具体资料也是根据订货单而得到的,所以这个功能模块依赖于订单模块。为了方便结算,销售结款模块默认所有的款项都是一次付清,不考虑分期付款的情况。所收的款项由客户存到客户的银行账号上,再转到销售部门所拥有的银行账号上,由财务部门负责清算。

#### 5．收发货管理

收发货管理连接客户与仓库,确保客户能收到货,仓库不发错货。其模块划分如图5.8所示。在销售管理子系统的销售模块中,收发货管理以发货单的形式进行,发货单的大部分具体资料也是由订单决定的,所以这个功能模块也依赖于订单模块。为了方便处理,收发货管理模块默认仓库的存货已经在交货期限之间达到预定数额。

图 5.7　销售结款管理模块划分

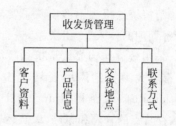

图 5.8　收发货管理模块划分

#### 6．销售计划管理

销售计划管理是根据销售基础数据提供的销售情况和市场的供需所制定的一系列销售方针,目的是更好地开拓市场、增加销售业绩,同时也关系生产部门的生产计划。其模块划分如图5.9所示。制定和实现销售计划依赖的是销售分析。所谓销售分析,是指对企业实际销售效果的评价,不仅可判别实际生产经营是否已达到预期的目标,而且从中可以发现销售管理子系统存在的各种问题,例如策略是否正确、企业机构是否适应、措施是否得当等。销售分析的依据是具体而准确的销售记录,销售管理子系统为各种记录信息的收集和维护提供了有力支持。

图 5.9　销售计划管理模块划分

销售分析可以根据需要采用不同的方式进行。

(1) 分类账目分析:将分类账目中所列各种销售费用账目的数值,如差旅费、广告费、邮电费、运输、销售佣金和特殊费用(如接待费等)进行汇总统计,计算出各类费用占总销售额的百分比,然后进行分析对比,如各类费用年内变化情况、各类费用比例与以往不同年度对比、各类费用比例与同行业对比、各类费用之间比例关系对比等。

(2) 销售功能成本分析:将分类账目所列销售费用账目按功能分类,然后再予以分析。至于功能如何划分,则因企业不同而异。直接销售费用如门市部、修理部的办公费用,销售人员的工资、差旅费等;间接销售费用如销售人员的培训费、管理人员的工资及市场研究费、销售统计费;其他销售费用如广告费、运输费、存储费、分期付款所占资金的利息等。

(3) 市场单位销售成本分析:将销售费用按照不同的市场单位进行分析,然后与上述两类分析进行联合对比,以分析各类市场对企业经营状况的影响。市场单位的划分可采用销售地区、产品类别、客户类型、订货量的大小等不同方法,要根据需要而定。销售分析必须搜集各种必要的统计资料。统计报表提供的主要信息包括交运信息(交运地点、日期、交运额)、销售数量、销售额、销售成本、税务信息、销售代理信息及销售物料信息等。统计的时间范围一般为 1～3 年,可以按年度进行汇总比较,也可以按时段(通常为月度)进行比较。这是一类时间序列型纵向统计资料,适用于趋势分析。

(4) 统计的口径根据不同的目标选用:按客户分类统计、按销售代理分类统计、按销售物料代码分类统计、按销售地区代码分类统计、按市场领域进行分类统计(如行业分类),以及按交运日期、地点等分类统计。分类统计的目的是进行横向比较分析,以利于进行市场研究决策、制定销售战略。

销售统计报表的数据不仅与销售和分销模块有关,而且还依赖于成本核算中的各种信息。因而,销售统计报表不但反映了实际销售完成的情况、检验计划的合理性,而且还有利于分析销售管理的投入、产出关系,进行各种策略下的盈亏分析,如增加广告宣传费用对销售的影响、采用效益挂钩或数量折扣政策对销售的影响等。

对于有着大型行销网络及转运中心的企业,销售管理子系统整合了分销资源计划(Distribution Resources Planning,DSP)的功能。分销资源计划对产品的分销进行计划和控制,包括存货点的管理和布局,以及运输管理等主要内容。在多企业、多部门的制造业中,原料需求由企业的其他工厂供应,同样适用这种功能。

## 5.4　销售管理子系统的工作流程图

从图 5.10 可以看出,销售模块的关键流程出发点是销售订单,它包含了销售管理子系统中客户资料、交易金额、交货地点等对于其他模块来说很重要的基本信息。因此,销售管理子系统的重点是销售订单的管理。从主窗口进入销售模块之后,使用者可以选择对不同的资料进行查询。如果查询的是单据,则会弹出相应单据的列表。在列表中,使用者可以选择想要查看的单据进行查看,也可以添加新的单据。销售模块的工作流程相对比较简单,因

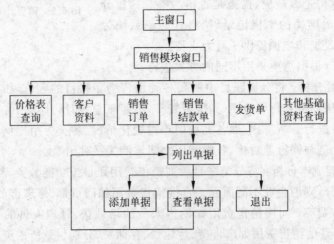

图 5.10　销售管理子系统的工作流程图

此使用起来很方便。

## 5.5 销售管理子系统的实现

通过前面对销售管理模块进行分析和设计,已经形成了编程构思,可以在此基础上进行编程实现。在编程实现中,数据库的连接使用了 MFC ODBC 的访问方式,有的数据列表项引用了第三方共享表格控件 CGridCtrl,它不仅很好用,而且也很美观。界面设计上,引入了 SkinPlusPlus 界面库,让整个系统界面看起来非常的美观和友好。使用者在输入正确的用户名和密码之后,系统会自动地根据用户名和密码判别使用者的用户权限。单击"销售模块"按钮,就可以进入销售管理子系统的主窗口,如图 5.11 所示。

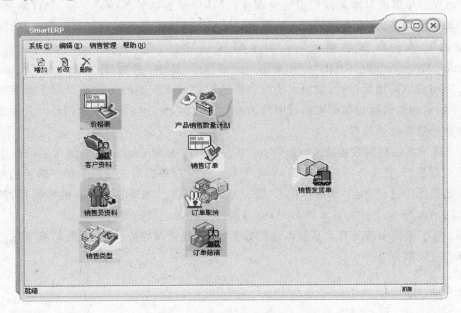

图 5.11 销售管理子系统的主窗口

在销售管理子系统中,销售管理的职能通常是由销售与分销模块为核心来完成的。为此,下面将对销售管理模块中的最主要功能(订单管理)进行讨论,分析其实现过程。其余的各个功能都是以类似的方法实现的。

### 5.5.1 销售订单处理的实现步骤

#### 1. 判断单据列表

因为销售订单、结款单和发货单都是共用同一个 FormCheckDlg 对话框,所以在调用这个对话框时会判断是列出哪一种单据,具体实现是判断一个全局变量 m_intListType 的值:①销售订单;②结款单;③发货单。

#### 2. 列出所有订单

(1) 初始化对话框时调用 SetListCtrlStyle 函数,设置类列表控件 m_ctrlFormCheckLst

的风格。

（2）调用 AddLstCtrlHeader 函数，设置列表控件的表头。

（3）调用 ListBills 函数，先清空列表，然后取出数据库中的所有单据，并罗列在列表控件中。

**3. 添加订单**

调用"添加"按钮的相应函数 OnOrderAdd，显示订单对话框，增加完订单后再次调用 ListBills 函数，刷新单据列表。

**4. 保存订单**

（1）保存单据前判断单据数据的合理性，包括保证表格外的信息完整，如订单号、客户等一个都不可以漏，只有备注可以不用填写；保证表格中每一行的数据都必须完整，除了备注以外的其他各项都必须填写。为了实现该功能，给 OrderForm 类增加了一个 JudgeInputReasonable(BOOL * RowReasonable)。其中，参数 RowReasonable 是一个 BOOL 类型数组的地址指针，数组大小为表格的行数。该数组的元素与单据各表格行一一对应，用元素的取值标记单据表格行中是否有合法数据，便于在保存单据信息时只考虑这些标记有合法数据的表格行。

（2）将单据保存到数据表 OrderForm 中。数据库表 OrderForm 中保存了单据中除表格外的所有数据，其中单据号是主键，不能重复。在保存单据时先要判断用户输入的单据号是否在数据库中已经存在，如果存在了，则提醒用户更改。如果是一个新的单据号，就调用记录集的 AddNew、PutCollect 和 Update 等函数完成新记录的增加。

（3）对于单据中涉及其余数据库表的数据项，只要更改相应的 SQL 语句就可以把它们保存到相应的数据表中去。

**5. 查看订单**

（1）调用"查看"按钮的相应函数 OnOrderShow 时至少要在列表中选择一条单据，否则会提示用户。该函数先获得所选单据的编号，并据此设置类 OrderDlg 的变量 m_intOrderFormID，然后显示单据对话框，查看所选订单。

（2）查看订单时，编辑框等都无效；将"保存"按钮隐藏；让表格中的商品名称、编号等列不能编辑；根据订单编号查询订单表 OrderForm，返回一条记录，填充对话框内的数据；调用函数 UpdateData(FALSE)更新单据的显示。

## 5.5.2　销售订单表的数据表实现

销售订单表的数据如表 5.1 所示。

表 5.1　销售订单表的数据

| 序号 | 字 段 名 | 类型 | 长度 | 允许空 | 主键 | 说　明 |
|---|---|---|---|---|---|---|
| 1 | OrderFormID | Integer | 4 | | √ | 订单编号 |
| 2 | OrderFormSN | Integer | 4 | | | 合同序号 |

续表

| 序号 | 字 段 名 | 类型 | 长度 | 允许空 | 主键 | 说　明 |
|---|---|---|---|---|---|---|
| 3 | OrderFormType | Varchar | 40 | | | 合同类型 |
| 4 | OrderDate | Datetime | 4 | | | 签订日期 |
| 5 | CustomerID | Integer | 4 | | | 客户编号 |
| 6 | SalesDepartmentID | Integer | 4 | | | 销售部门编号 |
| 7 | SalesmanID | Integer | 4 | | | 销售员编号 |
| 8 | ProdID | Integer | 4 | | | 产品编号 |
| 9 | ProdAmount | Integer | 4 | | | 产品数量 |
| 10 | SalesTypeID | Integer | 4 | | | 销售类型 |
| 11 | PriceTypeID | Integer | 4 | | | 价格类型 |
| 12 | TaxType | Varchar | 40 | | | 税类型 |
| 13 | Tax | Varchar | 40 | | | 税率 |
| 14 | UnitPriceNoTax | Integer | 4 | | | 免税单价 |
| 15 | SumNoTax | Integer | 4 | | | 免税总价 |
| 16 | UnitPriceWithTax | Integer | 4 | | | 含税单价 |
| 17 | SumWithTax | Integer | 4 | | | 含税总价 |
| 18 | DiscountTypeID | Integer | 4 | | | 折扣类型编号 |
| 19 | Discount | Varchar | 40 | | | 折扣 |
| 20 | SumWithTaxDiscount | Integer | 4 | | | 折后价税总计 |
| 21 | Earnest | Integer | 4 | | | 预付款 |
| 22 | OrderRemark | Varchar | 200 | √ | | 备注 |

### 5.5.3　销售订单表的界面实现

当用户单击"销售订单"按钮之后，就会弹出一个 FormCheckDlg 对话框，界面如图 5.12

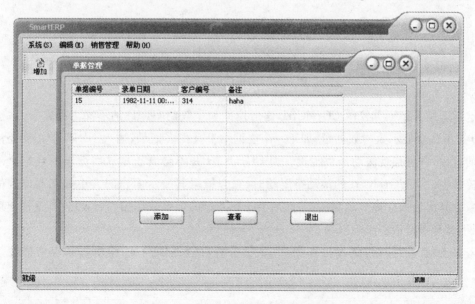

图 5.12　FormCheckDlg 对话框界面

所示。这个对话框列出了数据库 OrderForm 表内所有的单据，从中选出"单据编号"、"录单日期"、"客户编号"和"备注"作为 listctrl 的表头。通过这些表头，使用者可以从中选出自己需要查看的单据。单击"添加"按钮，会弹出如图 5.13 所示的对话框，使用者可以编辑对话框中的数据，单击"保存"按钮将其添加到数据库表中。

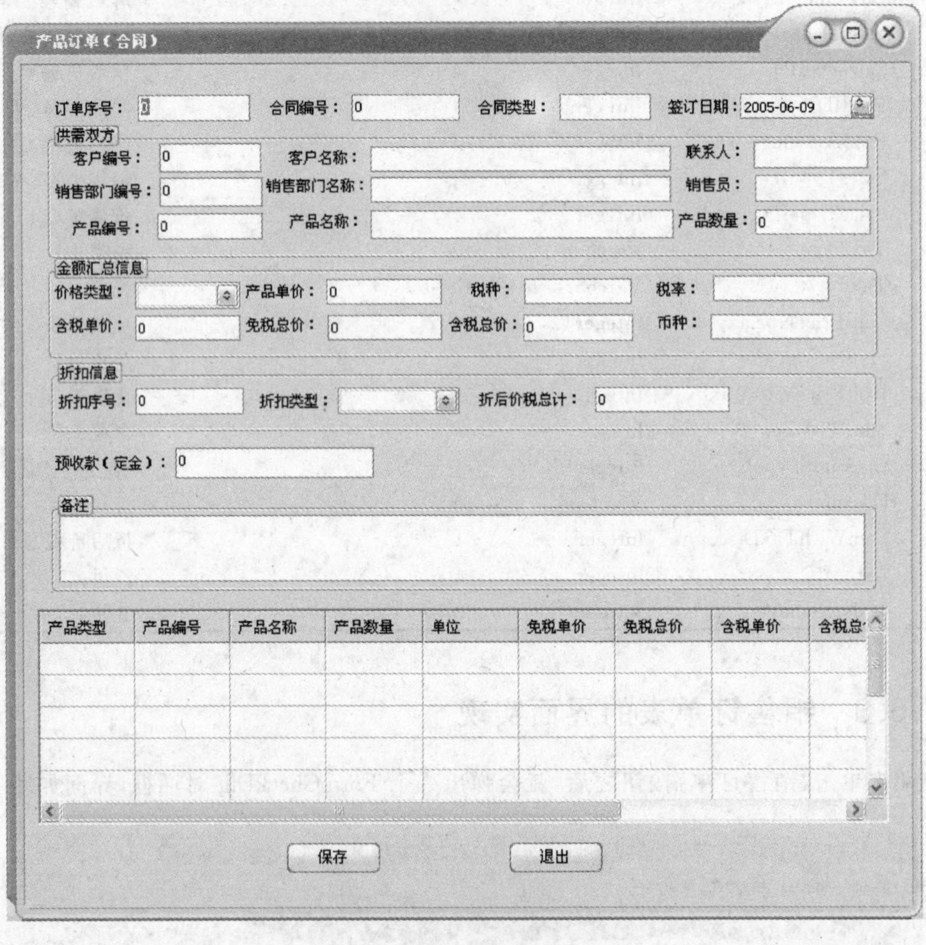

图 5.13　编辑订单表界面

　　这里运用了第三方控件 CGridCtrl，这个控件和一般的 GRID 的不同之处在于，一般的 GRID 并不适合显示大的数据量，如果一个查询结果有很多记录，插入 GRID 中将需要一个漫长的过程，并且移动滚动条也很慢。而 CGridCtrl 并不会真正把这些记录的数据全部插入到控件中。当 CGridCtrl 的滚动条滚动时，它会根据其显示面积的大小和查询得到的总记录数计算出当前应该显示哪些行，然后会把那几行的记录数据插入到表格中，这样速度就很快了，没有数据量多少的限制。

　　若单击"查看"按钮，则弹出如图 5.14 所示的对话框，所有的编辑框和表格都被禁止输入。

图 5.14　查看订单表界面

# 习题 5

**一、选择题**

1. 企业物流模块包括_____。

A. 分销管理　　　　　B. 库存控制　　　　　C. 采购管理　　　　　D. 车间生产

2. 企业信息化系统中若启用"出货通知管理",则销货流程是_____。

A. 订单预计出货表→出货通知单→销货单

B. 订单预计出货表→客户订单→销货单

C. 客户订单→出货通知单→销货单

D. 销货单→出货通知单→订单预计出货表

3. 独立需求库存控制模型的基本假设不包含_____。

A. 物料的消耗相对稳定　　　　　　　　B. 物料的供应比较稳定

C. 订货提前期是固定的　　　　　　　　D. 允许延期交货

4. 如果一个企业的年销售成本是 60 万元,它平均的库存价值是 30 万元,那么,库存周转次数就是一年两次。如果该企业的平均库存价值是 15 万元，那么它的库存周转次数就是每年_____次。

A. 2 　　　　　　　　B. 3 　　　　　　　　C. 4 　　　　　　　　D. 5

## 二、简答题

1. 解释销售管理子系统的主要内容和主要目的。

2. 说明销售管理子系统的具体任务和设计目标。

3. 给出销售管理子系统的模块划分和工作流图。

4. 阐述销售管理子系统的详细设计和实现过程。

# 第6章
# 财务管理子系统的设计与实现

本章对财务管理子系统进行了详细的分析,说明财务管理子系统各个模块之间的功能划分,同时给出财务管理子系统的概要设计、总体设计思想和实现过程,让读者可以更全面和深入地了解财务管理子系统。

## 6.1 财务管理简介

无论在传统的 MRP Ⅱ 或是新兴的 ERP 中,财务管理始终是核心的模块和职能,其他模块都是为财务模块服务并提供数据的。财务管理的对象是企业资金流,是企业经营成果和经营效率的最终反映。因而财务管理子系统一直是企业实施信息化时关注的重点。

传统的会计信息系统包括 MRP Ⅱ 中的会计和财务模块,主要的特点有:①主要用于事后收集和反映会计数据,在管理控制和决策支持方面的功能相对较弱;②财务管理子系统的信息处理一般都是对手工会计职能的自动化,财务管理流程的各个模块也能连接起来,甚至可以实现数据自动流转、自动计算和生成各种财务管理信息报表。财务管理子系统的结构是面向任务和职能的,这对满足会计核算的要求来说已经足够,但在会计信息的综合加工和利用上还需要加以完善。

企业外部经营环境和内部管理模式的不断变化,对财务管理功能提出了更高的要求,出现了新的应用。如今的财务管理子系统演变成为整个供应链上的财务管理子系统,而且它必须能及时地反映整个链条上的动态信息,监控经营成本和资金流向,提高企业对市场反应的灵活性,提高财务效率。供应链的概念和集成的财务管理是企业信息化对传统的 MRP Ⅱ 进行改造和超越的两个核心。国外主要的企业信息化系统供应商,如 SAP、Oracle 等都提供了功能强大、集成性好的财务应用系统,并在许多国际知名企业和国内一些大型企业的信息化应用中发挥了显著的效益。但是对于我国众多中小企业来说,这些财务应用系统的价格过于昂贵。

财务管理一般分为会计核算与财务管理两大块。

### 1. 会计核算

会计核算主要是记录、核算、反映和分析资金在企业经济活动中的变动过程及其结果。它由总账、应收账、应付账、现金、固定资产、多币制等部分构成。会计核算主要包括以下几项内容。

1) 总账模块

它的功能是处理记账凭证的输入、登记,输出日记账、一般明细账及总分类账,编制主要会计报表。它是整个会计核算的核心,应收账、应付账、固定资产核算、现金管理、工资核算、多币制等各模块都以其为中心来互相传递信息。

2) 应收账模块

它是指企业应收的由于商品赊欠而产生的正常客户欠款账,包括发票管理、客户管理、付款管理、账龄分析等功能。它和客户订单、发票处理业务相联系,同时将各项事件自动生成记账凭证,导入总账。

3) 应付账模块

会计里的应付账是企业应付购货款等账目,包括了发票管理、供应商管理、支票管理、账龄分析等。它能够和采购模块、库存模块完全集成,以代替过去烦琐的手工操作。

4) 现金管理模块

它主要是对现金流入、流出的控制,以及零用现金及银行存款的核算,包括了对硬币、纸币、支票、汇票和银行存款的管理。在现金管理模块中提供了票据维护、票据打印、付款维护、银行清单打印、付款查询、银行查询和支票查询等和现金有关的功能。此外,它还和应收账、应付账、总账等模块集成,自动产生凭证,转入总账。

5) 固定资产核算模块

它是完成对固定资产的增减变动,以及折旧有关基金计提和分配的核算工作。它能够帮助管理者对目前固定资产的现状有所了解,并能通过该模块提供的各种方法来管理资产,以及进行相应的会计处理。它的具体功能有登录固定资产卡片和明细账、计算折旧、编制报表,以及自动编制转账凭证,并转入总账。它和应付账、成本、总账模块集成。

6) 多币制模块

这是为了适应当今企业的国际化经营,对外币结算业务的要求增多而产生的。多币制将企业整个财务系统的各项功能以各种币制来表示和结算,且客户订单、库存管理及采购管理等也能使用多币制进行交易管理。多币制和应收账、应付账、总账、客户订单、采购等各模块都有接口,可自动地生成所需数据。

7) 工资核算模块

它自动地进行企业员工的工资结算、分配、核算,以及各项相关经费的计提。它能够登录工资、打印工资清单及各类汇总报表,计算计提各项与工资有关的费用,自动地做出凭证,导入总账。这个模块是和总账及成本模块集成的。

8) 成本模块

它将依据产品结构、工作中心、工序、采购等信息进行产品的各种成本的计算,以便进行成本分析和规划,还能用标准成本或平均成本法按地点维护成本。

**2. 财务管理**

财务管理的功能主要是基于会计核算的数据,再加以分析,从而进行相应的预测、管理和控制活动。它侧重于财务计划、控制、分析和预测,主要包括以下 3 个方面。

(1) 财务计划。根据前期财务分析做出下期的财务计划、预算等。

（2）财务分析。提供查询功能和通过用户定义的差异数据的图形显示进行财务绩效评估，账户分析等。

（3）财务决策。财务管理的核心部分和中心内容是做出有关资金的决策，包括资金筹集、投放及资金管理。

从企业财务的角度来看，国内企业需要财务管理子系统具有如下功能：①具备一般企业财务软件的基本功能，包括凭证录入、凭证审核、凭证自动登录总账和明细账，自动生成资产负债表、现金流量表和损益表；②销售和应收账挂钩，可以根据销售的状况，自动地得到应收账目的账龄；③采购和应付账挂钩，可以由采购收货情况及付款情况，自动地得到应付账目的账龄；④系统按订单生产，自动地生产所需的采购单、各种凭证等，尽可能地减少人工干预；⑤自动地生成企业的财务报表，动态地监控企业的资金状况；⑥自动地管理企业生产设备的报废和更新。

## 6.2 财务管理子系统的功能模块设计

### 6.2.1 总体功能图设计

财务管理子系统的总体功能图如图6.1所示。

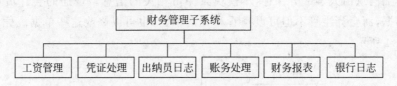

图 6.1 财务管理子系统的总体功能图

### 6.2.2 工资管理模块设计

由于基本工资、福利、保险等内容已经在人力资源管理子系统中进行了预处理，再加上销售奖金就形成了最终工资。因此本模块处理了工资的合成和发放工资。工资管理模块的流程如图6.2所示。

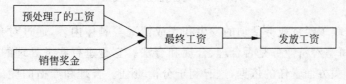

图 6.2 工资管理流程图

根据财务管理子系统的设计目标，为了方便管理，将一部分工资的核算放到人事模块中进行初步的处理，而在本模块仅仅核算最终工资并进行工资的核发。会计主管具有所有的权限，可以调整工资及奖金、审核工资单、查询工资。经过主管处理的工资单就是最终工资，会计员能够查询工资和审核工资单。工资管理模块的用例图如图6.3所示。

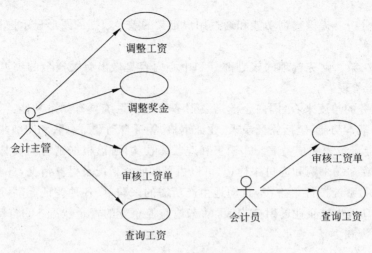

图 6.3   工资管理用例图

### 6.2.3   凭证处理模块设计

由于在财务管理子系统中,由销售订单自动生成其他的各种凭证并保存原始的单据,因此在本模块中仅保存所用到的一部分单据信息。而由人事部门产生的初步工资单、员工培训费用等详细信息由人事部分保存,本模块只保留相关的信息。普通的会计员可以查看和查询凭证单据,而会计主管不但可以查看和查询单据,也可以修改这些单据。凭证处理模块流程如图 6.4 所示。

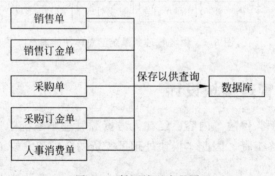

图 6.4   凭证处理流程图

凭证记录反映了经济业务活动的发生和完成情况等具体内容,通过对会计凭证的严格审核,可以检查每笔经济业务是否合理、合规和合法。它是进行账务处理的依据,也可以作为明确业务各有关方面责任的依据,这有利于分清责任。合理和严格的凭证审核是企业财务会计核算的起点。凭证处理模块用例图如图 6.5 所示。

### 6.2.4   出纳员日志模块设计

在财务管理子系统中,每项资金的进出都要专门进行详细记录,以供查询。为了安全起见,出纳员日志由财务管理子系统根据凭证的审核、账务的划拨等自动记录,作为原始凭据,并且任何人都不能修改。出纳员日志模块流程如图 6.6 所示。无论是会计主管,还是普通

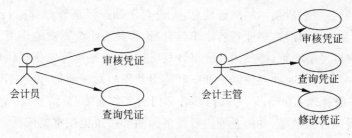

图 6.5 凭证处理用例图

会计员,都仅仅能够查询出纳员日志中的资金流向,不能修改。

为了能及时、详细地反映现金和银行存款的收入、支出和结余情况,企业需要建立每天发生的出纳员日记账。日记账中按时序地登记了现金及银行存款的收入、支出和结余情况,便于在任何时候都能了解资金的运用状况,合理地安排资金。出纳员日志模块用例图如图 6.7 所示。在该模块中,日志由系统根据操作记录自动生成,是资金流动的原始凭证,对此,会计主管和会计仅仅具有只读权限。

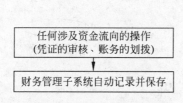

图 6.6 出纳员日志流程图

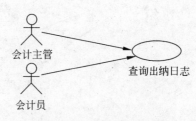

图 6.7 出纳员日志用例图

## 6.2.5 账务处理模块设计

账务是企业资金流动的最直接记录。账务处理是企业财务处理的核心模块,其主要内容包括录入凭证、生成总账、设置会计科目、设置记账凭证类别、记账凭证录入、月结等。由于在财务管理子系统中实现了销售订单,自动地生产所需的单据,因此在本模块中,将相关的账务放在了销售模块中实现。账务处理模块用例图如图 6.8 所示。会计主管能够处理所有账务,而会计员仅能浏览总账。

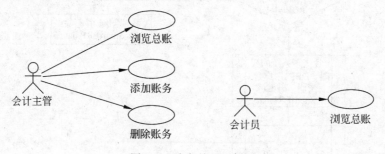

图 6.8 账务处理用例图

## 6.2.6 财务报表模块设计

财务报表提供的资料与其他核算资料相比,具有更集中、更概括、更系统和更有条理性的特点。因此,财务报表所揭示的财务信息,无论对于国家经济管理部门,还是企业的投资者和债权人,以及企业、行政、事业等各个单位自身,都具有十分重要的作用。财务报表可以为国家制定和修订经济政策、编制国民经济计划、进行综合平衡等工作提供可靠的依据;为投资者、债权人等分析企业的偿债能力和获利能力及预测发展前景,做出正确的投资决策和信贷决策;为各级管理人员分析、考核内部各部门的工作业绩、总结经验、发现问题、采取措施、改进管理、提高经济效益,并为企业进行经济预测和决策提供重要依据。

财务报表模块用例图如图 6.9 所示。

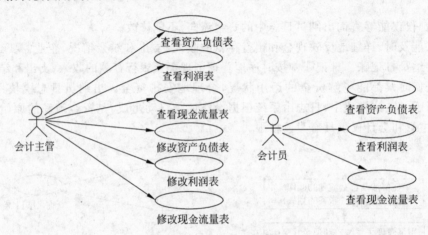

图 6.9　财务报表用例图

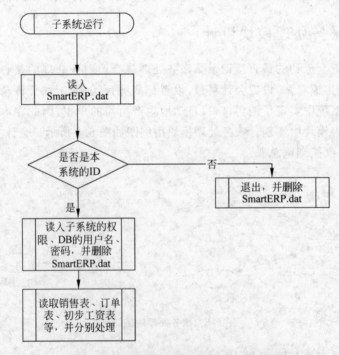

图 6.10　财务管理子系统启动时的预处理

# 6.3　财务管理子系统的实现

　　为了安全地与其他系统进行整合，财务管理子系统在启动时需要进行一系列的预处理，如图 6.10 所示。财务管理子系统启动后进入如图 6.11 所示的主界面。

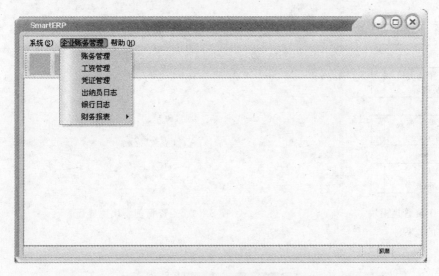

图 6.11　财务管理子系统主界面

　　财务管理子系统分为 6 个模块：工资管理模块、凭证处理模块、账务处理模块、出纳员日志模块、财务报表模块、银行日志模块。每个模块由一个或多个子模块组成。

　　数据库主要表的描述如表 6.1 所示。

表 6.1　数据库主要表的描述

| 序号 | 表　　名 | 中　文　名 | 描　　　　述 |
|---|---|---|---|
| 1 | H_Salary | 工资 | 记录员工工资 |
| 2 | H_BankLog | 银行记录 | 记录银行对账 |
| 3 | H_CashierLog | 出纳员日志 | 记录出纳日志 |
| 4 | H_CompanyLog | 总账 | 记录企业总账 |
| 5 | H_CashTable | 现金流量表 | 记录企业一定时期内的现金流量 |
| 6 | H_ProfitTable | 利润表 | 反映企业一定时期的利润状况 |
| 7 | H_BalanceSheet | 资产负债表 | 反映企业一定时期内的资产负债情况 |
| 8 | H_CertificateLog | 凭证记录 | 记录企业所使用的各种凭证 |

## 6.3.1　工资管理模块实现

　　由于在人力资源管理子系统中进行了工资的初步核算，如考勤、基本工资、各种保险和福利等，故在工资管理模块中仅仅需要添加销售人员的销售奖金即可。同时，进行工资的审核和发放。在财务管理子系统启动时，检查相应的通信表，并做相应的处理。工资管理模块的具体流程如图 6.12 所示。

　　工资管理模块的界面如图 6.13 和图 6.14 所示。

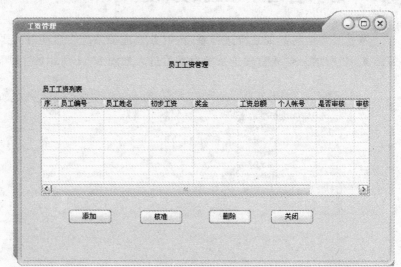

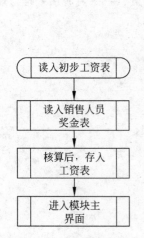

图 6.12　工资管理模块
　　　　的流程

图 6.13　工资管理模块主界面

图 6.14　添加员工工资界面

　　相关的数据库表的设计如表 6.2 所示。

表 6.2　工资记录

| 序号 | 字 段 名 | 类型 | 长度 | 允许空 | 主键 | 说　　明 |
|---|---|---|---|---|---|---|
| 1 | ID | Integer | 4 | | √ | 工资单编号 |
| 2 | EmployeeID | Varchar | 50 | | | 员工 ID |
| 3 | EmployeeName | Varchar | 50 | | | 员工姓名 |

续表

| 序号 | 字 段 名 | 类型 | 长度 | 允许空 | 主键 | 说 明 |
|---|---|---|---|---|---|---|
| 4 | PreSalary | Decimal | 9 | | | 初步工资 |
| 5 | Premium | Decimal | 9 | √ | | 销售奖金 |
| 6 | Total | Decimal | 9 | | | 工资总额 |
| 7 | AccountID | Integer | 4 | | | 员工银行账号 |
| 8 | IsVerifyed | Char | 6 | | | 是否通过审核 |
| 9 | Verifier | Varchar | 50 | √ | | 审核员 |
| 10 | VerifyDate | Datetime | 8 | √ | | 审核日期 |

## 6.3.2 凭证处理模块实现

凭证处理是企业财务重要的一环。由于简化了整个财务管理子系统的设计和实现了凭证的自动化处理,因此整个凭证处理的功能划分到不同的财务管理模块中实现,如凭证的录入分别由销售管理子系统手动录入和采购模块自动生成、手动录入。故在凭证处理模块中,仅仅实现凭证的存储、修改、查询。具体处理流程如图 6.15 所示。

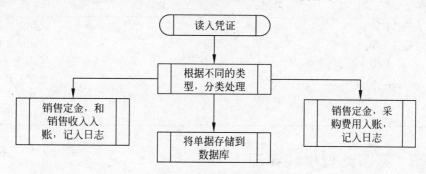

图 6.15 凭证处理流程图

在凭证处理模块中,普通会计员能够浏览和查询凭证,会计主管还可以添加和删除凭证,界面如图 6.16 和图 6.17 所示。

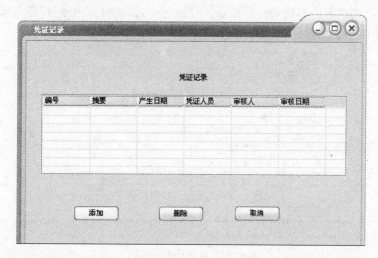

图 6.16 凭证记录界面

图 6.17  添加凭证界面

相关的数据库表的设计如表 6.3 所示。

表 6.3  凭证记录

| 序号 | 字 段 名 | 类型 | 长度 | 允许空 | 主键 | 说　明 |
|------|---------|------|------|--------|------|--------|
| 1 | ID | Integer | 4 | | √ | 凭证单据的编号 |
| 2 | Type | Varchar | 50 | | | 凭证摘要 |
| 3 | CerDate | Datetime | 8 | | | 凭证产生日期 |
| 4 | CerName | Varchar | 20 | | | 凭证人姓名 |
| 5 | Verifier | Varchar | 50 | √ | | 审核员 |
| 6 | VerifyDate | Datetime | 8 | √ | | 审核日期 |

### 6.3.3  账务处理模块实现

账务是表现企业经济活动的工具。良好的账务处理对企业的运作有着重要的意义。在财务管理子系统中,没有详尽的会计科目分类、企业贷款、还贷处理和企业的各种投资等业务。在本模块中,仅仅处理现金在会计期(一个月)中企业的借出和贷入,其中分别用会计期间的收入和支出代替借出和贷入。在企业开户银行中,设定特殊的账号,任何流入企业的资金,都划入这个账号。具体流程如图 6.18 所示。

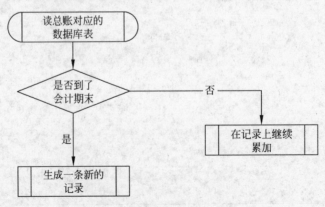

图 6.18  账务处理的流程

账务处理的界面如图 6.19 和图 6.20 所示。

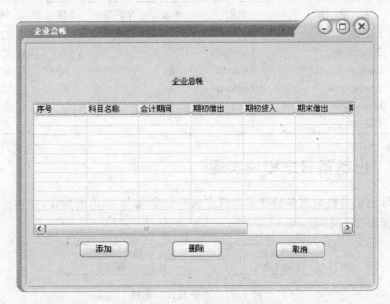

图 6.19 企业总账处理界面

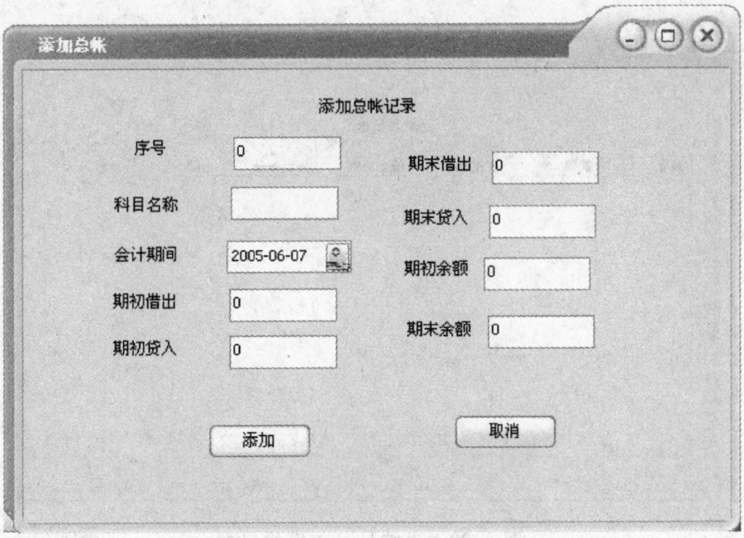

图 6.20 添加总账界面

相关的数据库表的设计如表 6.4 所示。

表 6.4 总账记录

| 序号 | 字 段 名 | 类型 | 长度 | 允许空 | 主键 | 说 明 |
|------|----------|------|------|--------|------|--------|
| 1 | ID | Integer | 4 | | √ | 序号 |
| 2 | Type | Varchar | 50 | | | 科目类型 |
| 3 | AccountingPeriod | Datetime | 8 | | | 会计期间 |

| 序号 | 字 段 名 | 类型 | 长度 | 允许空 | 主键 | 说 明 |
|---|---|---|---|---|---|---|
| 4 | StLend | Decimal | 8 | | | 期初借出 |
| 5 | StBorrow | Decimal | 8 | | | 期初贷入 |
| 6 | EndLend | Decimal | 8 | | | 期末借出 |
| 7 | EndBorrow | Decimal | 8 | | | 期末贷入 |
| 8 | StBalance | Decimal | 8 | | | 期初余额 |
| 9 | EndBalance | Decimal | 8 | | | 期末余额 |

### 6.3.4　出纳员日志模块实现

出纳员日志记录整个财务管理子系统中所有资金流入、流出的操作,作为资金流向的日志。具体流程如图 6.21 所示。

图 6.21　出纳员日志流程

出纳员日志模块的界面如图 6.22 所示。

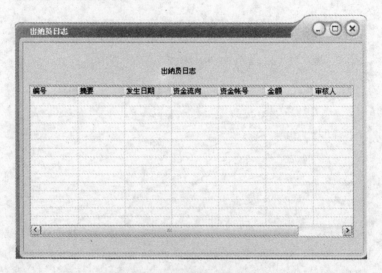

图 6.22　出纳员日志模块界面

相关的数据库表的设计如表 6.5 所示。

表 6.5　出纳员日志记录

| 序号 | 字 段 名 | 类型 | 长度 | 允许空 | 主键 | 说 明 |
|---|---|---|---|---|---|---|
| 1 | ID | Integer | 4 | | √ | 序号 |
| 2 | Type | Varchar | 50 | | | 摘要 |
| 3 | OccDate | Datetime | 8 | | | 发生日期 |
| 4 | InOrOut | Char | 4 | | | 资金流向 |

续表

| 序号 | 字 段 名 | 类型 | 长度 | 允许空 | 主键 | 说 明 |
|---|---|---|---|---|---|---|
| 5 | AccountID | Varchar | 20 | | | 资金账号 |
| 6 | SumOfMoney | Decimal | 9 | | | 金额 |
| 7 | Verifier | Varchar | 50 | | | 审核员 |
| 8 | VerifyDate | Datetime | 8 | | | 审核日期 |

### 6.3.5 财务报表模块实现

　　财务报表是企业财务重要的一环，它不但能够反映企业的财务状况、经营成果，也能为企业的经营决策提供必要的信息。公开的财务报表通常有资产负债表、现金流量表和利润表。

　　资产负债表反映企业的资产组成结构和收益组成结构。在现代企业中，资产由流动资产、固定资产、各种投资、无形资产、商业信誉、品牌等内容组成。每一项都有很多大的子项，而且几乎每项的核算机制都不一样。考虑到财务处理子系统的用途和目的，本模块仅仅选取流动资产（用收入代替）、长期投资、流动负债（用支出代替）、所有者权益来构成整个企业的资产。

　　现金流量表记录在会计期间企业的现金流向和流向的组成。现金流向分为流入和流出两部分。流入通常包括销售收入、借款、存款利息、有价债券等。流出分为采购、工资、培训费用、日常开支、归还贷款等。考虑到本系统的实际情况，这里现金流入分为销售收入和借款两部分；现金流出分为支付采购、支付工资、归还贷款3部分。

　　利润表反映企业在会计期间所创造的利润和利润的组成。利润主要由各种营业收入、营业成本、主营业的利润、净利润总额等组成。

　　资产负债表界面如图6.23所示。添加资产负债表记录界面如图6.24所示。

图6.23　资产负债表界面

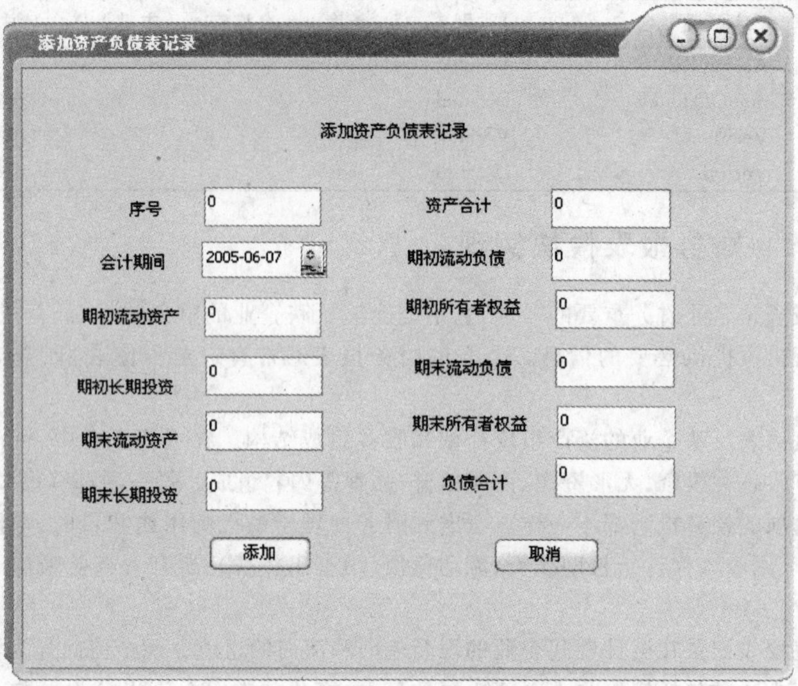

图 6.24　添加资产负债表记录界面

现金流量表界面如图 6.25 所示。添加现金流量表记录界面如图 6.26 所示。

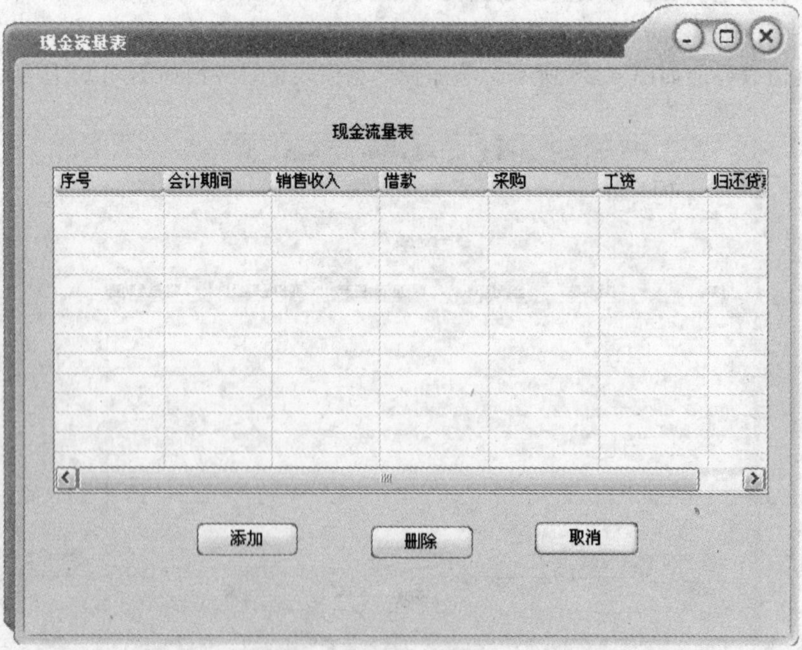

图 6.25　现金流量表界面

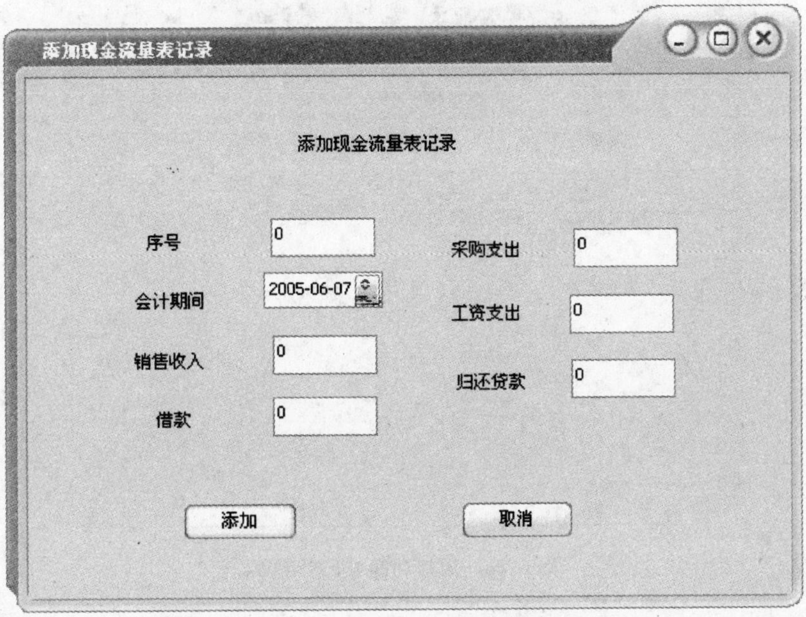

图 6.26　添加现金流量表记录界面

利润表界面如图 6.27 所示。添加利润表记录界面如图 6.28 所示。

图 6.27　利润表界面

相关的数据库表的设计如表 6.6 至表 6.8 所示。

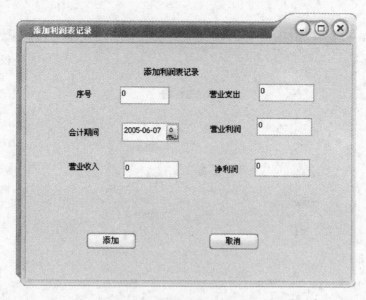

图 6.28　添加利润表记录界面

**表 6.6　资产负债表记录(H_BanlanceSheet)**

| 序号 | 字　段　名 | 类型 | 长度 | 允许空 | 主键 | 说　　明 |
|------|-----------|------|------|--------|------|---------|
| 1 | ID | Integer | 4 | | √ | 序号 |
| 2 | AccountingPeriod | Datetime | 8 | | | 会计期间 |
| 3 | StCurrentAssets | Decimal | 9 | | | 期初流动资产 |
| 4 | StLongInvestment | Decimal | 9 | | | 期初长期投资 |
| 5 | EndCurrentAssets | Decimal | 9 | | | 期末流动资产 |
| 6 | EndLongInvestment | Decimal | 9 | | | 期末长期投资 |
| 7 | Asset | Decimal | 9 | | | 资产合计 |
| 8 | StCurrentDebit | Decimal | 9 | | | 期初流动负债 |
| 9 | StRights | Decimal | 9 | | | 期初所有者权益 |
| 10 | EndCurrenDebit | Decimal | 9 | | | 期末流动负债 |
| 11 | EndRights | Decimal | 9 | | | 期末所有者权益 |
| 12 | Debit | Decimal | 9 | | | 负债合计 |

**表 6.7　利润表记录(H_ProfitTable)**

| 序号 | 字　段　名 | 类型 | 长度 | 允许空 | 主键 | 说　　明 |
|------|-----------|------|------|--------|------|---------|
| 1 | ID | Integer | 4 | | √ | 序号 |
| 2 | AccountingPeriod | Datetime | 8 | | | 会计期间 |
| 3 | Earning | Decimal | 9 | | | 营业收入 |
| 4 | Cost | Decimal | 9 | | | 营业支出 |
| 5 | Gain | Decimal | 9 | | | 营业利润 |
| 6 | NetProfit | Decimal | 9 | | | 净利润 |

表 6.8 现金流量表记录(H_CashTable)

| 序号 | 字 段 名 | 类型 | 长度 | 允许空 | 主键 | 说 明 |
|------|----------|------|------|--------|------|-------|
| 1 | ID | Integer | 4 | | √ | 序号 |
| 2 | AccountingPeriod | Datetime | 8 | | | 会计期间 |
| 3 | Earning | Decimal | 9 | √ | | 销售收入 |
| 4 | Debit | Decimal | 9 | √ | | 借款 |
| 5 | Cost | Decimal | 9 | √ | | 采购支出 |
| 6 | Salary | Decimal | 9 | √ | | 工资支出 |
| 7 | LiquidateLoan | Decimal | 9 | √ | | 归还贷款 |

## 6.3.6 银行日志模块实现

与银行日志相关的数据库表的设计如表 6.9 所示。

表 6.9 银行日志

| 序号 | 字 段 名 | 类型 | 长度 | 允许空 | 主键 | 说 明 |
|------|----------|------|------|--------|------|-------|
| 1 | ID | Integer | 4 | | √ | 序号 |
| 2 | Accounted | Varchar | 20 | | | 个人账号 |
| 3 | UpdateDate | Datetime | 8 | | | 发生日期 |
| 4 | InOrOut | Char | 4 | | | 资金流向 |
| 5 | ChangeMoney | Decimal | 9 | | | 变化金额 |

银行日志记录整个系统中所有银行转账操作日志。为了安全和保险起见,系统自动记录,任何人不能够修改。具体流程如图 6.29 所示。

图 6.29 银行日志流程

银行日志模块的界面如图 6.30 所示。

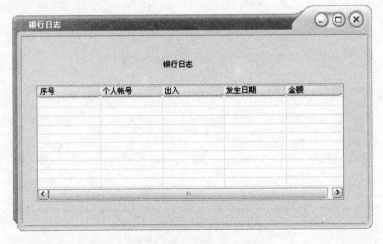

图 6.30 银行日志模块界面

# 习题6

## 一、选择或填空题

1. 企业信息化系统中成本计算采用＿＿＿＿＿＿法,从产品结构的最低层开始,逐层累计。

2. 企业信息化系统中的财务子系统一般分为＿＿＿＿＿＿和管理会计模块。

3. 一般来说,在生产型制造企业的各项支出对利润的影响中,＿＿＿＿＿＿的影响最大。

A. 销售成本　　　B. 生产成本　　　C. 采购成本　　　D. 存货成本

4. 企业信息化系统中会计核算的核心部分是＿＿＿＿＿＿。

A. 总账管理　　　B. 应收/付管理　　C. 固定资产管理　　D. 票据管理

5. 企业信息化系统的总账管理提供的特定功能是＿＿＿＿＿＿。

A. 自动分录　　　　　　　　　　B. 合并报表

C. 标准成本核算　　　　　　　　D. 直接成本核算

6. 企业信息化系统的会计总账子系统中,整批过账的会计凭证是从＿＿＿＿＿＿子系统抛转过来的。

A. 成本核算　　　B. 应收/付　　　C. 票据资金　　　D. 自动分录

7. 企业信息化系统中的财务模块包括＿＿＿＿＿＿。

A. 财务计划　　　B. 财务分析　　　C. 财务决策　　　D. 财务报表

## 二、简答题

1. 简述原始凭证和记账凭证的概念,并简述两者间的联系和区别。

2. 解释财务管理子系统的主要内容和主要目的。

3. 说明财务管理子系统的具体任务和设计目标。

4. 给出财务管理子系统的模块划分和工作流图。

5. 阐述财务管理子系统的详细设计和实现过程。

# 第7章

# 商业智能系统的设计与实现

　　本章对商业智能和数据挖掘进行详细的介绍。特别是针对多关系数据挖掘的原理方法、关键技术、具体实现等,说明了如何来具体地实现数据挖掘应用系统的功能划分、概要设计和实际应用等,以便让读者可以更全面和深入地了解商业智能系统。

## 7.1　商业智能简介

### 7.1.1　商业智能的定义与内涵

　　商业智能(Business Intelligence,BI)又称为商务智能。目前,学术界对 BI 的定义并不统一。BI 通常被认为是将企业中现有的数据转化为知识,帮助企业做出明智的业务经营决策的工具。这里所说的数据包括来自企业业务系统的订单、库存、交易账目、客户和供应商等,以及来自企业所处行业和竞争对手的数据,还有来自企业所处的其他外部环境中的各种数据。而 BI 能够辅助的业务经营决策既可以是操作层的,也可以是战术层和战略层的。为了将数据转化为知识,需要利用数据仓库、联机分析处理(On-Line Analytical Processing,OLAP)工具和数据挖掘等技术。

　　BI 系统的主要内涵包括以下几个方面。

#### 1. 销售分析

　　主要分析各项销售指标,例如毛利、毛利率、交叉比、盈利能力、周转率、同比、环比等;而分析又可从管理架构、类别品牌、日期、时段等角度观察,这些分析又采用多级的方式,从而获得相当透彻的分析思路;同时根据海量数据产生预测信息、报警信息等分析数据;还可根据各种销售指标产生新的透视表。

#### 2. 产品分析

　　产品分析的主要数据来自销售数据和产品基础数据,从而产生以分析结构为主线的分析思路。主要分析数据有产品的类别结构、品牌结构、价格结构、毛利结构、结算方式结构、产地结构等,从而产生产品广度、产品深度、产品淘汰率、产品引进率、产品置换率、重点产品、畅销产品、滞销产品、季节产品等多种指标。通过 BI 系统对这些指标的分析来指导企业产品结构的调整,加强所生产产品的竞争能力和合理配置。

### 3. 人员分析

通过 BI 系统对企业的人员指标进行分析,特别是对销售人员指标(销售指标为主,毛利指标为辅)和采购人员指标(销售额、毛利、供应商更换、购销商品数、代销商品数、资金占用、资金周转等)的分析,以达到考核员工业绩,提高员工积极性,并为人力资源的合理利用提供科学依据。主要分析的主题有人员构成、销售人员的人均销售额、对于销售的个人销售业绩、各管理架构的人均销售额、毛利贡献、采购人员分管商品的进货多少、购销代销的比例、引进的商品销量如何等。

## 7.1.2　商业智能的构成与层次

### 1. 商业智能的构成

(1) 终端用户查询和报告工具:专门用来支持初级用户的原始数据访问,不包括适用于专业人士的成品报告生成工具。

(2) OLAP 工具:提供多维数据管理环境,其典型的应用是对商业问题的建模与商业数据分析。OLAP 也被称为多维分析。

(3) 数据挖掘(Data Mining)软件:使用诸如神经网络、规则归纳等技术,用来发现数据之间的关系,做出基于数据的推断。

(4) 数据仓库(Data Warehouse)和数据集市(Data Market)产品:包括数据转换、管理和存取等方面的预配置软件,通常还包括一些业务模型,如财务分析模型等。

### 2. 商业智能的层次

经过几年的积累,大部分企事业已经建立了比较完善的 CRM、ERP、OA 等基础信息化系统。这些系统的统一特点是通过业务人员或者用户的操作,最终对数据库进行增加、修改、删除等操作。上述系统可统一地称为在线事务处理(On-Line Transaction Process,OLTP),能够实现关系型数据库的主要应用,这些系统运行了一段时间以后,必然帮助企业收集大量的历史数据。但是,在数据库中分散、独立存在的大量数据对于业务人员来说,只是一些无法看懂的天书。业务人员所需要的是信息,是他们能够看懂、理解并从中受益的抽象信息。此时,如何把数据转化为信息,使得业务人员(包括管理者)能够充分掌握、利用这些信息,并且辅助决策,就是 BI 主要解决的问题。

如何把数据库中存在的数据转变为业务人员需要的信息? 大部分的答案是报表系统。简单地说,报表系统已经可以称为 BI 了,它是 BI 的低端实现。现在国外的企业大部分已经进入了中端 BI,称为数据分析。有一些企业已经开始进入高端 BI,称为数据挖掘。而我国的企业,目前大部分还停留在报表阶段。

随着时代的发展,传统的报表系统已经不能满足企业日益增长的各种业务需求了,企业期待着新的技术。数据分析和数据挖掘的时代正在来临。值得注意的是,数据分析和数据挖掘系统的目的是带来更多的决策支持价值,并不是取代数据报表。报表系统依然有其不可取代的优势,并将会长期与数据分析、挖掘系统一起并存。

数据报表、数据分析、数据挖掘是 BI 的 3 个层面。相信未来几年的趋势是越来越多的企业在数据报表的基础上,会进入数据分析与数据挖掘的领域。BI 所带来的决策支持功能,将会带来越来越明显的效益。

### 7.1.3 商业智能的实施与效益

#### 1. 商业智能实施

实施 BI 系统是一项复杂的系统工程,它涉及企业管理、运作管理、信息系统、数据仓库、数据挖掘、统计分析等众多门类的知识。因此,用户除了要选择合适的 BI 软件工具外,还必须按照正确的实施方法才能保证项目得以成功。BI 项目的实施步骤如下。

(1)需求分析。需求分析是 BI 项目实施的第一步,在其他活动开展之前必须明确地定义企业对 BI 的期望和需求,包括需要分析的主题、各个主题可能查看的角度、需要发现企业在哪些方面的规律、用户的需求必须明确。

(2)数据仓库建模。通过对企业需求的分析,建立企业数据仓库的逻辑模型和物理模型,并规划好 BI 系统的应用架构,将企业各类数据按照分析主题进行组织和归类。

(3)数据抽取。数据仓库建立后必须将数据从业务系统中抽取到数据仓库中,在抽取的过程中还必须将数据进行转换、清洗,以适应分析的需要。

(4)建立 BI 分析报表。BI 分析报表需要专业人员按照用户制定的格式进行开发,用户也可以自行开发。

(5)用户培训和数据模拟测试。对于开发—使用分离型的 BI 系统,最终用户的使用是相当简单的,只需要单击操作就可针对特定的商业问题进行分析。

(6)改进和完善 BI 系统。任何 BI 系统的实施都必须不断地完善。BI 系统更是如此,在用户使用一段时间后可能会提出更多、更具体的要求,这时需要再按照上述步骤对 BI 系统进行重构或完善。

#### 2. 商业智能效益

BI 帮助企业的管理层进行快速、准确的决策,迅速地发现企业中的问题,提示管理人员加以解决。但 BI 系统不能代替管理人员进行决策,不能自动地处理企业运行过程中遇到的问题,因此 BI 系统并不能为企业带来直接的经济效益。但是必须看到,BI 为企业带来的是一种经过科学武装的管理思维,给整个企业带来的是决策的快速性和准确性,发现问题的及时性,以及发现那些对手未发现的潜在知识和规律,而这些信息是企业产生经济效益的基础。不能快速和准确地制定决策方针等于将市场送给对手,不能及时地发现业务中的潜在信息等于浪费自己的资源。例如,通过对销售数据的分析可以发现各类客户的特征和喜欢购买商品之间的联系,这样就可以进行更有针对性的和精确的促销活动或向客户提供更具有个性的服务等,这都会为企业带来直接的经济效益。

### 7.1.4 商业智能的发展与市场

#### 1. 商业智能发展

与 DSS、EIS 系统相比,BI 具有更美好的发展前景。近些年来,BI 市场持续增长。据

IDC 报告,2005 年 BI 市场达到 118 亿美元,平均年增长率为 27%。随着企业 CRM、ERP、SCM 等应用系统的引入,企业不仅仅停留在事务处理过程,而注重有效地利用企业的数据为更准确和更迅速的决策提供支持,由此带动对 BI 的需求是巨大的。

BI 的发展趋势可以归纳为以下几点。

(1) 功能上具有可配置性、灵活性、可变化性。BI 系统的范围从为企业的特定用户服务,扩展到为企业所有的用户服务。同时,由于企业用户在职权、需求上的差异,BI 系统提供广泛的、具有针对性的功能。从简单的数据获取,到利用 Web 和局域网、广域网进行丰富的交互、决策信息和知识的分析及使用。

(2) 解决方案更开放、可扩展、可按用户定制,在保证核心技术的同时,提供客户化的界面。针对不同企业的独特需求,BI 系统在提供核心技术的同时,使 BI 系统又具个性化,即在原有方案基础上加入自己的代码和解决方案,增强客户化的接口和扩展特性;可为企业提供基于 BI 平台的定制工具,使 BI 系统具有更大的灵活性和使用范围。

(3) 从单独的 BI 向嵌入式 BI 发展。这是目前 BI 应用的一大趋势,即在企业现有的应用系统中,如财务、人力、销售等系统中嵌入 BI 组件,使普遍意义上的事务处理系统具有 BI 的特性。考虑 BI 系统的某个组件而不是整个 BI 系统并非一件简单的事,例如将 OLAP 技术应用到某一个应用系统,一个相对完整的 BI 开发过程,如企业问题分析、方案设计、原型系统开发、系统应用等是不可缺少的。

(4) 从传统功能向增强型功能转变。增强型的 BI 功能是相对于早期使用 SQL 工具实现查询的 BI 功能。目前应用中的 BI 系统除了实现传统的 BI 系统功能之外,大多数已实现了数据分析层的功能。而数据挖掘、企业建模是 BI 系统应该加强的应用,以更好地提高 BI 系统性能。

### 2. 商业智能市场

制造业是 BI 的重要市场。Manufacturing Insights(IDC 的附属企业)的报告显示,2004 年亚太地区(不含日本)制造业 IT 市场规模为 137 亿美元,预计该市场将以 11.4% 的年复合增长率平稳增长,2008 年市场规模达 210 亿美元。2004 年底,亚太地区(不含日本)制造业的 IT 支出共 137 亿美元,其中离散制造占 78.6%,流程制造占 22.4% 的份额。由于市场全球化和自由化带来了更加激烈的竞争和复杂性,亚太地区(不含日本)的许多制造商继续对 IT 进行投资,以提高运营效率,更好地控制不断增长的业务成本。越来越多的制造商在我国建立了生产基地、降低成本并占领巨大的国内市场,这些制造商需要对主要的 IT 基础架构、应用和服务进行投资,以使其运营能够健康、平稳地发展,并获得领先优势。这将继续促进中国制造业和海外制造商的 IT 投资。在对基础架构投入大量资金的同时,中国和印度这样的新兴大型市场的许多制造商将继续对企业资源管理(ERM)和 BI 解决方案进行投资,从而为更好的内部协作和决策制定提供基础平台。

IDC 的报告显示,2004 年亚太地区(不含日本)BI 工具软件市场规模为 2.332 亿美元,预计该市场将以 12.3% 的年复合增长率迅猛增长,2009 年市场规模达 4.173 亿美元,增长主要源于中国和印度日益发展的经济。这两国近几年更加健康的经济环境和不断增多的应用系统部署为未来 5 年 BI 工具的采用打下了基础。有关专家指出,随着互联网的普及,在决策支持系统基础上发展 BI 已成为必然。随着基于互联网的各种信息系统在企业中的应用,企业将收集到越来越多的关于客户、产品及销售情况在内的各种信息,这些信息能帮助企业更好地预测和把握未来。所以,电子商务的发展也推动了 BI 的进一步应用。

从行业发展来看,BI 作为业务驱动的决策支持系统,其发展是以较为完善的企业信息系统和稳定的业务系统为基础。BI 未来的应用与企业信息化的基础状况密切相关,以制造型企业为主,其次是流通企业,这两个领域将是 BI 不可忽视的新市场。企业随着信息化水平的提高,BI 产品将会与 ERP 和 CRM 等管理软件进一步融合,目前很多 ERP 厂商都把 BI 嵌入到相应的 ERP 系统内,例如 SAP 的 ERP 就嵌套了 BO 公司的 BI 产品,AD 也与和勤软件进行了类似的合作。

当然,BI 如 ERP 一样,实施中存在着一定的风险,企业首先要认清自身的需求情况,在选择合作伙伴的同时也要进行充分的了解。各主流厂商都有各自的优势,例如 SAS 的数据挖掘、Hyperion 的预算与报表合并、BO 的数据分析与报告等。而 BI 产品的发展趋势必将是整合平台基础上的集成化应用。如何切实了解自身需求、选择具有优势的厂商产品,将是企业实施 BI 成功的关键。

目前,很多厂商活跃在 BI 领域,提供 BI 解决方案的著名 IT 厂商包括微软、IBM、Oracle、Microstrategy、Business Objects、Cognos、SAS、用友、SAP、Sybase、Analyzer、菲奈特、和勤。主流的 BI 工具包括 BO、Cognos、Brio。一些国内的软件工具平台如 KCOM (http：//www.kcomsoft.com/)也集成了一些 BI 工具。

## 7.2　数据挖掘概述

### 7.2.1　数据挖掘的定义与发展

#### 1. 数据挖掘定义

数据挖掘是从存放在数据库、数据仓库或其他信息库的大量数据中挖掘知识的过程[20]。数据挖掘也常常被称作知识发现(Knowledge Discovery in Database,KDD),指的是从大型数据库或数据仓库中所存储的大量的、不完全的、有噪声的、模糊的以及随机的数据中提取人们感兴趣的知识,这些知识是隐含的、事先未知的、潜在有用的、易被理解的信息[20]。知识发现的过程由以下步骤的迭代序列组成：①数据清理;②数据集成;③数据选择;④数据变换;⑤数据挖掘;⑥模式评估;⑦知识表示。由此可见,数据挖掘只是整个知识发现过程中的一个步骤。

#### 2. 数据挖掘发展

KDD 一词首次出现在 1989 年 8 月举行的第 11 届国际联合人工智能学术会议上。迄今为止,由美国人工智能协会主办的 KDD 国际研讨会已经召开了 8 次,规模也由原来的二三十人到七八百人,研究重点也逐渐从单纯的发现方法转向系统应用,并且注重多种发现策略和技术的集成,以及多种学科之间的相互渗透[21]。

数据挖掘可以看做是信息技术自然演化的结果。数据库系统业界见证了如下功能的演化过程：数据收集和数据库创建、数据管理、高级数据分析（数据仓库和数据挖掘）。随着提供查询和事务处理的大量数据库系统广泛付诸实践，高级数据分析将成为信息技术发展的下一个应用目标[22]。

计算机技术的飞速发展也为数据挖掘的发展提供了条件。自 20 世纪 60 年代以来，数据库和信息技术已经系统地从原始的文件处理演变成复杂和功能强大的数据库系统。自 20 世纪 70 年代以来，数据库系统的研究和开发已经从早期的层次和网状数据库系统发展到开发关系数据库系统、数据建模工具，以及索引和存取方法。用户通过查询语言、用户界面、查询处理优化和事务管理，可以方便、灵活地获取数据。自 20 世纪 80 年代以来，数据库技术的特点是广泛地接受关系技术，研究和开发新型、功能强大的数据库系统。这些都推动了诸如扩充关系模型、面向对象模型、对象—关系模型和演绎模型等先进数据模型的发展，包括空间的、时间的、多媒体的、主动的、流的、传感器的和科学与工程的数据库、知识库、办公信息库在内面向应用的数据库系统得到广泛发展。与数据的分布、多样性和共享有关的问题也被广泛研究[23]。异构数据库系统和基于因特网的全球信息系统也已出现。在过去的 30 年，计算机硬件技术的发展让计算机成为功能强大同时价格可以接受的产品。这些技术的变革与发展大大地推动了数据库和信息产业的发展，使得大量数据库和信息储存库用于事务管理、信息检索和数据分析。

美国加特纳集团的一次高级技术调查将数据挖掘和人工智能列为"未来三到五年内将产生深远影响的五大关键技术"之首，并且还将并行处理体系和数据挖掘列为未来 5 年内投资焦点的十大新兴技术前两位。根据最近加特纳集团的研究表明，"随着数据捕获、传输和存储技术的快速发展，大型系统用户将更多地需要采用新技术来挖掘市场以外的价值，采用更为广阔的并行处理系统来创建新的商业增长点。"

数据挖掘是一个年轻和充满生机的领域。随着数据库技术的向前发展，新的数据模型不断引入，这对数据挖掘技术提出了新的要求，给出了新的发现方向。数据挖掘技术未来的研发焦点是对各种非结构化数据的挖掘，如对文本数据、空间数据、图形数据等进行挖掘，处理的数据会涉及更多的数据类型，它们会更复杂、结构更独特。

## 7.2.2　数据挖掘的方法与分类

### 1. 数据挖掘的方法

作为一门交叉学科，数据挖掘是人工智能、机器学习与数据库技术相结合的产物，受数据库系统、统计学、机器学习、可视化和信息科学等多个学科的影响。数据库、人工智能和数理统计是数据挖掘技术研究 3 根强大的技术支柱。数据挖掘的主要任务是借助关联规则、决策树、聚类、基于样例的学习、贝叶斯学习、粗糙集、神经网络、遗传算法和统计分析等技术，采用数据取样、数据探索、数据调整、模式化和评价 5 个基本流程，这一过程可能要反复地进行，不断地得到趋近事物的本质，不断地优化问题的解决方案。通过关联分析、分类、聚类、预测和偏差检测等发现数据间的关系及数据间的模式。目前最常用的数据挖掘技术有模糊逻辑和粗糙集方法、遗传算法、邻近搜索算法等[24]。

数据挖掘方法包括分类、聚类、预测和评估、相关性分析、搜索和优化等。数据挖掘算法包括空间数据、文本算法和多媒体数据的数据挖掘算法、并行和分布式数据挖掘技术等。

（1）关联规则。指数据对象之间的相互依赖关系，而发现规则的任务就是从数据库中发现置信度和支持度都大于给定值的强壮规则。

（2）分类。分类是最基本的一种认知形式。数据分类就是对数据库中的每一类数据，挖掘出关于该类数据的描述或模型。

（3）聚类。在机器学习中，数据分类称为监督学习，而数据聚类则称为非监督学习。数据聚类是将物理的或抽象的对象分成几个群体，在每个群体内部，对象之间具有尽可能高的相似性，而在不同群体之间相似性则要求尽可能的低。一般地，一个群体是一个类。与分类不同，聚类结果主要基于当前所处理的数据，事先并不知道类目结构及每个对象所属的类别。

**2. 数据挖掘的分类**

从功能上讲，数据挖掘的分析方法可以划分为 4 种：关联分析、序列模式分析、分类分析和聚类分析[25]。数据挖掘和知识发现技术发展到现在，出现了许多技术分支和研究方向。这些技术适用于不同的数据库系统，不同的挖掘技术应用于挖掘出不同种类的知识。下面是一些常见的数据挖掘分类方法。

1）按数据库分类

不同的数据库其数据的描述、组织和存储方式均有很大的不同。一般可以分为关系数据库、面向对象数据库、事务数据库、演绎数据库等。因此，数据挖掘可以按数据库的不同而划分成不同的种类。如从关系数据库挖掘知识的关系数据挖掘，这是使用最为广泛，也是最为成熟的一类数据挖掘技术。

2）按挖掘知识分类。

数据挖掘的知识具有多种形式，如关联规则、分类规则、聚类规则、特征规则、时序规则等。数据挖掘系统可以由挖掘的知识种类分类。显然，即使是在同一个数据库中，隐含的知识也是多种多样的，所以一个优秀的数据挖掘系统应该能全面、完整地挖掘出隐含在不同层面内不同种类的知识。

3）按应用技术方法分类

（1）基于规则和决策树的方法。采用规则发现和决策树分类技术来发现数据模式和规则的核心是某种归纳算法。通常是先对数据库中的数据进行挖掘，产生规则和决策树，然后对新数据进行分析和预测。

（2）基于神经元网络的方法。神经元网络具有对非线性数据的快速拟合能力，因而得到日益广泛的应用。在数据挖掘的过程中，神经元网络是数据聚类的有力工具，在事务数据库的分析和建模方面应用广泛。

（3）模糊理论和粗糙集方法。应用模糊和粗糙集理论进行数据查询排序和分类也是数据挖掘的重要方法。

（4）统计方法。统计理论由于是非常完善的数学理论，在数据分析与处理方面具有深入而广泛的应用。这类方法主要用来分析数据，而不是从其中发现模式和规则。所以，它在数据挖掘中主要作为其他方法的基础而存在。

（5）数据可视化方法。这是一类辅助的方法。数据可视化大大扩展了数据的表达和理解能力，这在数据挖掘中是非常重要的。

# 7.3　数据挖掘应用——多关系数据挖掘

## 7.3.1　多关系数据挖掘需求

随着全球经济发展和业务数据的爆炸性增加,各类企业对于大量业务数据中包含信息和知识的需求比任何时候都更加迫切。特别是有着大量业务数据积累的制造、电信、金融、零售企业对数据挖掘产生了非常迫切的应用需求。因此,非常有必要综合地利用人工智能和机器学习等理论和技术,开发和实现一个基于多关系数据挖掘的嵌入式数据挖掘软件,以便实现客户细分、客户流失预测、客户生命周期价值分析、客户消费产品关联分析等,从而提高客户分类和流失客户预测的准确性,实现提升销售和交叉销售,为企业用户提供更为准确和全面的客户行为分析,方便企业用户将数据挖掘软件嵌入到企业信息化系统中的客户关系管理、决策分析、财务管理等子系统中,达到提高企业竞争力的目的。

一般来说,来自企业销售、客户服务、市场、制造和库存等部门的事务性数据是进行客户行为分析的基本前提。但是,有关的人口统计数据,包括年龄、性别、职业、收入、家庭结构、消费水平和信用等级等对客户行为也具有重要影响。这些数据分散在企业内各个部门及不同的数据表中。目前的数据挖掘分析软件集成的数据挖掘算法都是在单一数据表上进行的,也就是对分散和片段数据信息的分析,因而无法对客户有全面的了解,得到的分析结果也存在片面性。这对企业的经营活动造成了极大的困扰,浪费了许多资源。为此,针对企业数据的实际情况和当前数据挖掘分析软件的不足,需要开发基于多关系数据挖掘分析软件及其应用。

## 7.3.2　研发内容与技术原理

### 1. 研发内容

利用数据仓库、在线分析处理、决策支持算法等开发一个基于多关系数据挖掘技术的数据挖掘分析软件,对企业经营过程中产生的大量数据进行收集、整理、分析,为企业的决策提供科学的依据。多关系数据挖掘分析软件研发涉及的工具、方法、技术如下。

(1) 与关系数据库耦合的多关系数据挖掘框架及其计算体系结构,以及解决多关系数据挖掘任务算法的融合。

(2) 基于多关系数据挖掘的方法,包括多关系数据分类、回归、聚类算法、多关系数据关联规则挖掘算法等,实现客户行为分析,如客户细分、客户流失预测、客户生命周期价值分析和客户消费商品关联分析。

(3) 多关系数据挖掘结果的评估。对多关系数据挖掘的发现模式进行解释和评价,过滤出有用的知识。

(4) 多关系数据挖掘结果的展示。利用可视化技术将有意义的模式以图形或逻辑可视化的形式表示,转化为企业用户可理解的语言。

(5) 嵌入式数据挖掘分析软件的开发。要提供一个开放的和面向企业用户的程序设计

API,使企业用户可以方便地将数据挖掘分析软件嵌入到数据库、客户关系管理、决策分析和财务管理等子系统中。

### 2．技术原理

数据挖掘包括多个方面,例如市场营销、决策支持和客户行为分析等。最近几年,由于激烈的市场竞争,客户行为分析引起了越来越多企业的关注。客户行为分析就是要在客户行为数据的基础上构建客户信息视图,并从海量客户消费行为数据中找出客户的消费和流转等方面的规律,从而帮助企业更好地了解客户、开发客户价值、提高客户服务质量,并最终为企业带来收益。例如,网上购物客户行为分析的原理如图 7.1 所示。

随着市场竞争的加剧,新业务、新需求和新机会不断涌现,这就要求企业能够通过客户行为分析,更好地支持客户服务和市场营销等工作。企业通过客户行为分析,可以了解客户满意度、客户忠诚度、客户响应度,预测客户流失、交叉销售等。保持客户长期较高的满意度、忠诚度有助于客户关系的建立,并最终提高企业的长期盈利能力。客户响应度分析可以有效地指导销售和促销,改善以往无目标的促销,降低销售成本。企业在扩大客户群的同时,必须密切地注视现有的客户,并采用各种营销方法来留住

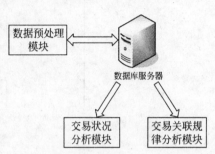

图 7.1 网上购物客户行为分析系统的逻辑结构图

已有的客户;对现有客户购买行为的数据进行关联分析,发现交叉销售的机会,为客户提供更周全的服务,可以给企业带来更大的利益。为了应对日益严重的客户流失或业务流失状况,采用数据挖掘方法来分析客户的流失特性,分析客户行为的特点,并预测客户的下一步行为,采取针对性的营销措施,挽留有价值的客户,减少客户流失。客户行为分析系统的数据挖掘算法原理如图 7.2 所示。

## 7.3.3 关键技术与挖掘算法

### 1．关键技术

开发的数据挖掘分析软件综合地利用了人工智能和机器学习理论,特别是基于多关系数据挖掘技术来实现数据挖掘分析功能。

1）数据预处理技术

现实世界中,数据大部分庞大而无序、不完整且极易受噪声、丢失数据和不一致性的侵扰。低质量的数据将导致低质量的挖掘结果。企业的交易日志记录了众多的客户交易信息,有些数据在挖掘分析过程中并不需要,有相当多信息是冗余数据,这会使分析变得复杂或不可行。为此,要采用数据预处理技术对原始数据进行预处理来提高数据质量,使得数据挖掘过程更加有效、容易。

2）客户交易状况分析技术

通过数据预处理得到进行数据挖掘的数据集。因此,要采用客户交易状况分析技术(例如决策树分类算法),以交易结果成功或失败为类标号分析客户的交易状况,即分析不同时

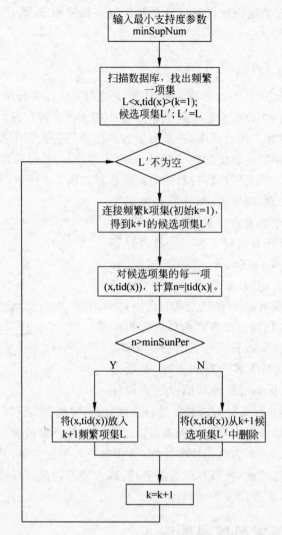

图 7.2　客户行为分析系统的数据挖掘算法流程图

段、不同地域和不同年龄的客户交易成功和失败情况,对客户数据进行分类,从而研究客户交易成功率的规律,为指导客户使用和改进系统提供参考。

3) 交易关联规律分析技术

要采用交易关联规律分析技术,以交易类型和客户特征(例如年龄或地域等)为主要条件,对客户的交易做关联,研究哪些类型的客户常进行哪种交易。对客户经常使用的交易进行频繁项集挖掘,找出交易的关联规律。从分析结果发现客户的使用习惯,了解客户的潜在需求,作为发展潜在客户的依据,为设计更好的营销策略提供参考,制订企业服务的发展规划。

4) 数据挖掘软件技术指标

开发的多关系数据挖掘软件包括多关系数据分类算法、聚类算法、关联规则分析算法、面向用户的 API 接口、挖掘结果可视化展示等。

### 2．挖掘算法

所采用的关联规则挖掘是要在海量的数据中发现数据项之间的关系。1993 年，R. Agrawal 等人首先提出了交易数据库中不同商品之间的关联规则挖掘。1994 年，R. Agrawal 和 R. srikant 又提出了为布尔关联规则挖掘频繁项集的原创性算法——Apriori 算法[26]。Apriori 算法的名字基于这样的事实：算法使用频繁项集性质的先验知识。Apriori 算法使用一种称为逐层搜索的迭代方法，k 项集用于探索(k+1)项集。首先，通过扫描数据库，累计每个项的计数，收集满足最小支持度的项，并找出频繁一项集的集合，该集合记做 $L_1$。然后，$L_1$ 用于找频繁 2 项集的集合 $L_2$，L2 用于找 $L_3$，如此下去，直到不能再找到频繁 k 项集[27]。使用 Apriori 算法找每个 $L_k$ 需要一次数据库全扫描，I/O 代价昂贵、效率较低，形成了算法的性能瓶颈。

近年来，发现频繁项目集成为了关联规则挖掘算法研究的重点。在经典 Apriori 算法的基础上，提出了大量的改进算法。Savasere 等人设计了基于划分(Partition)的算法，该算法可以高度并行计算，但是进程之间的通信是算法执行时间的主要瓶颈；Park 等人通过实验发现寻找频繁项目集的主要计算是在生成频繁 2 项集上。利用这个性质，Park 等人引入杂凑(Hash)技术来改进产生频繁 2 项集的方法，该算法显著地提高了频繁 2 项集的发现效率；Mannila 等人提出：基于前一遍扫描得到的信息，对此仔细地做组合分析，可以得到一个改进的算法。

针对 Mannila 的思想，Toivonen 进一步提出：先使用从数据库中抽取出来的采样，得到一些在整个数据库中可能成立的规则，然后对数据库的剩余部分验证这个结果。Toivonen 的算法相当简单并显著地减少了 I/O 代价，但是一个很大的缺点就是产生的结果不精确，存在数据扭曲(Data Skew)[28]。上述针对经典 Apriori 算法的改进算法在生成频繁项目集时都需要多次扫描数据库，没有显著地减少 I/O 的代价。本节使用的改进方法(采用转置矩阵的策略)，只扫描一次数据库即可以完成频繁项目集的发现。

## 7.3.4 技术路线与详细设计

### 1．技术路线

研发工作的技术路线如下：①基于微软商务智能解决方案，研究多关系数据挖掘框架及其计算体系结构；②建立基于数据挖掘分析任务的多关系数据挖掘方法库，包括多关系数据分类、回归、聚类算法和多关系数据关联规则挖掘算法等；③建立多关系数据挖掘方法和数据库及数据仓库的连接，提高数据预处理和模式评估的效率；④根据用户需求，将数据挖掘分析软件嵌入到企业的客户关系管理、决策分析、财务管理等子系统中；⑤为了在分析模型中获得较高的可解释程度，用较常见的可视化对象来表示数据挖掘结果，将解释工具嵌入到最终用户熟悉的数据导航工具和应用中。

### 2．详细设计

考虑到所开发软件的先进性和稳定性，以及目前网上购物的使用情况，网上购物客户行为分析系统基于 SQL Server 2005 数据库，使用 VC++.NET 语言在 Windows XP 环境下实现。Microsoft SQL Server 2005 Data Mining 平台引入了大量的功能,既能采用传统方式处理数据挖掘,也能采取新的方式进行数据挖掘工作。就传统方式而言,SQL Server 2005 包括了很多算法,如决策树、关联规则、Naive Bayes、顺序聚类、时间序列、神经网络和文本挖掘等。数据挖掘可以根据输入来预测未来的结果,或者尝试发现以前未识别但类似的组中数据或簇数据间的关系。Microsoft 数据挖掘工具与传统数据挖掘应用程序很大的不同在于它们支持组织中数据的整个开发生命周期(Microsoft 将其称为集成、分析和报告)。

(1) 数据预处理。挖掘数据来源于个人网上购物历史数据库。全部资料从客户交易日志表(SCUT_BC_LOG)获取。数据表结构如表 7.1 所示。

表 7.1　交易日志表(SCUT_BC_LOG)结构

| 字 段 名 | 字 段 名 称 | 数 据 类 型 |
| --- | --- | --- |
| SCUT_Credit_No | 交易凭证号 | Char |
| SCUT_Ptxcode | 报文交易码 | Char |
| SCUT_Log_Code | 对应登记簿代码 | Char |
| SCUT_Txcode | 交易名称 | Char |
| SCUT_Tran_Date | 交易时间 | Date |
| SCUT_Branch_Code | 购物商场代码 | Char |
| SCUT_Userid | 用户身份证号 | Char |
| SCUT_IP_Add | 登录 IP | Varchar2 |
| SCUT_Log _Str | 交易描述 | Varchar2 |
| SCUT_Err_Code | 错误代码 | Char |
| SCUT_Err_Msg | 返回的错误信息 | Varchar2 |
| SCUT_Status | 成功:1,失败:0 | Char |
| SCUT_Dac | 校验串 | Char |

采用抽样方式对数据进行归约处理,它允许用小得多的堆积样本(子集)表示大型数据集。数据库中保存了 3 个月以来的客户交易日志,使用取随机数算法从交易日志表中随机抽取 20000 条记录用于分析。

原始数据有许多噪声数据和存在缺失值的数据,会影响数据挖掘的结果。另外,如客户身份证这类敏感和保密的信息不适宜公开,需要进行数据清理。且企业用户感兴趣的并不是身份证号码,而是客户的年龄。可以通过数据转换,将身份证号码转换为客户的年龄。另外,为关联分析中挖掘频繁项集的需要,增加记录编号。原交易日志表经归约、清理和转换的数据预处理步骤后,得到挖掘数据表(SCUT_DATA _MINING)。数据表结构如表 7.2 所示。

表 7.2　挖掘数据表(SCUT_DATA_MINING)结构

| 字 段 名 | 字 段 名 称 | 数 据 类 型 |
| --- | --- | --- |
| SCUT_Tid | 编号 | Number |
| SCUT_Age | 年龄 | Char(30) |
| SCUT_Txname | 交易名称 | Char(6) |
| SCUT_Branch | 购物商场分店号 | Char(9) |
| SCUT_Tran_Time | 交易时间 | Varchar2(2) |
| SCUT_Status | 交易状态 | Char(1) |

(2) 决策树分析客户交易状态。决策树分类器是一种经典的数据挖掘分类方法,可以处理高维数据。获取的知识用树的形式直观地表示,并且容易被人理解。分类与回归树

CART 采用贪心算法,其中决策树由自顶向下递归的分治方法构造,从训练元组集和它们相关联的类标号开始。随着树的构建,训练集递归地划分成较小的子集。决策树算法的基本策略可参考有关文献,不在此赘述。

(3)基于改进 Apriori 算法的关联分析。对客户的交易做关联分析,即对客户经常使用的交易进行频繁项集挖掘,发现客户常进行的不同交易间的关联规律。关联规则用于寻找给定数据集中项与项之间的联系。经典的关联规则挖掘算法是 Apriori 算法,由 Agrawal 等人在 1993 年提出,它是基于两阶段频繁项集思想的方法,算法的基本思想是找出所有的频繁项集。根据定义,这些项集出现的频繁性至少和预定义的最小支持度一样;再由频繁项集产生强关联规则,这些规则必须满足最小支持度和最小可信度。

(4)运行测试及结果分析。测试的目标是验证系统的功能及系统的可用性。通过对挖掘数据集的分析得出挖掘结果,分析挖掘结果得到从数据中挖掘出的知识,从而完成数据挖掘的目标。

## 7.3.5 性能指标与技术创新

(1)本节开发的多关系数据挖掘分析软件包括多关系数据分类算法、聚类算法、关联规则分析算法、面向用户的 API 接口、挖掘结果的可视化展示。并且多关系数据挖掘分析软件具有以下技术指标:

① 系统稳定性好,代码错误率小于 0.5 KLOC。

② 各个多关系数据分析算法模块相互独立,企业用户可以根据自己的需求进行二次开发,嵌入到自己的企业信息化系统中。

③ 用户界面友好,采用可视化技术与用户进行交互。

(2)技术创新,具体表现在以下方面:

① 将多关系数据挖掘分析软件应用于企业信息化系统中,如分析客户行为,可以使得对商务数据的分析更为全面和准确,从而提高企业决策的准确性。目前,企业信息化系统中的数据挖掘技术主要是针对单个关系的数据挖掘。因此,本创新属于技术方法原理创新。

② 研发嵌入式操作型数据挖掘分析软件,可以根据需求定制商务数据挖掘分析软件嵌入到客户的企业信息化系统中。

③ 可以根据需求将多关系数据挖掘算法嵌入到用户的数据库或在线的应用软件中,实现实时分析及对用户工作实时地评测,例如检测假货、交叉出售产品、风险评估或者评价信誉价值等。

## 7.3.6 应用领域与软件实现

### 1. 应用领域

对于有大量业务数据,而且在业务数据中包含信息和知识的各类企业,特别是有着大量业务数据积累的制造、电信、金融、零售企业可以采用数据挖掘分析软件去分析客户行为(客户细分和客户流失预测、客户生命周期价值分析和客户消费商品关联分析等),实时评测用户工作。将数据挖掘的新方法、新的数据分析和创新模型,应用于国内各类企业的数据挖掘分析,提高企业决策的准确性和提升企业的竞争力。

### 2. 软件实现

开发的基于多关系数据挖掘技术的数据挖掘分析(数据集预处理、数据建模、模型评估、模型应用和结果输出)软件运行截图如图 7.3 至图 7.5 所示。

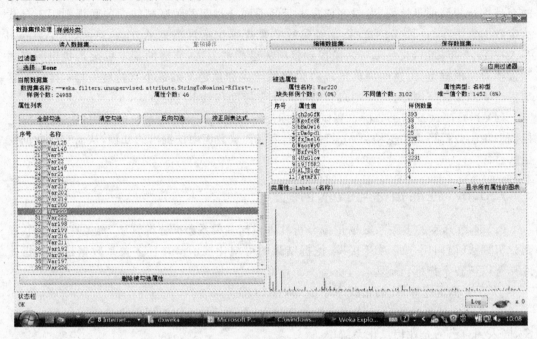

图 7.3　数据挖掘分析软件运行截图

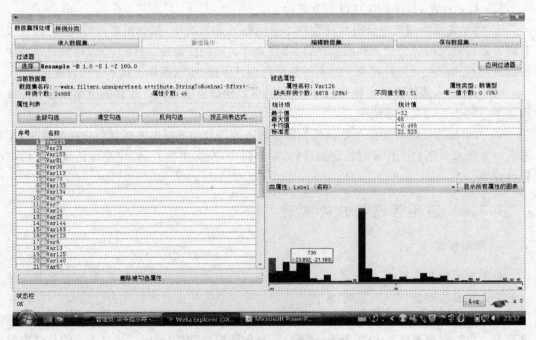

图 7.4　数据集预处理运行截图

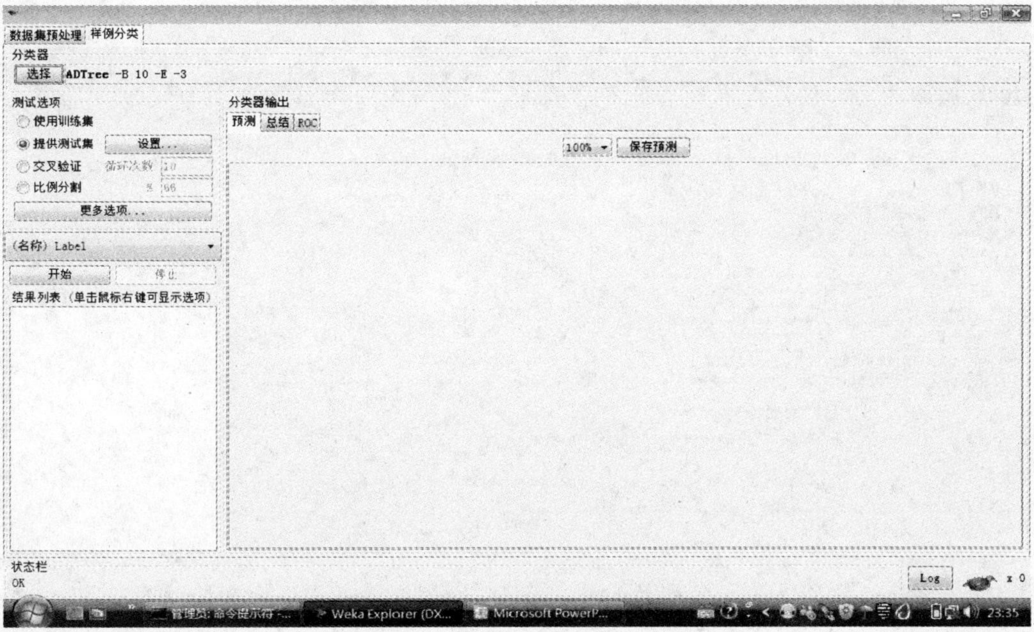

图 7.5　建立分析模型运行截图

## 7.3.7　客户交易状况结果分析

在客户的交易日志中，找出具有什么条件的客户交易是失败的。输入挖掘数据集后，生成的挖掘分析结果如图 7.6 至图 7.9 所示。

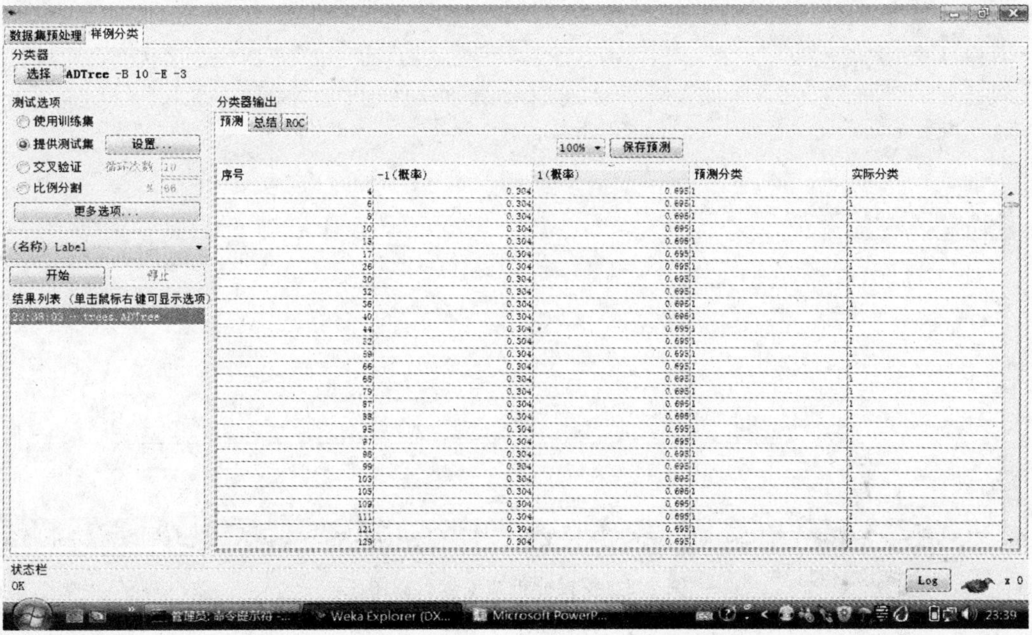

图 7.6　挖掘分析结果运行截图一

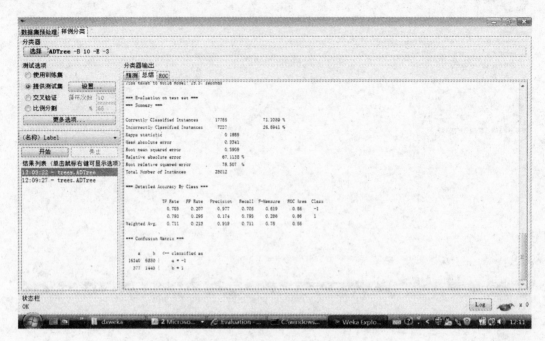

图 7.7　挖掘分析结果运行截图二

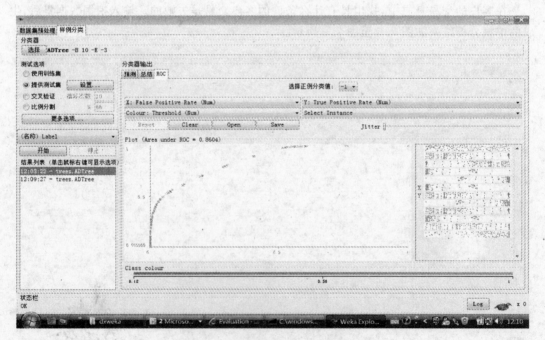

图 7.8　挖掘分析结果运行截图三

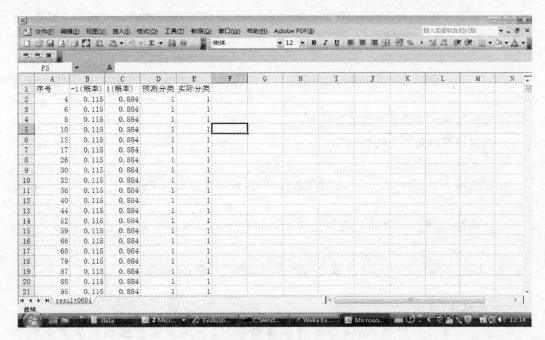

图 7.9　挖掘分析结果运行截图四

### 7.3.8　交易关联规律结果分析

从挖掘数据表(SCUT_DATA_MINING)中选取 3 个属性：SCUT_Age(年龄)、SCUT _Txname(交易名称)、SCUT_Branch(所属购物商场分店)。设最小支持度 min_support = 2.5%，挖掘频繁项集。从分析结果中得出，频繁三项集为空。挖掘频繁项集的最终结果为频繁二项集，可以得到一个频繁二项集的例子如下。

{ 年龄：28；交易类型：101(查询)；}
{ 网上购物商场分店：312 广州；交易类型：101(查询)；}
{ 网上购物商场分店：101 北京；交易类型：101(查询)；}
{ 网上购物商场分店：303 杭州；交易类型：303(网上支付)；}
{ 网上购物商场分店：424 深圳；交累类型：303(网上支付)；}

从众多的挖掘结果可以知道，年轻的群体使用网上购物更多一些，查询交易是使用最频繁的交易。网上购物在经济发达的城市中的使用明显高于其他地区。在北京市和深圳市，网上购物支付交易最为频繁。因此，企业以频繁项集的挖掘结果为基础，针对不同地区和不同年龄的客户，采取不同的销售策略，发展优势项目，发展潜在客户，对最频繁使用的交易提供稳定、高效的服务。同时，对其他地区和其他年龄的客户，加强宣传推广，争取更大的客户群。

## 习题 7

**一、填空题**

1. _____是表的集合，每个表都赋予一个唯一的名字。

2. 数据仓库用_____结构建模。其中,每一维对应于模式中的一个或一组属性,每个单元存放某个聚集度量值。

3. 类/概念描述可以用_____、_____、_____方法得到。

4. _____通过一个维的概念分层向上攀升或者通过维规约,在数据立方体上进行聚集。

5. 数据集成涉及的 4 个问题分别是_____、_____、_____、_____。

6. 数据挖掘的三大支柱分别是_____、_____、_____。

7. 数据仓库的优点是_____、_____。

8. 在利用 SQL Server 2005 进行数据挖掘时,数据挖掘的任务中,_____可以没有输入。

9. 时间序列分析方法就其发展的历史阶段和使用的方法来看,可以分为_____、_____。

10. 在利用 SQL Server 2005 进行关联规则挖掘的时候,常常通过_____、_____、_____。

二、选择题

1. 企业要建立预测模型,需准备建模数据集,以下 4 条描述建模数据集正确的是_____。

A. 数据越多越好　　　　　　　　　　B. 尽可能多的适合的数据

C. 得分集数据是建模集数据的一部分　　D. 以上 3 条都正确

2. 数据挖掘算法以_____形式来组织数据。

A. 行　　　　　　B. 列　　　　　　C. 记录　　　　　　D. 表格

3. 企业成功地实施数据挖掘,需要_____或技术。

A. 预先的规划　　　　　　　　　　B. 对商业文体的理解

C. 综合商业知识和技能　　　　　　D. 都需要

4. 有关数据集市的说法正确的是_____。

A. 是大型的,针对特定目标且建设成本较低的一种数据仓库

B. 实施不同的数据集市时,同一含义的字段定义一定要相同

C. 独立的数据集市是根据中央数据仓库派生出来的

D. 非独立的数据集市是根据操作数据形成的

5. 在超市所从事的信息中介活动中,属于挖掘序列模式的是_____。

A. 针对匿名客户,记录其购买某种商品时,与该商品有关的优惠

B. 针对注册客户,分析他们的购买,向他们设定下次可能购买的优惠规则

C. 针对所有客户,对其货篮子里的商品进行分析

D. 针对注册客户,进行客户分类,确定重要客户以及服务对策

三、简答题

1. 数据挖掘可以在何种数据上进行? 数据仓库和数据集市有什么区别? 数据仓库和数据库有何不同? 简述数据分类的两步过程。

2. 说明数据挖掘任务的 5 种原语;简述数据分类的两步过程;解释概念分层、强规则在数据挖掘中的作用;说明什么是有损压缩和无损压缩;

3. 简述数据挖掘与机器学习、统计学之间的区别与联系。描述关于数据挖掘方法和用户交互问题的 3 个数据挖掘挑战。

4. 企业面对海量数据,应如何具体实施数据挖掘,使之转换成可行的结果/模型? 与挖掘少量数据(如几百个元组的数据集合)相比,挖掘海量数据(如数兆元组)的主要挑战是什么?

5. 直线回归分析中应注意哪些问题? 什么是聚类分析? 聚类方法有几种? 其距离计算有哪几种方法? 聚类分析的统计量包括哪两种?

6. 对于类特征化,基于数据立方体的实现与诸如面向属性归纳的关系实现之间的主要不同是什么? 讨论哪种方法最有效,在什么条件下最有效。

7. 在现实世界的数据中,元组在某些属性上缺少值是常有的。描述处理该问题的各种方法。

8. 定义下列数据挖掘功能:特征化、区分、关联和相关分析、分类、预测、聚类和演变分析。使用你熟悉的现实生活中的数据库,给出每种数据挖掘功能的例子。试述对于多个异种信息源的集成,为什么许多公司宁愿使用更新驱动的方法,而不愿使用查询驱动的方法。

9. 描述以下数据挖掘系统与数据库或数据仓库集成方法的差别:不耦合、松散耦合、半紧密耦合和紧密耦合。你认为哪种方法最流行,为什么?

10. 简述 Apriori 算法的基本原理。描述判定树算法的思想;写出比较易懂的算法伪代码;指出算法的不足之处,应该从哪些方面增强算法的功能和性能。

# 第8章
# 电子商务系统的设计与实现

本章以"机器人"电子商务网站为例,介绍使用 FLEX＋Web Services＋ASP.NET 构建包含富互联网应用程序(RIA)的整个电子商务网站系统的方法。这是一种较容易实现并具有普遍性的方法,同时也是一种在已有企业信息化系统上构建 RIA 的良好方法。只需要简单地用 RIA 程序替换原有的普通网页,并通过 Web Services 或者其他方法调用现有系统的接口,即可实现 RIA 的正确部署。

## 8.1　电子商务简介

电子商务系统 EC(也称为企业门户)是一个连接企业内部和外部的网站,它可以为企业提供一个单一地访问企业各种信息资源的入口,企业的员工、客户、合作伙伴和供应商等都可以通过这个网站获得个性化的信息和服务。企业门户可以无缝地集成企业的内容、商务和社区。首先,通过企业门户,企业能够动态地发布存储在企业内部和外部的各种信息;其次,企业门户可以完成网上的交易;此外,企业门户还可以支持网上的虚拟社区,网站的用户可以相互讨论和交换信息。

企业门户可以为企业信息化系统提供稳定的、可伸缩的、可靠的基础和框架结构。与传统的电子商务相比,企业门户的特点在于:①多数企业的 IT 系统是由多个分散在内部和外部的 IT 系统构成的,企业门户可以将这些系统集成起来,从而更好地实现电子商务的功能;②许多现有的电子商务系统都不能处理遗留系统,企业门户可以解决企业的遗留系统与电子商务应用集成一系列问题;③由于具有个性化的功能,因此可以为最终用户提供更加直观、易用的界面,并且能简化用户的使用并节省时间。

企业从传统的运营方式转移到基于互联网的电子商务是大势所趋,而企业门户则是充分考虑到企业面临特殊情况的电子商务系统。企业可以充分利用原有在 IT 方面的投资,迅速地建立起个性化的电子商务系统——企业门户,满足企业用户的需求,从而在激烈的市场竞争中立于不败之地。

## 8.2　富互联网概述

传统的基于超文本标记语言(HTML)的应用程序之所以变得流行,是由于应用系统的部署成本低、结构简单,而且 HTML 易于学习和使用。很多用户和开发人员都乐于放弃由桌面计算机带来的用户界面改进，以实现对新数据和应用系统的快速访问。但是，随着互联网技术的发展，不管是企业还是客户，都对互联网浏览提出了更高的要求。人们开始要求更丰富的用户体验和更快的响应速度。因此，富互联网应用（RIA）应运而生。RIA 是集桌面应用程序的最佳用户界面功能与 Web 应用程序普遍采用的快速、低成本部署，以及互动多媒体通信的实时快捷于一体的新一代网络应用程序。

随着 20 世纪 90 年代因特网的爆炸式发展，出现了一种商业应用程序的新模式。这种模式依赖一个作为瘦客户端的 Web 浏览器，其主要职责是呈现 HTML，并把请求发回到应用服务器，而应用服务器动态地生成页面并传给客户端。这种浏览器/服务器（B/S）体系结构的应用程序成为企业和软件研发人员的首选。在这种体系结构下，客户端不再需要进行特别的软件部署，只要安装有浏览器，管理员就可以在服务器端通过互联网将文档和资讯发布给全世界的用户。

然而，该模式也带来了一些显著的缺点和局限性，最大的问题与用户接口有关。受制于HTML 的呈现能力，桌面用户广泛接受的很多便捷元素都丢失了，如拖放功能。另外，复杂的应用系统往往需要客户端频繁地提交、请求网页与服务器端协同工作，以完成事务处理，这就导致 Web 应用程序的运行速度非常缓慢，使用户难以接受。

今天，对基于因特网应用程序的需求持续增长，与 20 世纪 90 年代中期的需求又有很大不同。终端用户和企业进行因特网技术投资时会提出越来越高的要求。为了给用户提供真正的价值，许多企业正在为因特网应用程序寻找更"丰富"的模式：既拥有传统桌面程序的丰富表现力，又拥有 Web 应用程序天生的丰富内容。因此，具有高度互动性和丰富用户体验的网络应用模式 RIA 应运而生[29]。

从电子商务网站角度来讲，一方面，消费者群体数量极为可观。截至 2009 年上半年中国网民数量达到 2.53 亿。中国已成为世界上网民最多的国家，几乎每 5 个中国人中就有 1位网民。全球有超过 8.75 亿的消费者曾经在网上购物，潜在的消费群体十分巨大。另一方面，电子商务交易额快速增长。2008 年我国电子商务交易额近 2 万亿元人民币。在这样的大背景下，结合"机器人"电子商务网站建设，研究如何在电子商务网站中较好地设计和实现富互联网应用程序，为用户提供更加丰富的用户体验，使得用户的购物更加便捷，同时也为企业创造更多的附加价值，具有非常重要的意义。

本章要在"机器人"电子商务网站中引入富互联网应用程序，通过富互联网应用程序带给用户更多、更直观的视觉体验和良好的操作体验。并以该"机器人"电子商务网站为例，阐述整个电子商务系统的设计，特别是 RIA 的设计与实现，力求为将来可能出现的类似电子商务系统提供一个可供借鉴的方案。相信这会是许多电子商务网站寻求的解决方案。在本章中，将重点介绍 RIA 程序的数据结构、程序流程，特别是 RIA 程序和服务器程序的通信实现，并对富互联网应用程序的模块化进行探讨。

## 8.3　富互联网技术

### 8.3.1　RIA 技术的分类与比较

今天，开发者构建 RIA 时有多种技术选择。其中较受欢迎的是基于 HTML 的方案。

例如 AJAX(Asynchronous JavaScript and XML)、基于插件的方案(Adobe Flash、Adobe Flex),以及其他运行在 Flash Player 之上的技术。此外,来自微软的新方案也已经出现,WPF、Silverlight 和可扩展应用程序标记语言 XAML 都已问世。目前,RIA 可以基于 4 种不同的运行环境:AJAX、Flash Player、WPF 或 Java。其中 Java 又可使用抽象窗口工具包(Abstract Window Toolkit,AWT)、Swing 或者 JavaFX。下面将重点讨论目前使用较多的方案。

### 8.3.2　AJAX

上述方案中,比较容易理解但不一定很容易实现的是 AJAX。AJAX 基于那些 Web 开发者已经很熟悉的工具:HTML、DHTML 和 JavaScript。AJAX 的基本理念是使用 JavaScript 更新页面而不重新加载页面。运行在浏览器中的 JavaScript 程序可以将新数据插入页面或者操纵 HTML DOM 改变其结构,而不用重新加载页面。更新可能涉及从后台服务器加载的新数据(用 XML 或其他格式),也可能是为了响应用户交互,如单击或悬停鼠标。早期的 Web 应用程序使用 Java Applet 进行远程通信。随着浏览器技术的发展,IFrame 等其他方法已经取代了 Applet。近年来,JavaScript 引入了 XMLHttpRequest,不需要请求新页面、Applet 或 IFrame 就能进行便利的数据传输。

AJAX 的优势除使用了许多 Web 应用程序开发者已经很熟悉的元素外,另一个优势在于 AJAX 无须外部插件就可运行。AJAX 完全基于浏览器的功能,只需使用 JavaScript 和 DHTML。不过,要想使用 JavaScript,就必须满足一个必要的条件:如果用户在浏览器中禁用了 JavaScript,应用程序将无法运行。

AJAX 的另一个问题在于不同的浏览器、不同的平台对 DHTML 和 JavaScript 支持的程度不同。对于目标用户可以控制的应用程序(如内联网应用程序),AJAX 能够只支持某一特定平台上的单种浏览器(许多企业现在都使用了统一的浏览器和操作系统)。但是,当将应用程序开放给更多的受众时(如外网和因特网应用程序),需要测试(往往还需要修改)AJAX 应用程序,以确保能在所有操作系统的所有浏览器中同等地运行它。

AJAX 不太可能在短时间内消失,而且许多大获好评的 AJAX 应用程序的知名度还越来越高(如 Google 地图)。应该指出的是,AJAX 本身其实不是一种编程模式,它实际上是各种 JavaScript 库的一个集合。一些库包括可重用组件,目的是使常见任务更容易完成。虽然 AJAX 缺乏一个集中的厂商,但是整合这些库引入了对第三方的依赖,从而能分担一定的风险。

### 8.3.3　Flash

RIA 领域中运行时环境的佼佼者是 Adobe Flash 平台。Flash 平台目前是 AJAX 在 RIA 方面的主要竞争者。原本作为一个播放动画的插件,Flash Player 已经发展了多年,虽然每一个新版本都加入了一些新功能,但也并没有在 RIA 的方向上走得太远。在过去的 10 年中,Flash Player 几乎无处不在,一些版本被安装的比率占到了所有 Web 浏览器的 97% 以上。自 2002 年以来,Macromedia(现在已经是 Adobe 的一部分)便开始关注 Flash,而不再只把它看做一个动画工具。Flash 6 发布以后,Macromedia 开始为 Flash 提供更多构建应用程序的能力。Macromedia 公司发现,把播放器的普及性与其脚本语言(ActionScript)的强大功能组合在一起,开发者可以构建基于浏览器的完整应用程序,还能避开 HTML 的局限性。

选择 Flash Player,开发者还可以摆脱浏览器和平台的不兼容性。Flash Player 有许多好的特性,其中之一是针对每个特定版本的 Flash Player 所开发的内容和应用程序(通常)能运行于所有支持该版本播放器的平台或浏览器。除了极少数例外情况,至今仍然如此。过去,构建基于 Flash Player 的应用程序时,最大的障碍是创作环境。Flash 本来的目的是作为用户创建互动内容的动画制作工具。有许多开发者想构建基于 Flash Player 的 RIA,但都因不熟悉工具而受到阻碍。除此之外,在 2002 年学习用 Flash 开发应用程序的资料稀缺,也使许多认真的开发者无法成功地构建 Flash 应用程序。尽管 Flash Player 仍然是开发 RIA 的一个好平台,新出现的方案(例如 Flex)却极大地简化了开发流程并降低了单独使用 Flash Studio 开发出的 RIA 的数量。

### 8.3.4　Silverlight

微软已经发布了一整套帮助开发人员在 Windows 平台上构建 RIA 的工具,具体如下所示:①WPF(Windows Presentation Foundation)原先代号为 Avalon,类似于 Flash Player 和 Flex 框架;②XAML(Extensible Application Markup Language,可扩展应用程序标记语言)是基于 XML 的语言,可以用它构建 WPF 应用程序,类似于 MXML 语言;③Silverlight 基于 Web 的 WPF 子集,允许使用 XAML 和 JavaScript 创建丰富的 Web 应用程序;④Microsoft Expression 是一个专业设计工具,旨在与 XAML 互相配合,使交互设计师能够创建 WPF 应用程序的用户界面和视觉行为,该工具大致类似于 Flash Studio,是 WPF 应用程序的设计工具。有了这些工具,微软正在大力推广这样的工作流程:设计师在 Expression 中(用 WPF 或 Silverlight)创建炫目的用户界面,然后开发人员可以使用 Visual Studio 实现业务和数据访问逻辑。

尽管微软曾公开宣称,将对其他平台提供支持(专门针对 Silverlight),但具体的信息(如哪些浏览器和平台将得到支持)还未出台。虽然微软终于允诺为 Windows 以外的平台提供支持的消息的确令人振奋,不过,要想看到它如何履行这项承诺,现在还为时过早。假设跨平台的承诺能够兑现,Silverlight 可能终有一天会提供一个非常引人注目的平台,开发者可以在该平台上与 Visual Studio 进行集成,而且 Visual Studio 目前已经有了大量开发者。微软也有一个专门单独针对设计师的设计工具,即所谓的 Expression。值得注意的是,WPF 普及到一定程度很可能也需要一段漫长的时间(即使在 Windows 平台上),因为使用 WPF 还需要下载许多东西。WPF 可以用于 Windows XP,但需要另外安装 .NET Framework 3。Windows Vista 中则原生支持 .NET Framework 3。

### 8.3.5　Flex

Adobe(当时的 Macromedia)认识到开发者需要更友好的构建 RIA 的工具,于是开发了一种语言和编译器。该编译器允许开发者使用自己熟悉的语言，由编译器创建出可以在 Flash Player 中运行的应用程序。在 2004 年，Macromedia 发布了 Flex 1.0，接着在 2005 年又发布了 Flex 1.5。Adobe 延续了该周期，分别在 2006 年和 2008 年发布了 Flex 2.0 和 Flex 3.0。Flex 应用程序的架构类似 AJAX 应用程序，都能够动态更新用户界面，以及在后台发送和加载数据。Flex 现在提供了新一代的开发工具和服务，允许开发者在任何地方构建和部署 Flash 平台上的 RIA。Flex 由以下几部分组成。

### 1. ActionScript 3.0

它是一种强大的面向对象编程语言，增强了 Flash 平台的能力。ActionScript 3.0 旨在创建一种适合于迅速构建 RIA 的语言。虽然，较早版本的 Action Script 提供的强大功能和灵活性已足以创建富有魅力的在线体验，但是 ActionScript 3.0 更进一步增强了语言，提高了性能并使开发更容易。即使是对于有着巨大数据集和完全面向对象的可重用代码的最复杂应用程序，ActionScript 3.0 也能帮得上忙。

### 2. Flash Player 9（FP9）

它是在 Flash Player 8 基础上构建的新一代 Flash Player，专注于提高脚本的执行性能。为了促进这方面的改善，FP9 包含了一个全新的、高度优化的 AVM（ActionScript Virtual Machine，ActionScript 虚拟机），即众所周知的 AVM2。AVM2 是重新开始构建的，能够用于 ActionScript 3.0——驱动 Flash Player 的新一代语言。此新虚拟机明显更快，并支持运行时错误报告，大大地提高了调试能力。Flash Player 9 中也将包含 AVM1，执行 ActionScript 1.0 和 ActionScript 2.0 代码，向后兼容现存的和遗留的问题。有别于用 JavaScript 构建的应用程序，Flash Player 能够使用 JIT（Just In Time）编译技术，能让代码运行得更快、内存消耗得更少。

### 3. Flex SDK

该框架使用了 FP9 和 ActionScript 3.0 提供的基础构造，增加了一个扩展的类库，使开发者可以很容易地使用最佳实践来成功构建 RIA。Flex 使用了 MXML，它是一种基于 XML 的语言，给开发者提供了一种声明性的方式来管理应用程序的元素。开发人员可以通过 Flex Builder 或免费的 Flex SDK 获取 Flex 框架，其中包括一个命令行编译器和调试器，允许开发人员使用任何他们喜欢的编辑器，然后仍可以直接访问编译器或调试器。在 2007 年，Adobe 发布了公开 Flex SDK 源代码的路线图，该路线图应该会在 2008 年的某个时间完成。

### 4. Flex Builder 3

它基于 Flex Builder 2 的成果构建，为开发者提供一个专门构建 RIA 的环境。Flex Builder 3 将 IDE 提到了一个新水平上。Flex Builder 3 构建于已经成为行业标准的开源 Eclipse 项目之上，提供了一个很好的编码和调试环境，是一个实用并且内容丰富的设计工具，促进了以最佳实践来进行编码和应用开发。Eclipse 平台的另一个好处在于它具备了一整套丰富的可扩展能力，能很容易地编写自定义代码来扩展 IDE，满足特定开发人员的需要或喜好。

目前,RIA 基本分为两大阵营,即 Adobe Flex 和 Microsoft Silverlight。Silverlight 以其与 Visual Studio 天然集成的优点,具备了对 .NET 程序员的极大吸引力。但 Silverlight 推出时间还比较短,参考资料比较少,成功范例也比较少,在成熟度方面还远远不如 Flex。综上所述,在"机器人"电子商务系统中,将采用 Flex 技术构建 RIA 部分。

## 8.3.6 ASP .NET 及相关技术

### 1. ASP .NET

ASP.NET 是 Microsoft .NET 的一部分,作为战略产品,它不仅仅是 Active Server Page(ASP)的下一个版本,它还提供了一个统一的 Web 开发模型,其中包括开发人员生成企业级 Web 应用程序所需的各种服务。ASP.NET 的语法在很大程度上与 ASP 兼容,同时它还提供一种新的编程模型和结构,可以生成伸缩性和稳定性更好的应用程序,并提供更好的安全保护。可以通过在现有 ASP 应用程序中逐渐添加 ASP.NET 功能,随时增强 ASP 应用程序的功能。ASP.NET 是一个已编译的、基于 .NET 的环境,可以用任何与 .NET 兼容的语言(包括 Visual Basic .NET、C♯ 和 JScript .NET)创作应用程序。另外,任何 ASP.NET 应用程序都可以使用整个 .NET Framework。开发人员可以方便地获得这些技术的优点,其中包括托管的公共语言运行库环境、类型安全、继承等。ASP.NET 可以无缝地与 WYSIWYG HTML 编辑器和其他编程工具(包括 Microsoft Visual Studio.NET)一起工作。这不仅使得 Web 开发更加方便,而且还能提供这些工具必须提供的所有优点,包括开发人员可以用来将服务器控件拖放到 Web 页的 GUI 和完全集成的调试支持。微软为 ASP.NET 设计了这样一些策略:易于写出结构清晰的代码,代码易于重用和共享,可用编译类语言编写等。目的是让程序员更容易开发出 Web 应用,满足计算向 Web 转移的战略需要。

### 2. C♯

C♯ 是微软公司发布的一种面向对象的、运行于 .NET Framework 之上的高级程序设计语言。它是微软公司研究员 Anders Hejlsberg 的最新成果。C♯ 看起来与 Java 有着惊人的相似;它包括了诸如单一继承和界面,与 Java 几乎同样的语法和编译成中间代码再运行的过程。但是,C♯ 与 Java 有着明显的不同,它借鉴了 Delphi 的一个特点,与 COM(组件对象模型)是直接集成的,而且它是微软公司 .NET Windows 网络框架的主角。微软 C♯ 语言定义主要是从 C 和 C++ 继承而来的,而且语言中的许多元素也反映了这一点。C♯ 在设计者从 C++ 继承的可选选项方面比 Java 要广泛一些(如 structs),它还增加了自己新的特点(例如源代码版本定义)。

### 3. SQL Server

SQL Server 2005 是一个全面的数据库平台,使用集成的 BI 工具提供了企业级的数据管理。SQL Server 2005 数据库引擎为关系型数据和结构化数据提供了更安全、可靠的存储功能,可以构建和管理用于业务的高可用和高性能的数据应用程序。SQL Server 2005

数据引擎是企业数据管理解决方案的核心。此外,SQL Server 2005 结合了分析、报表、集成和通知功能。这使企业可以构建和部署经济有效的 BI 解决方案,帮助团队通过记分卡、Dashboard、Web Services 和移动设备将数据应用推向业务的各个领域。

### 4. Web Services

Web Services 是一种基于网络的、分布式的模块化组件。它执行特定的任务、遵守具体的技术规范。这些规范使得 Web Services 能与其他兼容的组件进行互操作[31]。Web Services 公开了一些方法,这些方法提供了可被其他应用程序使用的功能,而这些功能的使用与用于开发这些应用程序的编程语言、操作系统和硬件平台无关。由 Web Services 服务公开的服务可以被采用互联网标准的应用程序访问,如简单对象访问协议(Simple Object Access Protocol,SOAP)。Web Services 的具体实现技术主要由 XML、SOAP、WSDL 等组成。

1) XML

XML 是一组设计文本数据格式的规则,所产生的文件意义明确且独立于平台。在 Web Services 技术中,WSDL 服务注册及传输过程中涉及的数据格式都由 XML 定义。用 XML 定义的好处是格式容易被理解、与平台无关,而且即使处于异构环境的操作系统或者开发语言都有现成的解析器对 XML 进行良好的支撑。可以说,XML 是 Web Services 得以构建和使用的文件载体。

2) SOAP

SOAP 处于客户端与服务器交互位置,它是在分散或分布式的环境中交换信息的简单协议,是一个基于 XML 的协议。它包括以下 4 个部分。

(1) SOAP 封装(Envelop)。封装定义了一个描述消息中的内容是什么,是谁发送的,谁应当接受并处理它,以及如何处理它们的框架。

(2) SOAP 编码规则(Encoding Rules):用于表示应用程序需要使用的数据类型的实例。

(3) SOAP RPC 表示(RPC Representation):表示远程过程调用和应答的协定。

(4) SOAP 绑定(Binding):使用底层协议交换信息。

虽然这 4 个部分都作为 SOAP 的一部分,作为一个整体定义,但它们在功能上是相交的、彼此独立的。特别的,封装和编码规则被定义在不同的 XML 命名空间(Namespace)中,这样使得定义更加简单[32]。

3) WSDL

WSDL(Web Services Description Language,网络服务描述语言)尽管是为自如地表述多种类型的网络服务而设定的,却也经常用于描述 SOAP 网络服务[33]。一个 WSDL 是一个文件,更具体地讲,是一个 XML 文件,通常存储于用户所访问的 SOAP 网络服务这个被描述对象所在的服务器上。在 WSDL 文件中描述了调用相应的 SOAP 网络服务的一切:服务 URL 和命名空间,网络服务的类型(可能还包括 SOAP 的函数调用),有效函数列表,每个函数的参数,每个参数的类型,每个函数的返回值及其数据类型。换言之,一个 WSDL 文件告诉人们调用 Service 时所需要知道的一切[34]。

# 8.4 需求分析与概要设计

## 8.4.1 需求描述

"机器人"电子商务网站的需求分为两个部分：面向客户的 RIA 和面向管理员的管理平台。面向管理员的管理平台提供给管理员各种业务相关的功能。面向客户的 RIA 提供给用户各种电子商务功能。

### 1. 管理平台需求

管理平台面向管理员，提供业务相关的一系列操作，包括商品管理、订单管理、用户管理、日志管理、知识管理五大功能。

1）商品管理

（1）添加商品。添加一种要销售的机器人产品，产品信息包括商品名称、商品类别、商品图片、商品价格、商品介绍。其中，商品类别要求固定为"机器人"。商品图片必须支持文件上传，同时需要将上传的图片文件修改为规定的大小。

（2）管理商品。管理员通过管理平台可以修改每种商品的信息。可修改的信息包括商品名称、商品图片、商品价格、商品介绍、是否推荐商品

（3）删除商品。管理员可以从管理平台中将不再销售的商品信息完全删除。

2）订单管理

（1）分类管理。订单的状态分为 6 种：未确认、已确认、未发货、已发货、未归档、已归档。为了业务处理的时候清晰明了，必须根据订单的状态进行分类管理。同时管理员能够实时改变订单的状态。

（2）查看订单的详细信息。管理员需要能查看每个订单的详细信息，包括订单号、下单日期、订购商品清单、订单状态、订单金额、配送方式、收货人信息等。

（3）删除订单。管理员可以从管理平台中将订单信息删除。

（4）搜索订单。管理员可以通过订单搜索功能方便地查找订单。订单搜索建议通过订单号、收货人、订单状态进行搜索。

3）用户管理

（1）添加用户。管理员能在管理平台上添加用户，并指定该用户的权限。权限分为用户和管理员两类。用户可以浏览系统的 RIA 部分，管理员可以浏览系统的管理平台和 RIA 部分。用户信息安全受系统保护，关键信息必须进行加密处理。

（2）身份验证。管理员在进入管理平台之前必须先进行身份验证。通过身份验证才能浏览管理平台的内容。

（3）修改用户信息。管理员可以在管理平台修改所有用户的个人信息，但不包括密码。

（4）修改密码。管理员可以修改自己登录管理平台的密码。

（5）注销。管理员在完成业务处理之后可以注销自己的账号，防止他人利用该账号进行非法操作。

4) 日志管理

日志管理是一个成熟系统不可或缺的重要部分。

(1) 查看日志。管理员通过管理平台可以查看所有用户的活动信息,包括何时登入、何时登出、何时提交订单等。

(2) 删除日志。管理员通过管理平台可以设置系统自动删除 N 天前的日志信息,只保留近期的日志信息。

5) 知识管理

这一部分只要求实现基础功能,仅为未来扩展需要做基础。

(1) 新增文章。管理员通过管理平台可以添加与机器人知识相关的文章信息,包括类别、标题和内容 3 项,其中类别固定为"机器人知识"。

(2) 文章管理。管理员可以查看文章的编号、标题、发布者、发布日期等信息。

(3) 删除文章。管理员通过管理平台可以删除文章。

6) 立体展台管理

要求对 RIA 部分里立体展台展示的产品及介绍内容进行管理。必须能够更换产品和介绍。

7) 实验室风采管理

要求对 RIA 部分里实验室风采模块展示的内容进行管理。必须能够更换该模块里面展示的内容,以便及时更新。

8) 销售统计

对销售情况的实时统计能够有效地帮助管理人员掌握信息,并进行相应的产品策略分析。因此管理平台必须能够对产品的订单数进行实时统计,记录每种产品的累计销售量,以供参考。

**2. RIA 需求**

RIA 面向普通客户,提供包括网上购买机器人、立体展台、智能检索、实验室风采、联系我们、机器人学习六大功能。

1) 网上购买机器人

(1) 查看商品。列表显示所有商品的简要信息,包括商品名、商品价格、商品简介、商品缩略图。

(2) 查看商品的详细信息。单击商品名或者商品缩略图可以弹出商品详细信息窗口,包括商品名称、商品价格、商品介绍、商品图片、商品类别等详细信息。

(3) 购买商品。以两种方式实现将商品添加到购物车:一种是通过单击指定按钮实现,另一种是通过直接拖动商品的缩略图到购物车里实现。

(4) 查看购物车。客户可以查看自己购物车里的商品信息,包括各个商品名称、数量、总价。

(5) 结算。要求转到特定的结算页面。结算页面显示购物车内容、用户信息、商品配送信息等。结算前先判断用户是否登录,如果未登录,还需要提供登录和注册功能。

2) 立体展台

要求以 360°的方式展示机器人产品。客户可以自己选取观察的角度。从而具备更生动的产品展示形式,为客户提供更多的外观信息。

3) 智能检索

智能检索要求以自然语言理解为核心,结合语料库、分词技术、系统网站的数据库及 AJAX 的自动完成功能,为用户提供友好的"机器人"商品搜索功能。

4) 实验室风采

要求以生动活泼的形式展示机器人实验室的风采,包括导师风采、学生风采等。表现形式要求采用类似 Cover Flow 的形式。

5) 联系我们

要求附有实验室的联系地址,同时具备查找功能,单击"查找我们的位置"按钮可以自动调用 Google 地图来显示实验室在地图上的位置。

6) 机器人学习

将已有的"机器人"学习网站嵌入到本网站来,以便有效地整合信息。

**3. 系统用例**

图 8.1 至图 8.5 是部分系统用例图。

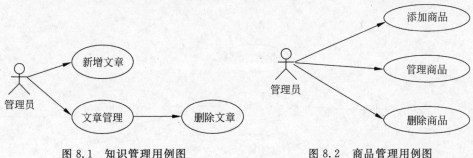

图 8.1 知识管理用例图    图 8.2 商品管理用例图

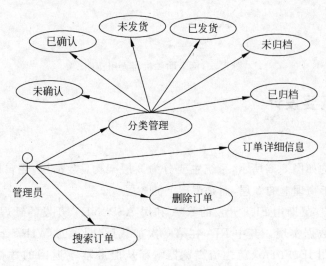

图 8.3 订单管理用例图

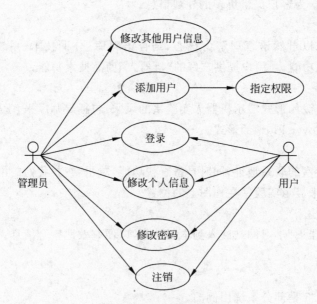

图 8.4　用户管理用例图

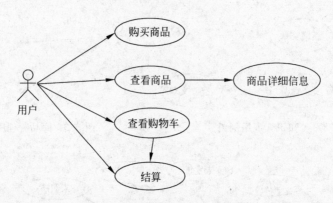

图 8.5　网上购买机器人用例图

## 8.4.2　概要设计

### 1. 系统架构

RIA 系统架构如图 8.6 所示,系统主要分为 3 层架构:数据层、逻辑层、表示层。这里的 3 层架构并非指物理上的 3 层,而是逻辑上的 3 层。

表示层为客户端(即用 Flex 开发的 RIA 和用 ASP.NET 开发的管理平台),通过 Web 浏览器解释网络数据实现。其中 RIA 在第一次加载后,只通过 Web Services 和服务器进行通信。可以使用 IE、Firefox 等主流浏览器解释从服务器端返回的数据,并在客户端显示。RIA 程序要求浏览器加装 Flash Player。逻辑层使用.NET 技术体系实现,建立在 Web 服务器 IIS(Internet Information Server)上,以.NET Framework 为核心,与数据库进行连接。

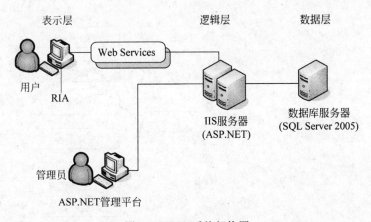

图 8.6　RIA 系统架构图

数据层运行在数据库服务器上，以 SQL Server 2005 为数据库，通过内部网络连接与 Web 服务器通信。客户使用 RIA 的时序图如图 8.7 所示。

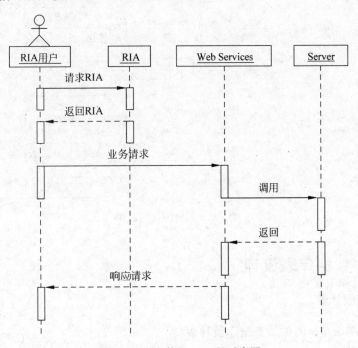

图 8.7　客户使用 RIA 的时序图

## 2. 模块划分

根据上文的需求分析，将"机器人"电子商务网站分为两大部分：RIA 和管理平台。其中 RIA 在用户第一次请求时由服务器发送给请求的客户端，以后除非用户刷新浏览器，否则不再加载。根据需求，RIA 分为网上购物、实验室风采、智能搜索、立体展台、联系我们、机器人学习六大部分；管理平台分为商品管理、订单管理、用户管理、日志管理、知识管理、展台管理、实验室风采管理、统计数据八大部分。系统模块划分图如图 8.8 所示。

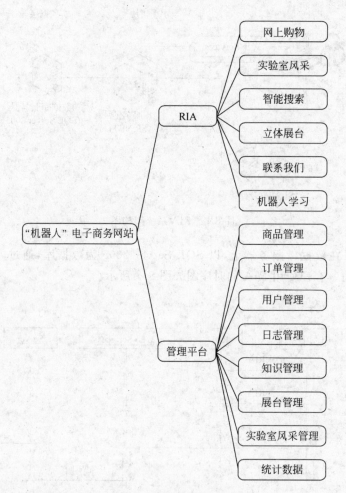

图 8.8  系统模块划分图

## 8.4.3  数据库表设计

### 1. 数据库设计表

表 8.1 至表 8.6 是网站的数据库设计表。

表 8.1  Knowledge

| 列 | 类 型 | 说 明 | 能 否 为 空 |
|---|---|---|---|
| KnowledgeID | Int | 知识内容标识号，主键，自增 | Not Null |
| Title | Varchar(50) | 知识标题 | Not Null |
| KnowledgeContent | Text | 知识内容 | Not Null |
| Type | Varchar(50) | 类别 | |
| IssueDate | Smalldatetime | 发布时间 | |
| AdminName | Varchar(50) | 发布者 | |

表 8.2 **UserInfo**

| 列 | 类 型 | 说 明 | 能否为空 |
|---|---|---|---|
| UserName | Nvarchar(256) | 用户名,主键 | Not Null |
| Sex | Char(2) | 性别 | |
| RealName | Varchar(50) | 真实姓名 | |
| Phone | Varbinary(512) | 联系电话(密文) | |
| Address | Varbinary(512) | 通信地址(密文) | |
| Postcode | Varchar(50) | 邮编 | |
| ID | Varbinary(512) | 证件号码(密文) | |
| phoneIV | Binary(16) | 电话加密 IV | |
| AddressIV | Binary(16) | 地址加密 IV | |
| IDIV | Binary(16) | ID 加密 IV | |
| MAC | Binary(32) | 完整性验证凭证 | |
| SessionKey | Binary(16) | 会话密钥(密文) | |

表 8.3 **GoodsInfo**

| 列 | 类 型 | 说 明 | 能否为空 |
|---|---|---|---|
| GoodsID | Bigint | 商品标识号码,主键,自增 | Not Null |
| GoodsType | Varchar(50) | 商品类型 | |
| GoodsName | Varchar(50) | 商品名称 | Not Null |
| GoodsIntro | Text | 商品介绍 | Not Null |
| GoodsPrice | Float | 商品价格 | |
| GoodsPhotoUrl | Varchar(50) | 商品图片地址 | |
| IsRecommended | Char(2) | 是否推荐该商品 | |
| GoodsDate | Datetime | 上架日期 | Not Null |
| MAC | Binary(32) | 完整性验证凭据 | |

表 8.4 **OperationLog**

| 列 | 类 型 | 说 明 | 能否为空 |
|---|---|---|---|
| OperationID | Bigint | 日志事件号,主键,自增 | Not Null |
| UserName | Nvarchar(256) | 用户名 | Not Null |
| OperationDate | Datetime | 时间 | Not Null |
| Details | Text | 事件 | Not Null |

表 8.5 **OrderDetail**

| 列 | 类 型 | 说 明 | 能否为空 |
|---|---|---|---|
| DetailID | Bigint | 订单详情标识号,主键,自增 | Not Null |
| OrderID | Bigint | 对应的订单号 | Not Null |
| GoodsID | Bigint | 对应的商品标识号 | Not Null |
| Num | Int | 购买的该商品数量 | Not Null |
| TotalPrice | Float | 总价 | Not Null |
| Remark | Varchar(200) | 备注 | |
| MAC | Binary(32) | 完整性验证凭证 | |

表 8.6 OrderInfo

| 列 | 类 型 | 说 明 | 能 否 为 空 |
|---|---|---|---|
| OrderID | Bigint | 订单号,主键,自增 | Not Null |
| UserName | Nvarchar(256) | 用户名 | Not Null |
| GoodsFee | Varbinary(MAX) | 商品总价(密文) | Not Null |
| ShipFee | Varbinary(MAX) | 运费(密文) | Not Null |
| TotalPrice | Varbinary(MAX) | 总费用(密文) | Not Null |
| ShipType | Varchar(50) | 运送类型 | Not Null |
| RecieverName | Varbinary(MAX) | 收货人(密文) | Not Null |
| ReceiverPhone | Varbinary(MAX) | 收货人电话(密文) | Not Null |
| ReceiverPostCode | Char(10) | 收货人邮编 | Not Null |
| ReceiverAddress | Varbinary(MAX) | 收货人地址(密文) | Not Null |
| ReceiverEmail | Varchar(50) | 收货人 E-mail | Not Null |
| IsConfirm | Bit | 订单状态 | Not Null |
| IsSend | Bit | 订单状态 | Not Null |
| IsEnd | Bit | 订单状态 | Not Null |
| OrderDate | Datetime | 订单日期 | Not Null |
| AdminName | Nvarchar(256) | 管理员 | |
| MAC | Binary(32) | 完整性验证凭证 | |

## 2. 数据库表关系图

数据库表的关系图如图 8.9 和图 8.10 所示。

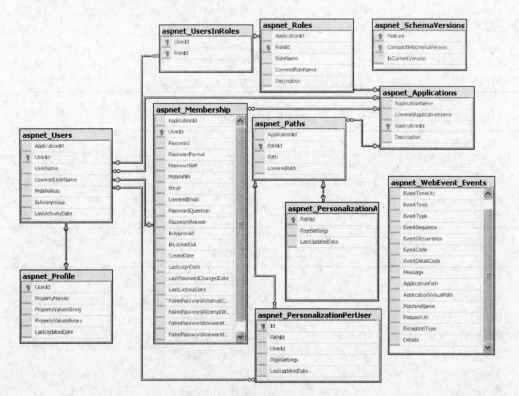

图 8.9 成员管理表关系图

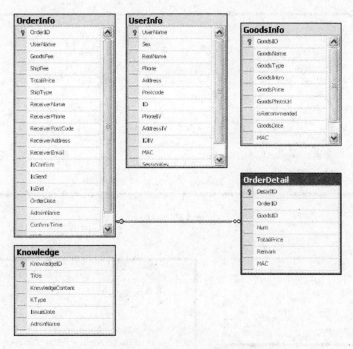

图 8.10 商品和订单等信息表关系图

# 8.5 网站 RIA 的设计与实现

RIA 作为一个运行在浏览器中独立的应用程序,在第一次加载后,可以实现用户和服务器的通信,而不需要重新加载页面。只有在用户刷新页面时,才会重新加载 RIA 本身。RIA 作为一个应用程序,必然涉及数据库、程序流程等方方面面,而不再像传统的页面那样只是单纯地负责显示数据。换而言之,RIA 将部分不需要与服务器通信的逻辑处理放到了客户端。

## 8.5.1 数据结构

RIA 中一共设计了 5 个类,分别是目录(Category)类、产品(Product)类、购物车物品(ShoppingCartItem)类、购物车(ShoppingCart)类、购物车交易(ShoppingCartTrans)类。

(1) 目录类:该类是 RIA 中负责呈现栏目分类的类,如图 8.11 所示,在已完成的网站中呈现了机器人商城、立体展台、智能搜索、实验室风采、联系我们 5 个栏目。

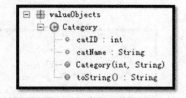

图 8.11 目录类

(2) 产品类:该类是机器人产品类,如图 8.12 所示,包括栏目名、产品名、产品价格、产品介绍、上架日期、产品图片、是否推荐等属性。

(3) 购物车物品类:该类如图 8.13 所示,用于表现被放入购物车的商品,包含产品类、总价等属性和计算总价等方法。

(4) 购物车类:该类如图 8.14 所示,用于表示购物车,包括存储购物车物品类的数据结构和管理购物车的各种方法,如添加物品、更新物品、移除物品等。

```
□ ⊞ valueObjects
  □ ⓒ Product
      o catID : Number
      o prodName : String
      o unitID : Number
      o cost : Number
      o listPrice : Number
      o description : String
      o isRecommended : Boolean
      o productDate : String
      o imageName : String
      ● Product(Number, String, Number, Number, Number, String, Boolean, String, String)
      ● toString() : String
      ● buildProduct(Object) : Product
```

图 8.12    产品类

```
□ ⊞ valueObjects
  □ ⓒ ShoppingCartItem
      o product : Product
      □ _quantity : uint
      o subtotal : Number
      ● ShoppingCartItem(Product, uint)
      ⓕ set quantity(uint) : void
      ⓕ get quantity() : uint
      ● recalc() : void
      ● toString() : String
```

图 8.13    购物车物品类

```
□ ⊞ valueObjects
  ⊞ imports
  □ ⓒ ShoppingCart
      o aItems : ArrayCollection
      o total : Number
      □ cursor : IViewCursor
      o orderWebservice : RobotService
      o orderArray : ArrayOfInt
      ● addItem(ShoppingCartItem) : void
      ■ sortItems() : void
      ■ manageAddItem(ShoppingCartItem) : void
      ■ isItemInCart(ShoppingCartItem) : Boolean
      ■ getItemInCart(ShoppingCartItem) : ShoppingCartItem
      ■ updateItem(ShoppingCartItem) : void
      ■ calcTotal() : void
      ● removeItem(Product) : void
      ● sendOrderToDotNet() : void
```

图 8.14    购物车类

（5）购物车交易类：该类如图 8.15 所示，用于将购物车类的信息进行进一步抽象，并通过 Web Services 与服务器通信。

（6）目录事件（CategoryEvent）类：当目录创建完毕的时候，由目录事件类（如图 8.16 所示）来通知 RIA 目录已经创建完毕。

```
□ ⊞ valueObjects
  □ ⓒ shoppingCartTrans
      o goodID : uint
      o goodCount : uint
      ● shoppingCartTrans(uint, uint)
```

图 8.15    购物车交易类

```
□ ⊞ events
  ⊞ imports
  □ ⓒ CategoryEvent
      o cat : Category
      ● CategoryEvent(Category, String)
      ● clone() : Event
```

图 8.16    目录事件类

（7）产品事件（ProductEvent）类：当产品创建完毕的时候，由产品事件类（如图 8.17 所示）来通知上一级调用者产品创建完毕的事实。

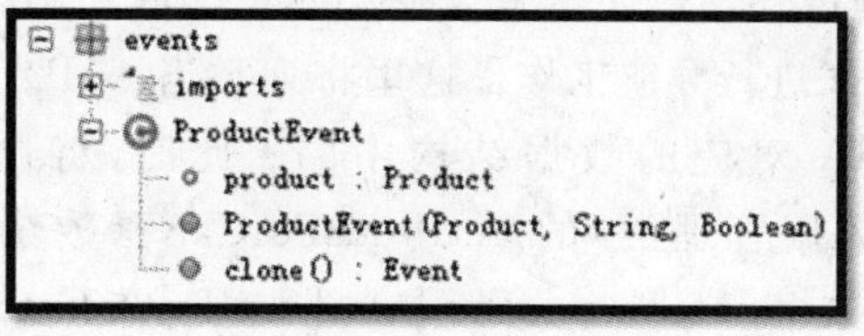

图 8.17 产品事件类

## 8.5.2 RIA 程序结构和流程

### 1. 购物功能的基本程序结构

RIA 的功能划分已经在上面讨论过了。这里要重点讨论一下 RIA 的程序结构。因为 RIA 相对比较复杂，因此这里只讨论"机器人商城"栏目的基本程序结构。

主程序是 Ecomm. mxml，它对应的 ActionScript 文件是 ecomm. as。所有的模块调用和主要的 RIA 服务器通信都由这两个文件执行。Ecomm. mxml 规定了 RIA 的元素及其布局，ecomm. as 汇集了相关的操作函数。图 8.18 所示是 ecomm. as 所含的函数列表。下面将介绍主要函数的功能和实现方式。

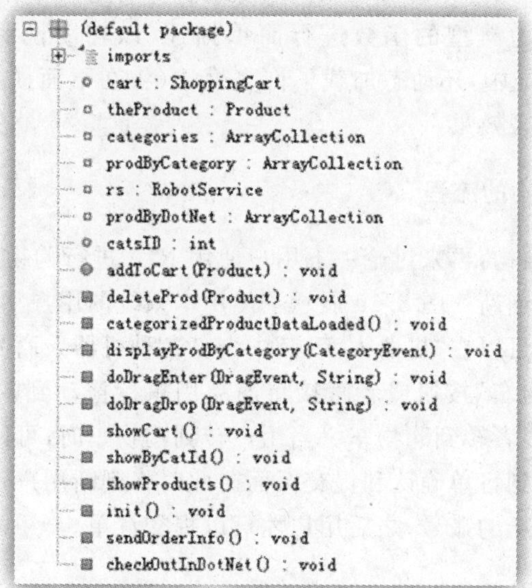

图 8.18 ecomm. as 所含的函数列表

1) addToCart(Product)

函数目标：将用户选择的商品添加到购物车。

实现方式：实例化一个购物车物品类，接着调用购物车类的 addItem 方法。当然购物车类的 addItem 方法有着更复杂的程序逻辑，但不属于本函数的范畴。

2) displayProdByCategory(CategoryEvent)

函数目标：根据目录分发目录标识(catID)，配合网站的导航工作。

实现方式：将通过读取 XML 文件得到的 event. cat. catID 的值赋给 catID，再由 showBy CatID()这个函数来进行导航工作。这里将列举当 catID 为 1 时的例子，解释产品的信息是如何加载到 RIA 对应的数据结构中的。此时，将调用 Categorized Product Manager(这是已封装的数据管理类)的 getProdsForCat 函数获得对象数组 categorized Products[catID]。而对象数组 categorizedProducts[catID]在 Categorized ProductManager 被调用的时候就自动加载 XML 数据和所需的 Web Services 通信数据。至此获得产品信息。

3) doDragEnter(DragEvent,String)/doDragDrop(DragEvent,String)

函数目标：这两个函数实现商品的拖放功能。

实现方式：在拖放管理器中启用拖放属性，并为要放置物品的容器编写放置的处理函数，从而实现拖放。

4) checkOutInDotNet()

函数目标：在.NET 页面实现商品结算功能。

实现方式：首先调用导航功能，切换到结算页面。结算页面不属于 RIA 本身，而是通过加载 ASP.NET 页面实现的。接着调用 sendOrderInfo()函数将购物车信息通过 Web Services 传输回.NET 服务器。

上面仅列举了几个函数进行简要说明，本系统的 RIA 包含了上百个函数，无法一一列举。因此仅选择几个较为典型的函数进行简单描述，以辅助说明程序的基本结构。在 Ecomm. mxml 的导航功能中，还动态加载了许多模块(将在下面提到)，并使用了一些第三方组件，以达到更好的表现效果。

### 2. 使用 RIA 进行购物的流程

讨论了程序的基本结构，再来讨论一下用户使用 RIA 进行购物的流程。从设计的角度讲，购物流程很难有什么创新。图 8.19 展示了使用本系统的用户购物流程。

用户在访问网站后，可以在"机器人商城"中浏览各种机器人商品，当浏览到心仪的商品时，可以单击"添加到购物车"按钮或者直接将商品用鼠标拖动到购物车来实现选择商品。用户可以继续浏览商品或者转到购物车。当用户转到购物车时，可以更改每种商品的数量，当用户更改完毕后，将转到订单确认和提交页面。此时将判断用户是否已经登录，如果未登录，将要求登录或者注册新的账号，之后用户才可以提交订单。

### 3. 其他功能的实现原理

RIA 除了实现网上购物这一主要功能外，还有立体展示、智能搜索、实验室风采、查找我们的位置等功能。下面将简单阐述这些功能的实现原理。

1) 立体展示

通过将一个产品在一个平面内进行 360°旋转，并按一定的间隔采集照片。展示时，利用滚动条来控制每一个时刻展示的图片。只要采集的照片合适，就能营造立体展示的效果，即伪 3D 展示。同时在展示产品的右侧通过 Web Services 从服务器获得该产品的介绍信息。在本系统中，采用固定值为 20 张照片来展示一件产品。首先需要每相隔 18°来采集一次产品的照片，接着通过管理后台上传到指定的文件夹。RIA 部分就会到指定的文件夹去

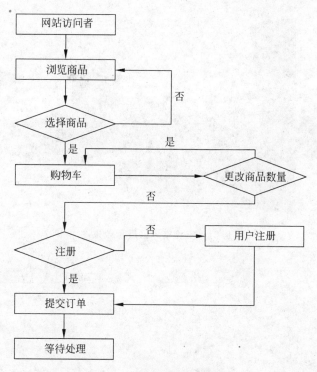

图 8.19　用户购物流程图

读取照片并动态显示。这个立体展示流程如图 8.20 所示。

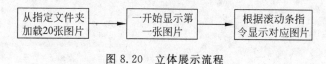

图 8.20　立体展示流程

2）智能搜索

整个智能搜索系统以自然语言理解为核心。结合语料库、分词技术、系统网站的数据库及 AJAX 的自动完成功能为用户提供友好的"机器人"商品搜索功能。主要使用到的技术包括中文词语切分（程序调用了开源的 sharpICTCLAS 托管 dll 动态链接库）、AJAX 技术、数据库全文检索的相关知识。

3）实验室风采

使用利用 PV3D 这个开源的 3D 引擎构建的 Cover Flow 第三方组件来构建的带有丰富表现形式的展示界面。在本系统中，以固定值为 6 张照片来展示实验室风采拥有非常生动的表现形式。可以通过管理后台上传和更改这 6 张照片。RIA 部分就会到指定的文件夹去读取实验室风采照片并动态显示。展示效果如图 8.21 所示。

4）联系我们

利用 Google 地图提供的 API，通过调用 API 编写相应的程序来显示既定地址在地图上的位置，从而实现本功能。首先需要在 Google 上申请一个授权 key，调用 Google Map API 初始化一个地图类的实例，并为该实例添加对应的监听函数和控制函数。展示效果如图 8.22 所示，地图指示着广州大学城。

图 8.21　实验室风采展示效果图

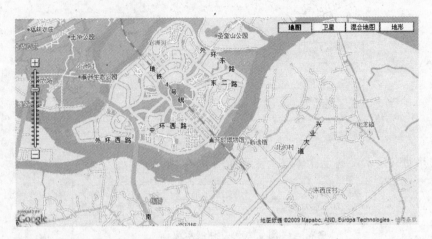

图 8.22　"联系我们"地图部分展示效果图

5）机器人学习

将旧版网站整体嵌入到新版 RIA 中，但只是普通的 HTML 网页，仍然与先前一样需要每次重新请求页面。效果相当于 HTML 中的 FRAME 标签。

## 8.5.3　Web Services 与 .NET 通信

### 1. 选择 Web Services 的原因

首先，来看看 Flex 的通信方式。Flex 与服务器有 3 种通信方式：Http Service、Web Services、Remote Object。所使用的通信协议和数据格式如表 8.7 所示。

3 种通信方式有各自的优缺点，下面来做一个比较，如表 8.8 所示。

综合对比，由于以下几个原因，从而选择了 Web Services 作为 RIA 和 .NET 的通信方式。

（1）Web Services 跨平台的可互操作性。如果应用程序有成千上万的用户，而且分布在世界各地，那么客户端和服务器之间的通信将是一个棘手的问题。因为客户端和服务器之间通常会有防火墙或者代理服务器，而 Web Services 较好地解决了这个问题。

表 8.7　Flex 的 3 种通信方式

| 通 信 方 式 | 通 信 协 议 | 交互数据格式 |
|---|---|---|
| Http Service | 常用的 HTTP 协议 | XML |
| Web Services | SOAP 协议 | XML |
| Remote Object | Flex 自定义的高效二进制数据通信协议：AMF | 任意（数字、字符串、对象、图片等） |

表 8.8　3 种通信方式的优缺点

| 通 信 方 式 | 优 点 | 缺 点 |
|---|---|---|
| Http Service | 数据格式通用，便于不同应用系统间交换数据，简单 | 效率最低 |
| Web Services | 同上，较容易实现，方便测试和整合，跨平台 | 当数据量大时，效率较低 |
| Remote Object | 能够处理各种类型的数据类型，速度快，效率高 | 需要专门的服务器端软件，如 WebORB，较难入门 |

（2）相比 Remote Object，Web Services 虽然效率较低，但考虑到本系统的数据流量总体上不会很大，因此传输效率不是第一考虑因素。而 Remote Object 需要专门的服务器端软件，既增加了系统的复杂度，又增加了实现的难度。

（3）考虑到在 ASP.NET 2.0 中可以非常方便地编写 Web Services，在 Flex 中也有专门的 Web Services Manager 用于管理远程的 Web Services，对于开发是一个有力的帮助。

（4）相比 Http Service 单纯的 XML 通信，Web Services 显然占据优势，不需要自己编程解析大部分通用的数据类型，例如数组。

综上所述，本系统选择 Web Services 作为 RIA 和 .NET 的通信方式。

### 2. Web Services 实现

1）在 .NET 中实现 Web Services

.NET 平台内建了对 Web Services 的支持，包括 Web Services 的构建和使用。与其他开发平台不同，使用 .NET 平台，不需要其他的工具或者 SDK 就可以完成 Web Services 的开发了。.NET Framework 本身就全面支持 Web Services，包括服务器端的请求处理器和对客户端发送和接收 SOAP 消息的支持。

要在 .NET 中创建 Web Services，只需建立一个 .asmx 文件。这个文件中有一个 Web Services 标签，包含 language 和 class 两个属性，分别用于指定编程语言和 Web Services 中对外发布的类。最后在 .cs 文件中，在每个想要对外发布的方法前面加一个 Web Method 属性就可以了。

例如，只需要如下面的程序一样简单地指定［WebMethod］，就可以编写用于远程调用的 Web 服务方法。下面的示例程序用于 RIA 向服务器请求产品对象数组，从而获得机器人产品信息。

```
[WebMethod]
[System.Xml.Serialization.XmlInclude(typeof(ProductInfo))]    //声明"Employee"类可写入 XML
```

```
public ArrayList getProduct()
{    ArrayList prodList = new ArrayList();
     string strSql = "select * from GoodsInfo";
     DataTable dt = DBOperation.GetDataSetForWebservice(strSql,"GoodsInfo");
     for(int i = 0; i < dt.Rows.Count; i++)
     {    ProductInfo prod = new ProductInfo();
          prod.GoodsID = dt.Rows[i]["GoodsID"].ToString().Trim();
          prod.GoodsType = dt.Rows[i]["GoodsType"].ToString().Trim();
          prod.GoodsName = dt.Rows[i]["GoodsName"].ToString().Trim();
          prod.GoodsIntro = dt.Rows[i]["GoodsIntro"].ToString().Trim();
          prod.GoodsPrice = dt.Rows[i]["GoodsPrice"].ToString().Trim();
          prod.GoodsPhotoUrl = dt.Rows[i]["GoodsPhotoUrl"].ToString().Trim();
          prod.isRecommended = dt.Rows[i]["isRecommended"].ToString().Trim();
          prod.GoodsDate = dt.Rows[i]["GoodsDate"].ToString().Trim();
          prodList.Add(prod);
     }
     return prodList;
}
```

在.NET 中,一共定义了 7 个 Web Method,如图 8.23 所示,除了第一个方法(HelloWord)用于检测通信是否正常外,其他 6 个方法均用于 RIA 和.NET 的业务通信。通过在浏览器中输入 http://targetIP:port/robot/robotservice.asmx(targetIP:port 为目标网址和端口),可以看到本系统所对外提供的服务接口。

2) 在 Flex 中使用 Web Services

在 Flex 中使用 Web Services 有两种方法:一种是使用 Web Services Manager,如图 8.24 所示;另一种是直接编写代码,每次都要自己指定 Web Services 的地址。为了使用方便,本系统采用第一种方法。使用向导将所有方法全部导入,Flex 将自动生成一系列的相关类。

```
RobotService

支持下列操作。有关正式定义,请查看服务说明。

• HelloWorld

• cleanShoppingCart

• getProduct

• initShoppingCart

• sendOrderByIntArray

• sendOrderOneByOne

• sendOrderToDotNet
```

图 8.23  本系统所提供的 Web 服务方法

接下来,只要在相关的处理程序中导入 Web Services 的相关包,实例化相关的 Web Services 类,并编写好事件监听函数,就可以直接调用.NET 里编写好的 Web Method,完成 Flex 和.NET 的通信工作。下面的示例程序演示了 Flex 中如何调用 Web Services,程序的功能主要是从 XML 文件加载栏目信息,并通过 Web Services 从.NET 服务器获取和加载机器人产品信息。

```
import generated.webservices.*;
private var rs2: RobotService = new RobotService();
private function prodByCategoryHandler(event: ResultEvent): void
{    rawData = event.result as XML;
     for each(var c: XML in event.result..category)
     {    var category: Category = new Category(int(c.@catID),String(c.@catName));
          aCats.push(category);
```

图 8.24 Flex Web Services Manager

```
        categorizedProducts[c.@catID] = new Array();
    }
    toGetProductInfo();
}
private function toGetProductInfo(): void
{   rs2.addgetProductEventListener(onSuccess);
    rs2.getProduct();
    var e: Event = new Event("catDataLoaded");
    this.dispatchEvent(e);
}
internal function onSuccess(event: GetProductResultEvent): void
{   var arrC: ArrayCollection = event.result as ArrayCollection;
    for each(var i: Object in arrC){
        var prod: Product = new Product(1,
        String(i.GoodsName),
        Number(i.GoodsID),
        Number(i.GoodsPrice),
        Number(i.GoodsPrice),
        String(i.GoodsIntro),
        Boolean("No"),
        String(i.GoodsDate),
        String(i.GoodsPhotoUrl));
        categorizedProducts[1].push(prod);
    }
}
```

通过以上两步,就实现了 RIA 和 .NET 程序的通信,实现了 RIA 和服务器的交互。当然,方法虽然看起来比较简单,但在实际编程过程中,这一部分出现的问题也很多。主要问题在于双方传输的数据类型的相互识别。如 ASP.NET 的 DataSet 不受 Flex 支持,Flex 的 ArrayCollection 等数据类型传输到 ASP.NET 之后也会出现各种各样的类型问题。

### 8.5.4　RIA 的模块化

随着 RIA 功能的越来越多,程序越来越复杂,它的大小和下载时间都会持续增加。即使用户从来不使用程序的某个功能,他也要下载实现这个功能的类文件。针对这种情况,Flex 提供了一种方法将较大的程序模块化或划分成较小的部分。可以使用 Flex 的模块加载器在运行时加载和卸载预先定义的模块(Module),这样既可以使用户在开始时下载比较小的文件,又可以划分程序中独立的逻辑部分。

Module 实际上是一个预编译的 SWF 文件。虽然是 SWF 格式的文件,但是这个文件不能独立运行(但是多个程序可以共享它),并且只能被 Module Loader 加载后才能显示。逻辑上它是一个容器,可以像一般的容器一样包含别的容器、组件,甚至是别的 Module 模块。根据需要,预编译的 Module 模块可以被应用加载和卸载。

Flex 的 Modules 技术主要有如下优点:①让 SWF 文件初始下载尺寸更小;②让加载时间更短;③对应用程序更好的封装性。一个 Module 是一个特殊的、可以动态加载的、包含 IFlexModuleFactory 类工厂的 SWF 文件。它允许应用程序在运行时加载代码,并在不需要主程序相关类实现的情况下创建类的实例。Modules 实现了标准的类工厂接口,通过使用共享的接口定义减少了模块和 Shell 之间的硬依赖(耦合),提供了一种类型安全的沟通机制,并在没有增加 SWF 文件大小的情况下增加了一个抽象层。图 8.25 展示了 Modules 和 Shell 之间接口的关联关系。

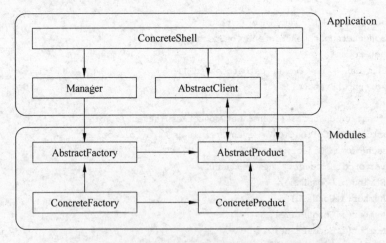

图 8.25　Modules 和 Shell 之间接口的关联关系图

其中,Module Manager 负责管理加载了的 Modules 集合,将之对待为按照 Module URL 为索引的单例 map。加载 Module 会触发一系列的事件来让客户端监控 Module 的状态。Module 只加载一次,但是会重载并分发事件,因此客户端代码可以简单地依赖 READY 事件获取 Module 的类工厂来使用它。Module Loader 类为在 Module Manager

API 之上最高级的 API,它提供了一个基于 Module 架构的简单实现,但是 Module Manager 提供了 Module 之上更好的控制。

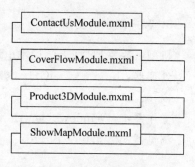

图 8.26 RIA 模块图

在本程序中,初次请求 RIA 将只加载包含"首页"和"机器人商城"的程序,而"立体展台"、"实验室风采"、"联系我们"、"查找我们的位置"都被作为独立的模块,如图 8.26 所示,只在用户需要的时候才加载。这样处理可以加快初次下载速度,同时也使得应用程序具有更好的封装性。

通过这样的模块化处理,以上 4 个模块(ContactUsModule. mxml、CoverFlowModule. mxml、Product3DModule. mxml、ShowMapModule. mxml)只在用户请求时才加载,它们并不随着 RIA 的第一次加载而加载。通过对比可以看到,模块化处理后的程序只有原先的 60%,有效地加快了加载速度。

# 8.6 系统运行与测试

## 8.6.1 运行环境

### 1. 数据源配置

处理器:Intel P3 2.0GHz 或以上。

内存:2GB 或以上。

硬盘:20GB 或以上。

操作系统:Windows Server 2003 或以上。

开发工具:Microsoft Visual Studio 2005。

Runtime Environment:.NET Framework 2.0。

服务器:IIS 5.1。

数据库:SQL Server 2005 或以上。

网络环境带宽:10Mbps 或以上。

### 2. 服务器端配置

处理器:Intel P3 2.0GHz 或以上。

内存:2GB 或以上。

硬盘:20GB 或以上。

操作系统:Windows Server 2003 或以上。

Runtime Environment:.NET Framework 3.5(管理后台统计功能需要 3.5 版本的支持)。

服务器:IIS 5.1。

数据库:SQL Server 2005 或以上。

网络环境带宽:10Mbps 或以上。

### 3. 客户端主机要求

机型：各种 PC 或者笔记本电脑。

处理器：Intel P3 2.0GHz 或以上。

内存：512MB 或以上。

操作系统：Windows Server XP 或以上。

浏览器：IE 5.0 或 Firefox 2.0 以上版本浏览器。

## 8.6.2　运行测试

（1）打开浏览器，输入 http：//targetIP/robot/index.html，可以看到图 8.27 所示的运行画面，表明电子商务网站系统工作正常。

图 8.27　RIA 首页

（2）单击"机器人产品"模块，可以看到各种机器人产品的介绍，如图 8.28 所示，表明 Web Services 通信正常。

（3）单击"立体展台"模块，可以看到展示的机器人产品，如图 8.29 所示，表明图片文件加载和 Web Services 通信均为正常。

可以通过拖动滚动条来从不同角度观察机器人产品，右边的产品介绍可以通过管理平台进行更改。

（4）选购几种产品后，单击"我的购物车"按钮，可以看到如图 8.30 所示的购物车界面，说明商品信息正常。

（5）输入 http：//targetIP/robot/manage/AdminLogin.aspx 并通过身份验证后，可以进入到管理平台，单击"统计数据"按钮，可以看到如图 8.31 所示的画面，说明电子商务网站工作正常。

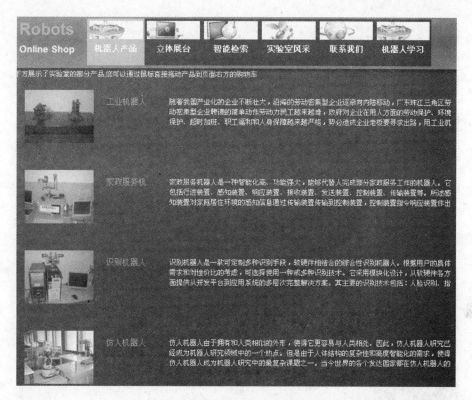

图 8.28 RIA 机器人产品栏目

图 8.29 立体展台

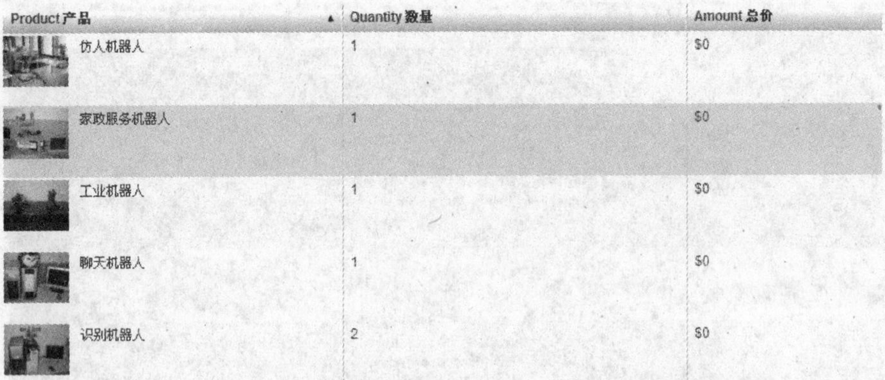

| Product产品 | | Quantity数量 ▲ | Amount总价 |
|---|---|---|---|
| 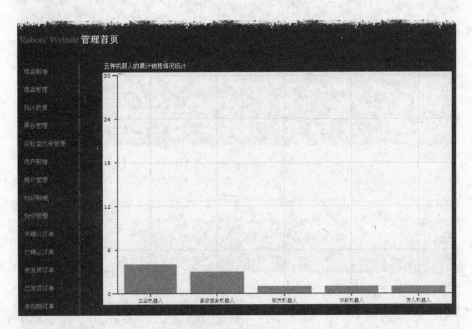 仿人机器人 | | 1 | $0 |
| 家政服务机器人 | | 1 | $0 |
| 工业机器人 | | 1 | $0 |
| 聊天机器人 | | 1 | $0 |
| 识别机器人 | | 2 | $0 |

图 8.30 购物车

图 8.31 统计数据

（6）单击"已确认订单"按钮，可以看到如图 8.32 所示的画面，说明系统工作正常。

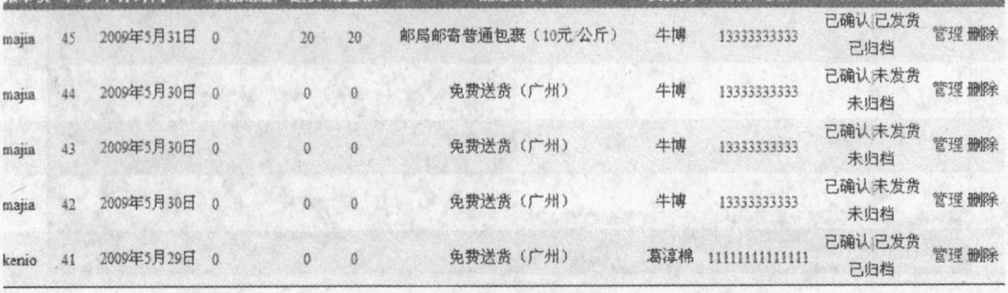

| 买单员 | 单号 | 下订时间 | 货品总额 | 运费 | 总金额 | 配送方式 | 收货人 | 联系电话 | 订单状态 | 管理 | 删除 |
|---|---|---|---|---|---|---|---|---|---|---|---|
| majia | 45 | 2009年5月31日 | 0 | 20 | 20 | 邮局邮寄普通包裹（10元 公斤） | 牛博 | 13333333333 | 已确认 已发货 已归档 | 管理 | 删除 |
| majia | 44 | 2009年5月30日 | 0 | 0 | 0 | 免费送货（广州） | 牛博 | 13333333333 | 已确认 未发货 未归档 | 管理 | 删除 |
| majia | 43 | 2009年5月30日 | 0 | 0 | 0 | 免费送货（广州） | 牛博 | 13333333333 | 已确认 未发货 未归档 | 管理 | 删除 |
| majia | 42 | 2009年5月30日 | 0 | 0 | 0 | 免费送货（广州） | 牛博 | 13333333333 | 已确认 未发货 未归档 | 管理 | 删除 |
| kenio | 41 | 2009年5月29日 | 0 | 0 | 0 | 免费送货（广州） | 葛淳棉 | 11111111111111 | 已确认 已发货 已归档 | 管理 | 删除 |

图 8.32 已确认订单

（7）单击"商品管理"按钮，可以看到如图 8.33 所示的管理页面，说明系统工作正常。

对于企业来讲，RIA 摆脱了基于页面的架构，能够降低 Web 服务器的负荷，并降低总的网络流量。相比 Web 应用程序一次又一次地下载整个页面，RIA 的整个应用程序只需下载一次。仅有的与服务器的通信是页面上显示的数据。通过减少服务器负载和网络流量，可以显著地降低基础设施的成本。使用健全的架构

| 商品ID | 商品名称 | 商品类别 | 管理 | 删除 |
|---|---|---|---|---|
| 53 | 工业机器人 | 机器人 | 管理 | 删除 |
| 54 | 家政服务机器人 | 机器人 | 管理 | 删除 |
| 59 | 识别机器人 | 机器人 | 管理 | 删除 |
| 60 | 仿人机器人 | 机器人 | 管理 | 删除 |
| 61 | 聊天机器人 | 机器人 | 管理 | 删除 |
| 12 | | | | |

图 8.33　商品管理

原则和最佳的做法开发的 RIA，还可以极大地提高应用程序的可维护性，同时大大缩短构建应用程序的开发时间。

本章以"机器人"电子商务网站为例，介绍了使用 Flex＋Web Services＋ASP．NET 构建包含富互联网应用程序的整个网站系统的方法。这是一种较容易实现并具有普遍性的方法，同时也是一种在已有企业信息化系统上构建 RIA 的良好方法。只需要简单地用 RIA 程序替换原有的普通网页，并通过 Web Services 或者其他方法调用现有系统的接口，即可实现 RIA 的正确部署。

虽然 RIA 具有许多优势，但其作为一种比较新的解决方案，自身也具有一些缺点和不足。因此，在"机器人"电子商务网站系统中，也不可避免地存在以下一些需要进一步完善的不足之处。

（1）需要插件支持。使用 Adobe Flex 构建的 RIA，它的运行需要 Flash Player 的支持。使用 Microsoft Silverlight 构建的 RIA，也需要相应的浏览器插件支持。但考虑到 90% 以上的计算机安装有 Flash Player，并且数量还在进一步增加，因此这个不足之处对系统的影响其实并不大。

（2）搜索引擎不可见性。由于 RIA 程序中内容不是简单的文本格式，因此对于目前流行的搜索引擎来说，无法捕捉到网页中的内容，也无法定位资源所在的位置。本系统考虑到这个问题，在部分内容上使用了 HTML 格式的文本，可以帮助搜索引擎捕捉到本网站，但还没有能够实现全站被检索。

（3）互联网依赖性。虽然 RIA 中包含了业务逻辑，并且加载一次之后便不需要再次加载。但 RIA 的正常运行仍然有赖于网络的支持，仍然需要服务器端的支持。因此，RIA 仍然是基于互联网的应用程序。

基于上述原因，目前的 RIA 短期内还不可能完全取代传统网页的地位，仍然需要更加成熟的方案来构建 RIA 程序。但无论如何，RIA 作为一种对有更高需求的互联网应用的解决方案，对于增强用户体验、降低 Web 服务器负荷都有较大的帮助。总之，富互联网应用程序是一项不断发展中的、具有广阔应用前景的新技术。可以预见，在不久的将来，这项技术将在互联网得到广泛的应用。在最新的 Flex 中，还可以构建绚丽多彩、栩栩如生的 3D 模型。未来的富互联网应用将更加富有表现力。以后，访问一个电子商务网站的视觉感受，与访问一间真正的实体商店没有任何区别。这也许便是未来富互联网应用程序发展的方向和必然趋势。

# 习题 8

## 一、选择题

1. 电子商务是一种采用最先进信息技术的买卖方式,交易各方将自己的各类_____意愿按照一定的格式输入电子商务网络。

A. 供应              B. 供求              C. 需求              D. 采购

2. 在电子商务的"四流"中,_____处于领导和核心地位。

A. 资金流          B. 技术流          C. 信息流          D. 物流

3. 传统企业要进行电子商务运作,重要的是_____。

A. 建立局域网                    B. 提高员工素质
C. 优化内部信息管理系统        D. 优化企业内部硬件环境

4. 目前应用最为广泛的电子支付方式是_____。

A. 银行卡          B. 电子货币      C. 电子支票      D. 电子本票

5. 电子钱包是与浏览器一起工作的_____。

A. 助手应用程序    B. 集成系统      C. 信息系统      D. 应用软件

6. 电子支票包括三个实体:_____。

A. 购买方、销售方、认证中心      B. 购买方、销售方、清算中心
C. 购买方、销售方、金融中介      D. 购买方、销售方、支付网关

7. 为生产所需而从供应商处采购的原材料、零部件从供应商处运回厂内的物流称为_____。

A. 厂内物流      B. 采购物流      C. 销售物流      D. 退货物流

8. 通过零售、批发以及配送将商品发送到消费者或购货单位的手中的物流形式是_____。

A. 商业企业销售物流              B. 商业企业退货物流
C. 商业企业内部物流              D. 商业企业采购物流

9. 在电子商务中信用卡支付方式最简单的形式就是让客户提前在某一公司登记一个账号与口令,当客户通过网络在公司购物时,客户只需将_____传送到该公司。

A. 账号          B. 口令与账号    C. 口令          D. 用户名

10. 电子商务给社会经济带来了巨大变革,主要体现在_____的转变上。

A. 商业活动方式、企业生产方式、生活消费方式、经营管理方式
B. 生产贸易方式、生活消费方式、客户服务方式、交友公关方式
C. 产品采购方式、物料运输方式、信息沟通方式、资金结算方式
D. 信息获取方式、信息发布方式、产品采购方式、产品销售方式

## 二、判断题

1. 市场细分研究的目的就是为客户找到并描述自己的目标市场,确定针对目标市场的最佳营销策略。

2. 顾客整合是现代顾客个性化需求发展的结果,它充分体现了现代顾客个性化需求是一个静态的过程,而不是一个双向互动的过程。

3. 易于检索是网络商务信息的明显特点。

4. TCP 协议和 IP 协议是独立运行的,两者分别运行保证了 Internet 在复杂的环境正常的运行。

5. 网络交易的信息风险主要来自冒名偷窃、篡改数据、信息丢失等方面的风险。

### 三、简答题

1. 网络市场与传统市场的差异是什么? 什么是网络营销? 具体内容是什么? 有哪些特点?

2. 目前,开展电子商务的主要利润来源是什么? 电子货币按支付方式分哪四类?

3. 企业开展网上零售有哪些方案可以选择? 网络营销与传统营销相比有何优势?

4. 试述电子商务的特点。网上购物能给消费者带来哪些好处? 消费者行为有哪些变化?

5. 网络营销中的 4P 和 4C 是指什么? 哪两项技术的发展使因特网成为电子商务的基础设施?

6. 如何理解电子商务概念中的"电子"和"商务"? 以 B2C 为例,叙述电子商务的流程。

7. 试述 B2B、B2C、C2C 电子商务模式的特点。电子商务交易的特点是什么?

8. 分析传统的商务活动有什么特点。什么是新经济? 新经济有什么特点? 怎样分析电子商务经济现象的效益?

9. 描述电子商务的交易模式。网络环境下的电子商务有什么特点? 怎样认识电子商务技术和经济之间的关系?

10. 构建一个商务网站的步骤有哪些? 其中可能采用哪些技术? Web 技术结构有什么优越性? 常用的 Web 编程语言有哪些? 它们的特点是什么?

### 四、论述分析题(20 分)

1. 试用 IBM 公司的电子交易解决方案案例说明企业在制定电子商务发展战略中应该关注的要素。IBM 的电子交易解决方案主要包括以下 4 个解决方案包:(1)客户关系解决方案。客户关系管理(CRM)包括一个组织机构判断、选择、争取、发展和维系其客户所要实施的全部商业过程,因此,CRM 解决方案包括很丰富的功能。一般这些功能可以分为主要的三类:关系管理、流程管理和接入管理。IBM 客户关系管理解决方案所涉及的商务情报(BI)能帮助企业将所掌握的大量客户信息转化为资本,让企业变成一个善解人意的以客户为中心、以信息为驱动的电子商务企业,从而使企业不但能保持自己客户的忠诚度,而且能进一步赢得竞争。(2)B2B 电子交易解决方案。IBM 电子市场解决方案(e-Marketplace)是在 IBM B2C/B2B 解决方案的基础上开发的面向 B2B 的一种新的应用模式。其目的是通过建立市场集市来提供多个买方和卖方实现 B2B 交易的场所,该系统通过交易市场为其成员提供完整的产品目录和服务,并且提供这些产品的交易机制。(3)企业资源规划解决方案。IBM 全球服务事业部业务管理部门(IBM Global Service Business Management Services, BMS)是全球最大的针对与 ERP 解决方案相关的基础业务管理环境和问题的专业服务组织之一。BMS 提供自始至终的 ERP 咨询服务,提供在不同行业的专业经验和特殊的 ERP 补充和增强应用方案。IBM 同时在全球范围内建立先进的行业解决方案中心(IBM Industry Centers of Excellence)来帮助组织和传播先进的管理知识和经验信息库,增强 ERP 解决方案,提供更快、更灵活有效的 ERP 实施所需的知识和经验积累。(4)供应链管理解决方案。IBM 供应链管理解决方案能帮助企业实现资金流、信息流和物流的协调一致,保证及时交货,并最大限度降低成本,加快资金周转率,提高利润水平。IBM 能为企业提供从端到端的管理咨询服务,帮助企业建立起一个强大而安全的供应链系统,实现各个环节的完美协作。

2. 某公司市场部经理的工作时间主要是这样度过的:乘火车或飞机在各地奔波,参加订货会、展销会、博览会,上门拜访客户,与客户谈判;给销售人员开会,布置任务,指导工作,检查激励,与生产部、采购部,有时甚至还有供应商开会,协调生产供应,完成订单,用电话、传真与客户联系,随时沟通,协调关系。他的工作实际上代表了目前开展商务活动的典型方式。现在该公司准备实施电子商务,但该公司对电子商务认识模糊,不知从何下手。请参照和分析海尔电子商务网站,为该公司写一份电子商务发展计划书或编制一份商务网站建设计划书,提出几种方案供企业决策者选择。

# 第9章
# 信息安全系统的设计与实现

随着国内外企业之间的竞争日趋激烈,市场变化更加迅速,客户对企业的要求也日渐严格。面对严峻的竞争环境,为了生存和发展及免遭淘汰,企业不得不迫使自己在管理理念、业务流程以及信息系统等方面寻求突破与创新。为了保证企业信息化系统能够安全稳定地运作,除了采用先进的 IT 技术外,还必须采用安全技术以保证信息的安全和有效。本章针对企业信息化建设的安全需要,专门设计和实现一个面向各类企业信息系统的身份认证系统,目的是使读者对信息安全设计与实现有全面的了解。

## 9.1  信息安全简介

伴随着全球经济一体化进程的深入,国内外企业之间的竞争日趋激烈,市场变化更加迅速,客户对企业的要求也日渐严格。面对严峻的竞争环境,为了生存和发展及免遭淘汰,企业不得不迫使自己在管理理念、业务流程及信息系统等方面寻求突破与创新。为了保证企业信息化系统能够安全稳定地运作,除了采用先进的 IT 技术外,还必须采用安全技术,以保证信息的安全和有效。

信息安全的要旨是向合法的用户提供准确、正确、及时、可靠的信息服务;而对其他任何人员和企业包括内部、外部或敌对方,都要保持最大限度的信息不透明性、不可获取性、不可接触性、不可干扰性、不可破坏性,而且不论信息所处的状态是动态的、静态的,还是传输过程中的。因此,信息安全的目标就是保障数据的安全保密性、完整性、可控性和可靠性。在网络环境下,要更多地考虑在网络上信息的安全。例如,假设信息存储在一个安全的主机上,那么信息安全问题更多地体现在信息传输安全和对用户进行身份认证上,主要应解决的问题包括监听网络上的信息、仿冒用户身份、篡改网络信息、否认发出信息、恶意重发信息。

信息安全系统设计与实现主要涉及如下内容。

(1) 信息完整性:必须保证通信过程中数据完整。

(2) 信息一致性:保证数据传输过程中不被篡改。

(3) 信息保密性:只有特定双方才能够了解通信内容。

(4) 可鉴别性:只有通信双方能够识别对方的真实身份。

(5) 不可抵赖性:数据发送方无法否认数据传输行为。

为了满足上述信息安全设计的需求,当前采用的基本方法有以下几种:①数据传输加密技术;②身份鉴别技术;③数据完整性技术;④防抵赖技术。现在,许多机构运用公开密钥基础架构(Public Key Infrastructure,PKI)技术来实施和构建完整的加密/签名体系,通过运用对称和非对称密码体制,特别是生物识别技术等来构建起一套严密的身份认证系统,从而有效地解决上述问题。在充分利用互联网实现信息资源共享的前提下,从真正意义上确保了网络信息传递的安全。

身份认证通知是指能够正确地识别用户的各种方法,它是实现网络安全的重要机制之一,其任务是检验企业信息化系统的用户身份合法性和真实性,使合法用户接入企业信息化系统,并按授权访问系统资源,将非法访问者拒之门外。在安全的网络通信中,涉及的通信各方必须通过某种形式的身份验证体制来证明他们的身份,验证用户的身份与所宣称的是否一致,然后才能实现对于不同用户的访问控制和记录。认证技术的中心工作就是验证被验证对象参数的真实性和有效性。用户认证过程中,用户需要向认证的服务器提交能够证明用户身份的证据。

传统的身份认证均是通过"用户名"加"密码"的形式来进行,安全一些的解决方式是对用户名和密码经过一定的加密,采用密文的形式在网上传输。因为加密算法是固定的,每次传输的密文相同,这必然会存在密文被截获后破译出来的安全漏洞。另外,现代生活中的密码随处可见,多了易混乱和遗忘,如用户名和密码设置成统一的一个或几个,肯定又会降低安全性。

目前,网络环境下的身份认证一般采用高强度的密码协议认证技术来进行,主要有基于公共密钥的认证机制,在互联网上也会使用基于公共密钥的安全策略。具体而言,使用符合X.509的身份证明。使用这种方法必须要有一个第三方的数字证书颁发机构(Certification Authority,CA)为客户签发身份证明。客户和服务器各自从CA获取证明,并且该证明授权中心在通信的时候,首先交换身份证明,其中包括将各自的公钥交给对方,然后才能使用对方的公钥验证对方的数字签名、交互通信的加密密钥等。确定是否接受对方身份证明还要检查有关的服务器,以确认该证明是否有效。

PKI是通过使用公开密钥技术和数字证书来确保系统的信息安全,并负责验证数字证书持有者身份的一种体系。它也是一种遵循既定标准的密钥管理平台,可以从各种网络应用中透明地提供采用加密和数字签名等密码服务所必需的密钥和证书管理,从而达到保证网上传递信息的安全、真实、完整和不可抵赖的目的。PKI可以提供会话保密、认证、完整性、访问控制、源不可否认、目的不可否认、安全通信、密钥恢复和安全时间9项信息安全所需要的服务。人们利用PKI可以方便地建立和维护一个可信的网络技术环境,无须直接见面就能够确认彼此的身份,安全地进行信息交换。

一个有效的PKI系统必须是安全和透明的,用户在获得加密和数字签名服务时,不需要详细地了解PKI是怎样管理证书和密钥的。完整的PKI系统包括以下几个方面。

(1) CA。CA是PKI的核心,主要职责是颁发证书,检验用户身份的真实性。一般情况下,证书必须由CA实施数字签名后才能发布。而获得证书的用户通过对CA的签名进行验证,从而确定了公钥的有效性。

(2) 数字证书库。数字证书库是证书集中存储的地方,用户可以从此获得其他用户可用的证书或公钥信息。数字证书库一般是基于LDAP或是基于X.500系列,也可以基于其他平台。

(3) 密钥备份及恢复系统。密钥可能会因为某种原因而使密钥的所有者无法访问。密钥的丢失将意味着那些被密钥加过密的数据无法恢复。为避免这种情况出现，PKI就需要提供密钥备份和恢复机制。

（4）证书撤销系统。CA签发证书把用户的身份和密钥绑定在一起。那么当用户身份改变或密钥遭到破坏的时候，就必须存在一种机制（证书撤销系统）来撤销这种认可。

（5）PKI应用接口系统。一个完整的PKI必须提供良好的应用接口系统，以便各种应用都能够以安全、一致、可信的方式与PKI交互，确保所建立的网络环境的可行性，降低管理和维护的成本。

PKI是基于公钥密码技术的，要想深刻地理解PKI的原理，就一定要对PKI涉及的密码学知识有比较透彻的理解。对于普通的对称密码学，加密运算与解密运算使用同样的密钥。通常，使用的加密算法比较简便高效、密钥简短、破译困难。由于系统的保密性主要取决于密钥的安全性，所以在公开的计算机网络上安全地传送和保管密钥是一个严峻的问题。正是由于对称密码学中双方都使用相同的密钥，因此无法实现数据签名和不可否认性等功能。而与此不同的非对称密码学具有两个密钥：一个公钥和一个私钥。它们具有这种性质：用公钥加密的文件只能用私钥解密，而用私钥加密的文件只能用公钥解密。顾名思义，公钥是公开的，所有的人都可以得到它；私钥是私有的，不应被其他人得到，具有唯一性。这样就可以满足企业信息化系统对安全性的要求。例如，要证明某个文件是某个特定人的，那么该人就可以用他的私钥对文件加密，别人如果能用他的公钥解密此文件，说明此文件就是这个人的，这可以说是一种认证的实现。如果只想让某个人看到一个文件，就可以用此人的公钥加密文件，然后传给他，这时只有他自己可以用私钥解密，这可以说是保密性实现。基于这种原理还可以实现完整性等。

上面是PKI所依赖的核心思想，这部分对于深刻地把握PKI很重要，而恰恰这部分是最有意思的。例如在现实生活中，想给某个人在网上传送一个机密文件，该文件只想让那个人看到，可以设想很多种方法。例如，首先想到用对称密码将文件加密，在把加密后的文件传送给他后，又必须让他知道解密用的密钥。这样就会出现一个新的问题，就是如何保密地传输该密钥给收件人。由于发现传输对称密钥是不可靠的，所以可以改用非对称密码技术加密，此时问题就可以逐渐地解决。

然而又有了一个新的问题产生，就是如何才能确定这个公钥就是某个人的。假如得到了一个虚假的公钥，想传给A一个文件，于是开始查找A的公钥。但是这时B从中捣乱，他把自己的公钥替换了A的公钥，让我们错误地认为B的公钥就是A的公钥，导致我们最终使用B的公钥加密文件，结果A无法打开文件，而B可以打开文件，这样B实现了对保密信息的窃取行为。因此，就算是采用非对称密码技术，仍旧无法保证保密性的实现。那么如何才能确切地得到想要的人的公钥呢？这时很自然地就会想到需要一个仲裁机构，或者说是一个权威的机构，它能够准确无误地提供需要人的公钥，这就是CA。这实际上也是应用公钥技术的关键，即如何确认某个人真正拥有公钥（及对应的私钥）。

数字证书就像是个人和单位的身份证，其内容包括证书序列号、用户名称、公开密钥（Public Key）、证书有效期限等。CA必须同时为传送者与接收者所信任，须由具有公信力的第三者来担任；由CA认证后，签发公开密钥数字证书，以作为检验私有密钥的凭证。PKI包含一个公开密钥与一个私有密钥（Private Key），前者公开给大众知道，后者由持有者保管。这一组密钥为一组电子密码，可作为检验身份之用，且具有相对应的关系，其中一个密钥将信息进行加密,另一个密钥则可进行解密从而得到原来的信息。

利用数字证书结合非对称密钥和对称密钥加密算法,可以实现数据加解密和数字签名功能,保障数据信息的用户身份确认性、机密性、完整性和不可否认性。数字证书的公钥与私钥互相配合完成数据加密和数字签名操作的工作原理如图 9.1 所示。例如,A(传送者)要传送资料给 B(接收者)时,A 先到 CA 取得 B 的公钥以进行资料加密,再将资料传送给 B,由 B 用自己的私钥进行解密;如此一来,除了 A 与 B,不会有第三者看到资料的内容。

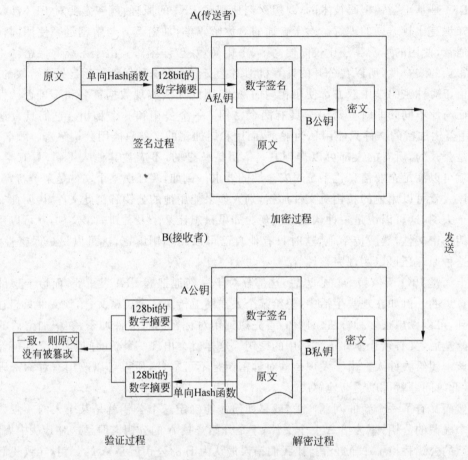

图 9.1　数字证书工作原理示意图

至于 A 送资料给 B 时,如何让 B 在收到资料时确认是 A 寄出的呢?原理如下。

首先通过单向 Hash 函数对原文形成 128bit 的数字摘要,然后 A 调用自己的私钥对形成的数字摘要进行加签形成数字签名,再传送给 B;B 到 CA 取得 A 的公钥对 A 的数字签名进行验证,还原成数字摘要,同时用相同的单向 Hash 函数对原文进行计算,再把两组数字摘要进行对比,若比对无误,即可确定资料的传送者的确是 A。由于 B 收到的资料含有 A 的私钥,A 就无法否认传送的事实。再加上 CA 具有举证的义务,当信息交互纠纷发生时,其必须提供相关证据资料,以协助仲裁单位处理纠纷。如此一来,也就达到了信息交互之保密、身份认证、信息完整、操作不可否认性的四大需求。

## 9.2 SSL 原理介绍

SSL 是在互联网基础上提供的一种保证私密性的安全协议。它使客户/服务器应用之间的通信不被攻击者窃听,并且始终对服务器进行认证,还可选择对客户进行认证。SSL 要求建立在可靠的传输层协议,例如 TCP 之上。SSL 的优势在于它与应用层协议独立无关。高层的应用层协议(例如 HTTP、FTP、Telnet…)能透明地建立于 SSL 之上。SSL 在应用层协议通信之前就已经完成加密算法、通信密钥的协商及服务器认证工作。在此之后,应用层协议所传送的数据都会被加密,从而保证通信的私密性。

SSL 提供了用于启动 TCP/IP 连接的安全性"信号交换"。这种信号交换导致客户和服务器同意将要使用的安全性级别,并履行连接的任何身份验证要求。它通过数字签名和数字证书实现浏览器和 Web 服务器双方的身份验证。用数字证书对双方的身份验证后,双方就可以用保密密钥进行安全的会话了。在 SSL 握手信息中采用了 DES、MD5 等加密技术来实现数据机密性和数据完整性,并采用 X.509 的数字证书实现鉴别和认证。

SSL 能使客户/服务器之间的通信不被攻击者窃听,并且始终对服务器进行认证,还可选择客户进行认证,具有包含传输数据和识别通信机器的功能。SSL 提供的安全信道有以下 3 个特性。

(1) 私密性。因为在握手协议定义了会话密钥后,所有的消息都被加密。

(2) 确认性。因为尽管会话的客户端认证是可选的,但是服务器端始终是被认证的。

(3) 可靠性。因为传送的消息要进行消息完整性检查(使用 MAC)。

SSL 主要提供以下 3 方面的服务。

(1) 用户和服务器的合法性认证。认证用户和服务器的合法性,使得它们能够确信数据被发送到正确的客户机和服务器上。客户机和服务器都有各自的识别号,这些识别号由公开密钥进行编号。为了验证用户是否合法,SSL 要求在握手交换数据进行数字认证,以确保用户的合法性。

(2) 加密数据以隐藏被传送的数据。SSL 采用的加密技术既有对称密钥技术,也有公开密钥技术。在客户机与服务器进行数据交换之前,交互 SSL 初始握手信息,在 SSL 握手信息中采用了各种机密技术对其加密,以保证其加密性和数据完整性,并且用数字证书进行鉴别,这样就可以防止非法用户进行破译。

(3) 保护数据的完整性。SSL 采用 Hash 函数和机密共享的方法来提供信息的完整性服务,建立客户机与服务器之间的安全通道,使所有经过 SSL 处理的业务在传输过程中能全部完整地准备无误到达目的地。

SSL 的目的是在两个通信应用程序之间提供私密信和可靠性,这个过程通过以下 3 个元素来完成。

(1) 握手协议。这个协议负责协商被用于客户机和服务器之间会话的加密参数。当一个 SSL 客户机和服务器第一次开始通信时,它们在一个协议版本上达成一致,选择加密算法,选择相互认证,并使用公钥技术来生成共享密钥。

(2) 记录协议。这个协议用于交换应用层数据。应用程序消息被分割成可管理的数据块,可以压缩,并应用一个消息认证代码 MAC,然后结果被加密并传输。接受方接收数据并对它解密,校验 MAC,解压缩并重新组合它,并把结果提交给应用程序协议。

(3) 警告协议。这个协议用于指示在什么时候发生了错误,或两个主机之间的会话在什么时候终止。

一个完整的 SSL 连接建立过程如图 9.2 所示。

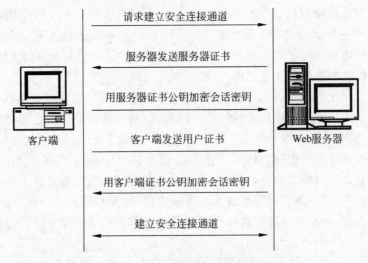

请求建立安全连接通道

服务器发送服务器证书

用服务器证书公钥加密会话密钥

客户端发送用户证书

用客户端证书公钥加密会话密钥

建立安全连接通道

客户端　　　　　　　　Web服务器

图 9.2　一个完整的 SSL 连接建立过程

(1) 客户端浏览器连接到 Web 服务器,发出建立安全连接通道的请求。

(2) 服务器接受客户端请求,发送服务器证书作为响应。

(3) 客户端验证服务器证书的有效性。如果验证通过,则用服务器证书中包含的服务器公钥加密一个会话密钥,并将加密后的数据和客户端用户证书一起发送给服务器。

(4) 服务器收到客户端发来的加密数据后,先验证客户端证书的有效性。如果验证通过,则用其专用的私有密钥解开加密数据,获得会话密钥。然后服务器用客户端证书中包含的公钥加密该会话密钥,并将加密后的数据发送给客户端浏览器。

(5) 客户端在收到服务器发来的加密数据后,用其专用的私有密钥解开加密数据,把得到的会话密钥与原来发出去的会话密钥进行对比。如果两把密钥一致,说明服务器身份已经通过认证,双方将使用这把会话密钥建立安全连接通道。

当上述动作完成之后,两者之间的资料传送就会加密。另外一方收到信息后,再将编码资料还原。即使盗窃者在网络上取得编码后的资料,如果没有原先的密码算法,也不能获得可读的有用信息。

# 9.3　CA

在 PKI 中,为了确保用户的身份及其所持有密钥的正确匹配,公开密钥系统需要一个值得信赖而且独立的第三方机构充当认证中心(CA)来确认公钥拥有人的真正身份。就像公安局发放的身份证一样,CA 发放一个名为“数字证书”的身份证明。这个数字证书包含了用户身份的部分信息及用户所持有的公钥。像公安局对身份证盖章一样,认证中心利用本身的私钥为数字证书加上数字签名。任何想发放自己公钥的用户,可以去认证中心申请自己的证书。认证中心在鉴定该人的真实身份后,颁发包含用户公钥的数字证书。其他用户只要能验证证书是真实的,并且信任 CA,就可以确认用户的公钥。CA 是公钥基础设施的核心,有了大家信任的 CA,用户才能放心、方便地使用公钥技术带来的安全服务。

CA 作为 PKI 的核心部分,它实现了 PKI 中一些重要的功能。CA 的核心功能是发放和管理数字证书(数字证书发放、更新、撤销和验证),具体描述如下。

(1) 接收和验证最终用户数字证书的申请。

(2) 证书的审批。确定是否接受最终用户数字证书的申请。

(3) 证书的发放。向申请者颁发或拒绝颁发数字证书。

(4) 证书更新。接收和处理最终用户的数字证书更新请求。

(5) 接收最终用户数字证书的查询或撤销。

(6) 产生和发布证书废止列表 CRL。

(7) 数字证书归档。

(8) 密钥归档。

(9) 历史数据归档。

CA 由以下 3 部分组成。

(1) 注册服务器。通过 Web Server 建立的站点,可为客户提供 24 小时×7 天不间断的服务。客户在网上提出证书申请和填写相应的证书申请表。

(2) 证书申请受理和审核机构。它主要是接受客户证书申请并进行审核。

(3) 认证中心服务器。数字证书生成和发放的运行实体,同时提供发放证书的管理、证书废止列表 CRL 的生成和处理等服务。

CA 在具体实施时,必须做到:①验证并标识证书申请者的身份;②确保用于签名证书的非对称密钥质量;③确保整个签证过程的安全性,确保签名私钥的安全性;④证书资料信息(公钥证书序列号、CA 标识等)管理;⑤确定并检查证书的有效期限;⑥确保证书主体标识的唯一性,防止重名;⑦发布并维护作废证书列表;⑧对整个证书签发过程做日志记录;⑨向申请人发出通知。

CA 中最重要的是对密钥的管理,它必须确保其高度的机密性,防止他方伪造证书。CA 的公钥在网上公开,因此整个网络系统必须保证完整性。CA 的数字签名保证了证书(实质是持有者的公钥)的合法性和权威性。用户的公钥有两种产生方式:①用户自己生成密钥对,然后将公钥以安全的方式传送给 CA,该过程必须保证用户公钥的验证性和完整性;②CA 替用户生成密钥对,然后将其以安全的方式传送给用户,该过程必须确保密钥对的机密性、完整性和可验证性。该方式下由于用户的私钥为 CA 所产生,所以对 CA 的可信性有更高的要求。CA 必须在事后销毁用户的私钥。

一般而言,公钥有两大类用途:一个是验证数字签名,另一个是加密信息。相应地,在CA 中也需要配置用于数字签名/验证签名的密钥对和用于数据加密/解密的密钥对,分别称为签名密钥对和加密密钥对。由于两种密钥对的功能不同,管理起来也不大相同,因此在CA 中要为一个用户配置两对密钥和两张证书。

CA 中比较重要的概念是证书库,它是 CA 颁发证书和撤销证书的集中存放地,它像网上的"白页"一样,是网上的一种公共信息库,供广大公众进行开放式查询。这点非常关键,因为构建 CA 的最根本目的就是获得他人的公钥。目前,通常的做法是将证书和证书撤销信息发布到一个数据库中,成为目录服务器,它采用 LDAP 目录访问协议,其标准格式采用 X.500 系列。随着该数据库的增大,可以采用分布式存放,即采用数据库镜像技术,将其中一部分与本组织有关的证书和证书撤销列表存放到本地,以提高证书的查询效率。这一点是任何一个大规模的 PKI 系统成功实施的基本需求,也是创建一个有效 CA 的关键技术之一。

CA 的另一个重要概念是证书撤销。由于现实生活中的某些原因,比如说私钥泄露、当事人失踪死亡等情况发生,应当对其证书进行撤销。这种撤销应该是及时的,如果撤销延迟,会使得不再有效的证书仍被使用,将造成一定的损失。在 CA 中,证书的撤销使用的手段是证书撤销列表(或称为 CRL),即将作废的证书放入 CRL 中,并及时地公布于众,根据实际情况的不同可以采取周期性发布机制或在线查询机制两种方式。

密钥的备份和恢复也是很重要的一个环节。如果用户由于某种原因丢失了解密数据的密钥,那么被加密的密文将无法解开,这将造成数据丢失。为了避免这种情况的发生,PKI 提供了密钥备份与解密密钥的恢复机制。这一工作也是由 CA 来完成的,而且密钥的备份与恢复只能针对解密密钥,而签名密钥不能做备份,因为签名密钥用于不可否认性的证明。如果存有备份,将会不利于保证不可否认性。此外,一个证书的有效期是有限的,这样规定既有理论上的原因,又有实际操作的因素。在理论上,诸如关于当前非对称算法和密钥长度的可破译性分析,同时在实际应用中,证明密钥必须有一定的更换频度,才能得到密钥使用的安全性。因此,一个已颁发的证书需要有过期的措施,以便更换新的证书。

为了解决密钥更新的复杂性和人工干预的麻烦,应由 PKI 本身自动地完成密钥或证书的更新,完全不需要用户的干预。它的指导思想是无论用户的证书用于何种目的,在认证时都会在线自动地检查有效期。当失效日期到来之前的某时间间隔内,自动地启动更新程序,生成一个新的证书来代替旧证书。

## 9.4　应用方案

一个稳定有效的企业信息化系统离不开安全的数据交换。如果在交易过程中发生数据被窃取或篡改,再强大的企业信息化系统也是形同虚设,所以必须在关键的数据交换环节采用数字加密的技术,保证交易和关键数据的安全。根据企业信息化系统需要与外部系统、用户进行大量的交易数据交换的特点,建议在企业信息化系统与互联网之间设立安全数据交换层。安全数据交换层采用 PKI 安全技术,结合了数字证书和安全加密的手段,从根本上保证交易数据的有效性,从而保障整个企业信息化系统能安全、稳定地运作。同时,由于整个企业信息系统是与多个异构机构或系统相连的,为了保证在数据交互的过程中不引入其他系统的安全隐患,在连接中利用数据安全岛作为数据交换的中间环节,主要设置在与银行和企业信息化系统的数据交换中。

### 9.4.1　安全、可信商务网站认证

在企业的电子商务网站上,用户在交易过程中需要输入一些重要和敏感的信息(例如身

份证号码、银行账号等）。网络黑客有可能篡改路由信息或 DNS 信息，将用户引导到其他站点，从用户输入的信息中窃取重要资料，给用户带来损失。为了保证企业用户是与正确的电子商务网站交互信息，需要采用国家批准的电子商务中心提供的"可信站点"服务。这项服务主要提供给在互联网上进行电子商务的机构，在表明网站身份的同时提高电子商务网站的安全性，提高网站的形象。另外，用户利用这种服务，能够快速地鉴别出可以进行电子商务的安全网站，增强对网站的信任程度。

　　基本过程是电子商务系统在 Web 服务器上安装服务器证书，并在网站的访问页面上放置"可信站点"标志，当访问者单击"可信站点"标志时，浏览器将自动开启一个新的窗口，并通过 SSL 安全协议连接到国家批准的电子商务中心电子认证系统，向其提交一个证书验证请求。认证系统接受和处理这个请求后，将站点服务器数字证书的主要信息及其有效性信息回送到浏览器。访问者可以根据返回的信息，确定所访问网站是否可信。如果企业用户是被引导登录到其他假冒网站，单击"可信站点"图标时将无法显示正确的"电子商务网站"信息，避免了信息的泄露。国家批准的电子商务中心提供的服务器证书可以安装在各种操作系统上的各种 Web 服务器，包括 UNIX、Linux、Windows 平台上的 IIS、Apache、WebLogic、WebSphere 等应用服务器，它们提供了极大的扩展性。

## 9.4.2　安全数据交换层

　　安全数据交换层应用在电子商务系统的应用层，是电子商务系统与外部网络、用户交互的接口层。核心是 NETCA CDSA API，是以服务器证书和个人证书为基础，采用 PKI 安全技术，基于 Intel CDSA 体系架构的电子认证开发接口。其功能强大、接口丰富，可供 C 语言调用，可以实现密钥管理、读取证书域信息、加解密、签名、验证等功能。它有以下技术特点：①CDSA 已被 TOG 接纳为标准；②标准公开，保证互操作性；③可以对 X.509 V3 证书做域信息分析；④支持 RSA 非对称加密算法；⑤支持 DES、RC2 等对称加密算法；⑥支持 MD5、SHA1 等 HASH 算法；⑦支持多种编程语言，如 C、C++、Java 和 VB 等，并可通过一层适应层支持几乎所有的语言。

　　此外，它还具备以下多种优点。

　　（1）CDSA 经过公开讨论，其健壮性良好。

　　（2）与操作系统无关，可移植性好。

　　（3）普通应用程序开发者不必掌握烦琐的、技术要求高的数据安全和公钥证书技术，可以集中精力在业务流程上。CDSA 开发接口可为具体应用快速提供优质的数据安全服务。

　　（4）数据安全服务软件开发商能够专心地提供具有专业水准的安全服务，不必担心如何为应用程序提供一致标准的接口；NETCA CDSA API 能够无缝地集成到不同平台的应用服务器上，包括 IBM AIX、Sun Solaris、Windows 2000 Server 上的 WebLogic、WebSphere、JBoss 等，能够为电子商务系统提供安全的用户登录、电子商务系统操作用户认证、电子合同、安全电子邮件等应用。

### 1. 商务系统用户认证

　　电子商务系统采用基于 Web 的方式设计和建造，如果企业用户登录和访问采用传统方式的"用户名＋口令"，系统信息资源的分配和管理则会面临重大的安全隐患。为了避免传统登录方式的种种安全隐患,在电子商务系统中要引入数字证书登录技术。企业用户在登录电子商务系统时输入的用户名和密码必须用单位数字证书加密的信息,而单位数字证书存放于 USB 电子令牌中,从而保证了就算企业用户的用户名或口令被黑客窃取,但没有单位的数字证书信息,同样无法登录电子商务系统。电子商务系统在接收到用户发送的加密登录信息后,调用 NETCA CDSA API,利用数据库中的用户公钥进行验证,确认是正确的注册用户,抵御了来自非法用户的入侵。

### 2. 安全电子订单和合同

电子商务系统作为一个交易平台,大量的交易将通过电子手段来确认,最常用的是订单的确认。由于交易双方都通过网络交易,如何保证订单信息保密性、交易者身份的确定性、订单的不可否认性和不可修改性就成了交易成功与否的关键所在。所以在电子商务系统中采用数字证书加密签名的订单方式来保证以上交易安全。在交易的过程中,如果双方达成一致意见,确定购销关系,就需要用合同的方式来保证交易的合法和有效性。采用传统纸质合同的方式将增加交易成本、时间和流程的复杂性,违背了建设电子交易系统减少中间环节、节省交易成本的初衷。所以在系统中要采用数字证书加密签名的电子合同的交易方式。

## 9.4.3　数据安全岛

为了使各异构 IT 系统在数据交互时互不影响对方系统的安全措施,本节提出了"安全岛"的概念。通过实施"安全岛"网络隔离系统,可达到真正的物理隔离效果,从而实现内网、外网数据传送的安全性、实时性、高效性和智能性。"安全岛"网络隔离系统最关键的技术是在达到物理隔离的同时能够安全、高效地进行内网与外网的数据信息交换。"安全岛"的出现代表了一个全新的安全防御手段,解决了许多高保密单位对于机密信息的安全需求。随着物理隔离技术的日趋完善,它正逐渐成为网络安全体系中必不可少的一个环节。该系统适用于几乎所有既要求严格的数据安全,又期望接入互联网或与其他异构系统进行安全数据交换的各类企业等。

数据安全岛的设备结构如图 9.3 所示。

(1) 前置机:主要负责从电子商务系统数据库和文件系统中导出与其他系统交互的数据和导入其他系统传输过来的数据到系统的数据库或文件系统中。

(2) 加密设备:负责为前置机中的同步操作提供基于 PKI 技术的安全服务,包括加解密和签名/验证服务。该设备可以是加密机或者加密卡,在同等安全强度条件下,数据流量大或者对安全数据交换的效率要求比较高时,可以选用加密机;数据流量小,或者对效率要求比较低时可以选用加密卡设备。

(3) 安全调度中心服务器:主要负责在多个网络中传输业务数据,是整个安全岛隔离的核心。安全调度中心本身装有两块网卡,但无论在什么时候两块网卡都不会同时连通,这样同时可以保证与前端机之间的数据传输,又能够保证内外网络的物理隔离,这台机器需要安装 MSMQ 服务和 Web 服务。调度中心提供设置定期传送的时间间隔,使系统能够根据实际业务发生的频率和流量动态地调整。

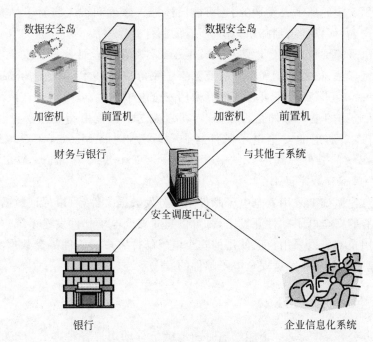

图 9.3　数据安全岛的设备结构

**1. 财务与银行之间安全数据交换**

在交易中涉及与银行之间大量的资金数据交换,包括货款、到款、账号信息等。由于电子商务系统与银行系统是异构系统,双方之间只要保证传输的数据格式一致即可,所以根据传输的特点和安全性的要求,在财务系统和银行之间采用数据安全岛进行安全的数据交换。

**2. 企业信息化系统安全数据交换**

电子商务系统和企业信息化系统的其他子系统都同属于较高安全级别的应用系统,双方都要求保证与其互联的系统不会因为安全隐患而导致自身系统的不稳定。由于电子商务系统与企业信息化系统的其他子系统都部署于内部网络中,可以避免来自外部的攻击,但电子商务系统与企业信息化系统的其他子系统之间如果采用直接的数据交换,彼此之间的用户误操作或者盗用其他用户操作将会破坏系统的正常业务运作,所以在电子商务系统与企业信息化系统的其他子系统中采用数据安全岛作为数据交换,各自的应用系统处理互联系统传送过来的业务数据,传送给其他系统的业务数据也是通过安全岛作为数据交换,避免了直接操作互联系统所带来的安全隐患。

## 9.4.4　安全电子邮件系统

在企业信息化系统中大量的交互信息采用电子邮件的形式交流,不管是由服务器向用户分发批量的信件,还是用户间的电子邮件往来。如果使用传统的互联网电子邮件模式应该是最经济的,但是传统的电子邮件是没有安全性可言的。邮件的内容以明文的方式在网上传送,用户登录到邮件系统的过程中用户名和用户密码也是采用明文传送的,因此,收到的邮件可能不是希望的那个人发送的,也可能已经被人修改和被人窃看了。其他人截取了用户密码和用户名,可以登录到邮箱,看到所有的邮件。

而"安全"电子邮件可以很好地解决传统电子邮件中的安全性问题。安全电子邮件是采用公开密钥加密算法、秘密密钥加密算法及数字证书等安全技术,保证电子邮件的保密性、完整性、发送者的身份认证及不可否认性。采用安全电子邮件,就可以确认该邮件发送者的身份,可以确认收到的电子邮件是否被修改,可以发送给只能由指定接受者看到的电子邮件。现在,已有许多通用的安全电子邮件客户端软件,例如 Microsoft Outlook Express、Netscape Mail Box 等软件。其中 Microsoft Outlook Express、Netscape Mail Box 支持 IC卡、USB 电子令牌保存数字证书。

在企业信息化系统上采用安全电子邮件系统分发数据文件,可以保证数据文件的安全。而通过采用现有的安全电子邮件开发工具,可以建立安全电子邮件发送系统。具体实施时,在接收端每个用户都可以采用自己使用的安全电子邮件客户端软件接受数据文件;而在发送端,只需要建立一个自动发送安全电子邮件的发送系统。

### 9.4.5　安全移动办公

所谓移动办公环境,就是一个能够随时随地满足移动用户各种办公需求的环境。随着笔记本电脑、掌上电脑等各种移动办公设备的广泛使用,"移动办公"的概念已经逐渐渗入到各行各业。而网络的出现更是改变了"以往外勤人员出门处理业务,不是凭脑记就是以纸笔记录,事后再赶回办公室将数据输入计算机"的传统作业模式。但是网络应用的广泛开展,使得各种入侵网络、盗取信息的现象也随之出现,对网络用户造成了不同程度的损失,也阻碍了网上业务的开展。基于这种考虑,积极倡导为用户建立一个安全的移动办公环境理念,引入了"安全移动办公"的概念。

在企业信息化系统中设置了拨号服务器,为外勤人员可以在外通过拨号的方式登录内部系统,进行业务操作。为了避免账号、密码和拨号号码的泄露,可以采用推出的安全拨号软件。该软件是专门为拨号用户的账号和密码提供保护而设计的应用软件。使用前把拨号上网配置信息(包括用户名、密码、拨入电话等)存放在 USB 电子令牌里,当用户准备上网时,只需把令牌插入计算机的 USB 口,然后输入登录密码,即可利用存放于令牌中的配置信息拨号上网。由于配置信息存放于令牌中,所以用户无须每次上网都重复输入,而且可以确保账号信息不被窃取,即使丢掉了,没有登录密码也不能使用该令牌拨号上网。只要为需要拨号登录的用户分配一个令牌就可以了,而不必担心账号被盗用,大大方便了对公用账号的管理。当用户通过网络访问企业信息化系统时,便可利用内部 CA 系统存放在令牌里面的数字证书安全登录到企业的内网。

## 9.5　集中式指纹身份认证

### 9.5.1　系统安全性需求

安全性是企业信息化系统要首先考虑的问题,尽管使用者一向都相当讨厌安全检查机制介入他们的工作中，但是管理者仍然需要这样的一种检查访问和使用情形的手续与方法。如果没有办法清楚、明确地辨认使用者身份，那么也将无法确认是哪位使用者，以及他究竟操作了什么行动。所以使用者会被强迫去进行一些密码机制或硬件标志，以帮助追踪究竟是谁做了些什么。

现行的计算机系统中，包括许多非常机密的系统，都是使用"用户 ID＋密码"的方法来进行用户身份认证和访问控制。实际上，这种方案隐含着一些问题。例如，密码容易被忘记，也容易被别人窃取，而且如果用户忘记了密码，他就不能进入系统。当然，他可以通过系统管理员重新设定密码来重新开始工作，但是一旦系统管理员也忘记了自己的密码，则整个系统也许只有重新安装后才能工作。尽管现行系统通过要求用户及时改变他们的口令来防止盗用口令行为，但这种方法不但增加了用户的记忆负担，也不能从根本上解决问题。

除了计算机网络及其应用系统外，一些传统的需要进行身份验证的场合，也存在类似的安全性问题。例如，证件伪造和盗用、不正当地转借等。一些犯罪通过伪造证件进入机密场所，以窃取机密信息；有的犯罪伪造签证和护照非法入境或移民。这是因为传统的证件使用了易于伪造、未经加密的纸制证件。另一个例子是考勤机，它的使用方便了企业进行职工的考勤管理，但是使企业管理部门头疼的是经常有人弄虚作假，代别人打卡。这些问题都说明现行的系统安全性技术已经遭遇严峻的挑战。

在漫漫历史长河中，人类在寻求文档和交易及物品安全保护的有效性与方便性的过程中，经历了 3 个阶段的发展。第一阶段是最初的方法，采用大家早已熟悉的各种机械钥匙。第二阶段是由机械钥匙发展到数字密钥（密码、条形码等）。第三阶段，利用人体固有生物特征来辨识与验证身份，生物识别是当今最高级别的安全密钥系统。

生物识别技术是依靠人体的生物特质来进行身份验证的技术。人体的生物特征包括指纹、声音、面孔、虹膜、掌纹等。用于人体特征这一生物密钥无法复制、失窃或被遗忘，而常见的口令、智能卡、条文码、磁卡或钥匙则存在着丢失、遗忘、复制及被盗用诸多不利因素。因此，采用生物"钥匙"，就可不必携带大串钥匙，也不用费心去记住或者更换密码，系统管理员更不必因忘记密码而束手无策。生物识别技术可以应用于人们的日常生活，可以取代个人识别码和口令，阻止非授权的访问，可以取代钥匙、证件和卡阅读器。生物识别技术被认为是网络安全和身份识别的未来方向，目前正在成为一个新兴的产业。

许多研究表明，在所有生物识别技术中，指纹识别是目前人体最不构成侵犯、方便、实用、可靠和价格便宜的一种技术手段，也是最具有代表性和最有应用前景的生物识别技术。因此，在这种背景下，依靠人体的指纹特征来进行身份验证和数字自动识别技术应运而生。由于指纹具有独一无二的特点，而且不需要用户记忆，所以用来做身份验证既方便，又安全。然而，由于指纹自动识别技术一直以来要么误识率和拒识率很高，要么识别速度很慢，加上指纹采集设备价格昂贵，所以只用在桌面 PC 和用户数量比较少的场合。典型的应用有各种联机或独立使用的指纹考勤机和指纹门禁系统。

因此，为了实现利用指纹识别进行各种现有应用系统的"统一指纹登录"，即用户不再需要记忆或知道各个应用系统对应的用户名和密码，仅仅通过自己独一无二的指纹就可以验证身份登录系统。企业可以在内部建立一个指纹身份认证中心平台，在平台上建立指纹库，并利用平台和各应用服务器或数据库服务器的数据交换，实现用户指纹信息和各应用系统权限密码体系的映射关系。同时，指纹模板在网络传输过程中，使用 SSL 对内容进行加密，以保证信息的保密性和完整性,实现"统一登录"。

指纹识别最主要的应用是商业金融系统、办公自动化、计算机安全、授权管理、信息安全、电子发文等;金融行业上,用于网上银行身份认证、指纹储蓄、内部授权管理等;用于证券行业交易及结算的身份识别,大户室股东身份确认,内部授权管理等;还用于企业和家庭的各种门禁系统、考勤系统。

自从互联网出现以后,越来越多的人利用网络进行方便的交流。因此,其用户数量飞速地增长。使用网络的用户这样多,以至于人们不得不在方便快捷交流的时候思考如何保证安全。因为总有一些别有用心的人会利用网络的漏洞,蓄意进行偷窃和破坏网络资源;更有甚者,还利用网络传播一些具有破坏作用的信息。另外,共享与隐私是相伴的,在共享的基础上如何保护用户隐私也是一个需要解决的问题。在互联网上,这些努力如果失败,结果是信息被盗,甚至可能被彻底摧毁,所带来的损失不可估量,这向网络安全提出了严峻的挑战。

传统的信息保护方式是以密钥为主,而密钥一般由文本组成,文本往往与内容有一些联系。同时,文本的搜索空间是很小的。因此,这种方式的保护很容易被破解。解决办法是加长密码,但是加长也是有一定限度的,太长的密码是记不住的。与此相反,指纹等生物特征与个体共生,不需要记忆。同时,生物特征的样本空间很大,而且唯一。因此,生物特征天生是一种密码。

身份认证技术是信息安全的第一道屏障,它是信息安全时代备受关注的一个研究领域。今天,随着网络化和信息化的不断深入和发展,身份认证已成为支撑开展应用的基本服务,对身份认证提出了新的要求,传统的单一认证手段已不适应应用需求,构建新型的登录认证服务系统,是目前身份认证技术的发展方向。因此,使用指纹作为用户网络登录时的密码,可以大大提高网络的安全性。

当前市场上指纹仪多种多样,本节实现了不同仪器同时兼容识别同一个手指指纹,达到了指纹识别模板不受不同指纹采集仪器的限制。通过使用网络安全的各种相关技术,实现基于指纹技术的用户注册和身份认证过程,通信过程中的网络加密解密过程,使传输过程中数据不会被第三方获取相关信息。即使获得信息,也因为不知相关的加密、解密方法而无法获得具体信息,从而实现了网络安全。

本节主要是通过指纹认证和信息在网络中的安全加密传输,来实现安全登录系统的要求,使兼容不同指纹采集设备统一实现认证。并运用 PKI 的认知机制,确认客户端和服务器端的不同实体,使用基于 SSL 的数据传输来保证数据传输的保密性,实现网络中系统的身份认证和端到端的数据加密传输。本节首先详细介绍指纹认证技术和网络安全技术的各种特点,并详细描述整个身份认证子系统具体的实现方案。

为了实现"统一指纹登录",在企业内部建立一个企业级的指纹身份认证中心平台 Bio-Center,在 Bio-Center 平台上建立企业所有员工的指纹库,并利用 Bio-Center 平台和各应用服务器或数据库服务器的数据交换,实现用户指纹信息和各应用系统权限密码体系的映射关系,再利用 Bio-Center 平台提供的单点登录软件 Bio-Logon 实现企业内各应用系统的"统一登录"。对于新开发的应用系统,Bio-Center 平台通过提供 ActiveX 实现 B/S 应用及 C/S 应用的指纹识别开发需求,同样方便地实现新应用系统的"统一指纹登录"。集中式身份认证系统体系结构如图 9.4 所示。

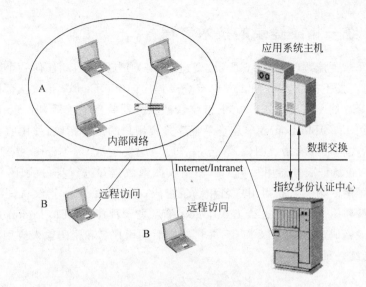

图 9.4 集中式身份认证系统体系结构

## 9.5.2 企业信息化系统的安全体系

　　"统一登录"是集中式身份认证系统的目标。从安全角度来讲，"统一登录"是将分散的安全信息点归结到一点安全上来。如果"统一登录"这个单点安全得不到保证，整个身份认证系统的安全就面临崩溃的威胁。因此，集中式身份认证系统的实施如果不解决单点安全体系问题，不可能得到广泛的应用。在现有基于密码安全体系上实现集中式身份认证系统，只会带来用户使用的便利，但是却面临更严重的安全威胁。因此，身份认证技术的选择是集中式身份认证系统能否成功实施的关键。

　　以人体生物特征为标记的生物身份识别技术带来了身份识别技术的飞跃，指纹作为人体稳定的一种生物特征，由于其携带方便、采集技术成熟，获得了广泛的应用，将人类从机械密码(锁)、电子密码引入到了生物密码。指纹身份识别技术解决了现有安全应用体系存在"最后 1 米"的漏洞(如图 9.5 所示)——是否是正确的人在做正确的事。基于指纹技术的集中式身份认证系统获得了使用便利性和安全性的双重保证，真正解决了企业面临的安全登录问题。

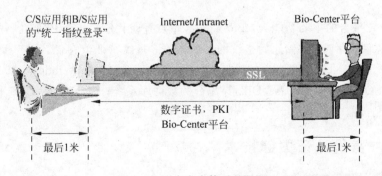

图 9.5 现有安全体系的漏洞

### 9.5.3　统一指纹登录的技术流程

统一指纹登录的流程(如图 9.6 所示)简述如下：①当用户启动任何一个企业内的应用系统时，用户只需按下指纹，Bio-Logon 单点登录程序向 Bio-Center 指纹认证服务器发送请求(请求使用 DES 加密)；②Bio-Center 指纹认证服务器收到请求后，向 Bio-Logon 单点登录程序发送公钥 1；③Bio-Logon 单点登录程序采集用户的活体指纹，并用收到的公钥 1 加密指纹数据(指纹特征码或指纹图像)和公钥 2 后一起发送给 Bio-Center 指纹认证服务器；④Bio-Center 指纹认证服务器用私钥 1 解密指纹图像数据并进行身份验证，通过用户指纹和应用程序权限的映射关系获得用户名和登录密码；⑤Bio-Center 指纹认证服务器用公钥 2 加密登录密码和用户名后发送给 Bio-Logon 单点登录程序；⑥Bio-Logon 单点登录程序收到加密的登录密码后，用私钥 2 解密，并将解密后的用户名和密码输入应用程序对应输入框，完成统一指纹登录。

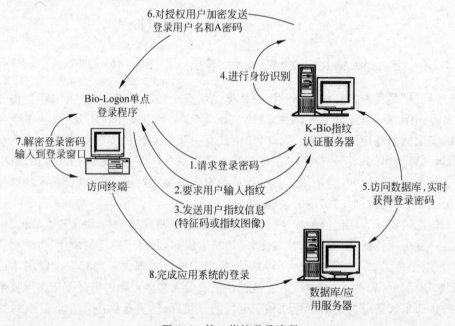

图 9.6　统一指纹登录流程

Bio-Center 平台的主要功能为：Bio-Logon 单点登录程序；基于 PKI 机制的电子签名；原始指纹数据库的存储：存储原始指纹的图像数据；指纹特征值存储：用户登记指纹的特征值存储；指纹比对：对用户身份的验证；数据加密、压缩、传输；Windows 2000/XP 登录；支持 Oracle、SQL Server、Sybase、DB2 等流行的数据库系统；综合查询；LBS 平衡负载；日志管理；用户管理；系统管理。

### 9.5.4　身份认证关键技术

#### 1. 指纹识别基本原理

指纹识别的应用已经有悠久的历史。公元前中国的一些商业契约上就印有大拇指指纹作为凭证，一些黏土陶器上则留着陶艺匠人的指纹。1880 年，一位苏格兰医生在《自然》杂志上发表指纹研究论文，从此开始了现代指纹识别的研究。随着研究的深入，指纹用于识别罪犯。国外一些国家的警察部门先后采用指纹鉴别法作为身份鉴定的主要方法。20 世纪 60 年代起，人们开始使用计算机研究指纹。20 世纪 90 年代后期，低价硬件设备的引入及发展，以及可靠的比对算法的实现，用于个人身份识别的自动指纹识别系统得到开发和应用。

指纹是指人的手指末端正面皮肤上凸凹不平产生的纹线。纹线有规律地排列形成不同的纹形。尽管指纹只是人体皮肤的一小部分，却蕴含着大量的信息。这些皮肤的纹路在图案、断点和交叉点上各不相同，在信息处理中称为指纹的特征点（Minutiae）。人们根据纹路的局部结构特征共定义了大概 150 多种细节特征，如果同时使用所有的这些特征，将很难自动而且迅速地从指纹图像中提取并且区分它们。通常，自动指纹鉴定系统只使用其中两种主要的特征，即分叉点和端点。其他细节特征都可以用它们的组合来表示。例如，小桥是由两个端点组成的，而环是由两个分叉点组成的。

图 9.7 所示的小桥、三角点、分叉点、端点、环为指纹特征点，指纹特征在每个手指上的表现都不相同。指纹识别即指通过比较不同指纹的细节特征点来进行鉴别。由于每个人的指纹不同，就是同一人的十指之间，指纹也有明显区别，因此指纹可用于身份鉴定。指纹识别的基本流程是：指纹图像采集、指纹图像处理（包括指纹图像预处理及指纹图像后处理）、特征提取、特征匹配等。

### 2．指纹图像采集

指纹识别的应用要求指纹纹理以数字形式进行运算。指纹图像采集是将人体的指纹信息转换为可使用计算机进行处理的数字数据。指纹图像的采集主要由指纹采集器完成。图 9.8(a)和图 9.8(b)所示指纹图像是由不同的指纹采集设备采集到的同一个手指的指纹图像。

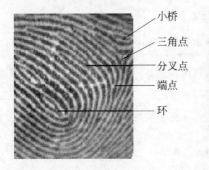

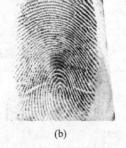

小桥
三角点
分叉点
端点
环

(a)　　　　(b)

图 9.7　指纹特征点　　　　　图 9.8　由指纹仪采集到的指纹图像

目前，常用的指纹采集设备有 3 种：光学式、硅芯片式、超声波式。其中，光学指纹采集器是最早的指纹采集器，也是使用最为普遍的。后来还出现了用光栅式镜头替换棱镜和透镜系统的采集器。光电转换的 CCD 器件有的已经换成了 CMOS 成像器件，从而省略了图像采集卡，直接得到数字图像。

光学指纹采集器具有使用时间长、对温度等环境因素的适应能力强、分辨率较高的优点。但是由于受光路限制，无畸变型采集器尺寸较大，通常还有较严重的光学畸变，采集窗口表面往往有痕迹遗留现象。而且 CCD 器件可能因老化而降低图像质量。图 9.9 和图 9.10 所示分别为由美国 Digital Persona 公司生产的 U. r. U4000 光学指纹传感器和深圳泰迪公司开发的指纹仪。

图 9.9　U. r. U4000 光学指纹传感器

图 9.10　深圳泰迪指纹仪

硅芯片式指纹采集器出现于 20 世纪 90 年代末。大部分硅芯片测量手指表面与芯片表面的直流电容场。这个电容场经 A/D 转换后成为灰度数字图像。但美国 Authentec 公司的芯片可以测量手指真皮层的交流电容。其优点是图像质量较好、尺寸较小、容易集成到其他设备中去。其缺点是耐用性和环境适应性差,尤其在一些较恶劣的环境下,抗静电能力、抗腐蚀能力、抗压力等方面不足;图像面积小,可能降低识别的准确性,并导致用户使用的不方便。总之,硅芯片式指纹采集器现在尚不成熟,但可能是未来的方向。

超声波式指纹采集器可能是最准确的指纹采集器,目前它在技术上尚不成熟。这种采集器发射超声波,根据经过手指表面、采集器表面和空气的回波来测量反射距离,从而可以得到手指表面凹凸不平的图像。超声波可以穿透灰尘和汗渍等,从而得到优质的图像。由于该产品尚未大量使用,因此很难准确评价它的性能。然而一些实验性的应用指出,这种采集器具有优越的性能。它吸收了光学采集器和硅芯片采集器的长处,如图像面积大、使用方便、耐用性好的优点等。不同类型指纹采集器的比较如表 9.1 所示。

表 9.1　常用的 3 种指纹采集器的比较

| 性能<br>类别 | 光学指纹采集器 | 硅芯片式指纹采集器 | 超声波式指纹采集器 |
| --- | --- | --- | --- |
| 体积 | 较大 | 很小 | 中 |
| 成像质量 | 干手指差,但潮湿和脏的<br>手指成像模糊 | 对潮湿和脏的手指成像质<br>量差 | 非常好 |
| 成像大小 | 采集面积区域可以很大 | 采集面积很小 | 采集面积较大 |
| 使用寿命 | 比较长,光学头易老化 | 一般,怕静电 | 一般 |
| 功耗 | 较大 | 较少 | 较多 |
| 价格 | 中等 | 低 | 很高 |

### 3. 指纹图像处理

采集获得的指纹图像通常都伴随着各种各样的噪声。一部分是由于采集仪造成的,例如采集仪上的污渍、采集仪的参数设置不恰当等。另外一部分是由于手指的状态造成的,例如手指的过干、太湿、伤疤、脱皮等。第一种相对来说是固定的系统误差,比较容易恢复。第二种原因和个体手指密切相关,比较难于恢复。指纹图像处理包括图像增强前的预处理和图像增强。指纹增强在指纹图像识别过程中是最为重要的一环,这部分算法的优劣将对整个系统的性能产生至关重要的影响。如果这一部分没有处理好,也很难通过改进后面的细节提取过程而获得好的效果。

由于计算机处理指纹时,只是涉及了指纹的一些有限的信息,而且比对算法并不是精确匹配,其结果也不能保证100％准确。指纹识别系统的特定应用的重要衡量标志是识别率,主要由拒判率(FRR)和误判率(FAR)两部分组成,可以根据不同的用途来调整这两个值。FRR 和 FAR 是成反比的。

尽管指纹识别系统存在着可靠性问题,但其安全性也比相同可靠性级别的“用户 ID＋密码”方案的安全性高得多。例如采用四位数字密码的系统,不安全概率为 0.01％,如果同采用误判率为 0.01％指纹识别系统相比,由于不诚实的人可以在一段时间内试用所有可能的密码,因此四位密码并不安全,但是他绝对不可能找到 1000 个人去为他把所有的手指(10 个手指)都试一遍。正因为如此,权威机构认为,在应用中 1％的误判率就可以接受。

FRR 实际上也是系统易用性的重要指标。由于 FRR 和 FAR 是相互矛盾的,这就使得在应用系统的设计中,要权衡易用性和安全性。一个有效的办法是比对两个或更多的指纹,从而在不损失易用性的同时,极大地提高了系统安全性。

## 9.5.5　指纹认证系统各模块的联系

(1) 指纹识别功能与公开密钥机制相结合,实现基于 C/S 模式认证系统的用户远程注册、身份认证,以及网络通信的加密、解密过程。

① 由后台系统实现的远程注册过程。当用户注册时,服务器将系统的公钥发送到客户端。此时,用户按提示输入用户 ID,获得指纹模板后,客户端服务器发来的系统公钥对用户 ID 和处理后得到的指纹模板进行加密,然后发送到服务器;服务器接收到信息(用户 ID 和指纹模板)后,用系统的私钥解密用户 ID 和指纹模板,并产生(或从系统的密钥库中抽出)一对公钥、私钥作为该用户的密钥,然后把用户 ID、指纹模板存到指纹数据库中。

② 通过二次开发调用 ActiveX 控件,与用户的 IT 系统进行无缝集成实现的身份认证过程。当用户登录系统时,服务器将系统的公钥发送到客户端,提示用户输入用户 ID,在指纹仪按下指纹,将获得的用户 ID、指纹模板,以及随机产生的对称密码,用服务器发来的系统公钥进行加密,然后发送到服务器;服务器接收到信息(用户 ID、指纹模板、对称密码)后,用系统的私钥解密用户 ID、指纹模板和对称密码,根据用户 ID 从指纹库中取出对应的两个指纹特征模板,与发送过来的和解密后的指纹特征数据进行 1∶1 的比对。

③ 由用户的 IT 系统(包括调用中间件的函数 API)实现的网络通信加密/解密过程。加密过程(发送方):发送者首先利用随机产生的对称密码加密信息 M,再利用接收方的公钥加密对称密码(被公钥加密后的对称密码称为数字信封),然后将信息 M 和数字信封一起发送到接收方。解密过程(接收方):接收方要解密信息时,首先用自己的私钥解密数字信封,得到对称密码,然后利用对称密码解密所得到的信息 M。

(2) 系统要具备远程采集指纹特征模板入数据库(用户注册)的功能,后台系统的实现将采用 B/S 模式和 .NET 应用平台。

### 9.5.6 指纹认证系统的认证过程

#### 1. 认证流程

指纹认证流程如图 9.11 所示。

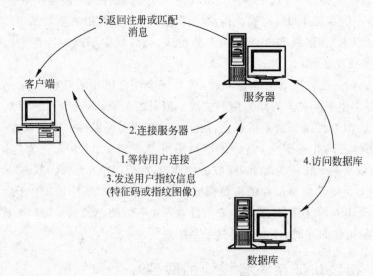

图 9.11 指纹认证流程

#### 2. 技术流程

（1）启动服务端，等待客户端请求。

（2）指纹认证服务器收到请求后，向客户端发送公钥。

（3）用户输入 ID 并按压指纹仪以获得指纹模板，并用收到的公钥加密指纹数据，将数据发送给指纹认证服务器。

（4）指纹认证服务器接收到数据后，将其解密，并访问数据库以进行登记或注册。

（5）指纹认证服务器用公钥加操作结果发送给客户端。

#### 3. 注册流程

1）客户端操作流程

图 9.12 所示为注册流程中客户端示例图，连接服务器后将弹出用户界面。注册流程为：①选择指纹仪产品；②单击"初始化"按钮，初始化被选择指纹仪；③在"用户名"栏中输入注册指纹 ID；④单击"登记指纹"按钮，开始注册；⑤按压指纹仪；⑥若指纹采集质量合格，则弹出"指纹质量及格"的对话框，否则弹出"指纹质量不及格"的对话框；⑦采集 3 次质量合格的指纹后，若成功生成指纹模板，则弹出"指纹登记成功"的对话框，否则弹出"指纹登记失败"的对话框；⑧客户端向服务端发送数据。

2）服务器端及数据库操作流程

图 9.13 所示为注册流程中数据库数据分析图。①启动服务器，连接数据库，并开始监听；②启动线程池，为客户端分配线程，接收客户端的数据；③提取注册的用户名和相应的

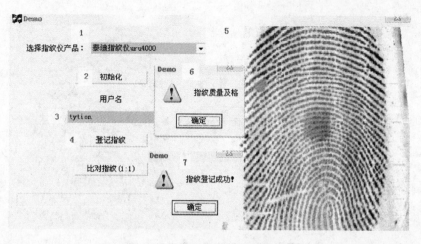

图 9.12 注册流程中客户端示例图

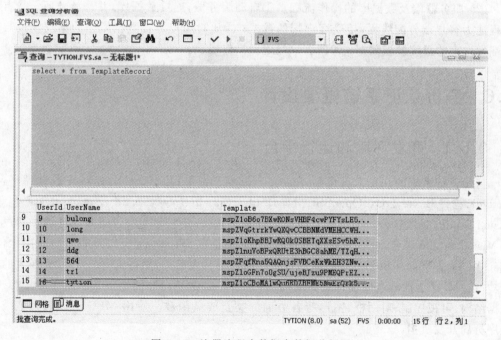

图 9.13 注册流程中数据库数据分析图

指纹模板,写入数据库;④向客户端返回操作提示。

3) 匹配流程

图 9.14 所示为匹配流程中客户端示例图。

(1) 客户端操作流程。连接服务器之后,将弹出用户界面。进行比对工作时的流程为:
①选择指纹仪产品(本系统提供十指指纹仪和泰迪指纹仪);②单击"初始化"按钮,初始化
被选择的指纹仪;③在"用户名"栏中输入注册指纹 ID;④单击"比对指纹(1∶1)"按钮,开
始匹配工作;⑤按压指纹仪;⑥若指纹采集质量合格,则弹出"指纹质量及格"的对话框,否
则弹出"指纹质量不及格"的对话框;⑦客户端向服务端发送数据。

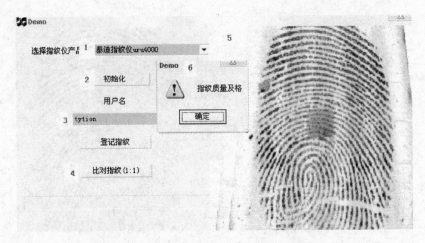

图 9.14　匹配流程中客户端示例图

（2）服务器端及数据库的操作流程。①启动服务器，连接数据库，并开始监听；②启动线程池为客户端分配线程，接受客户端的数据；③比对用户名在数据库中的指纹模板与客户端发过来的指纹模板数据；④向客户端返回操作提示。

## 9.6　身份认证系统概要设计[49～55]

### 9.6.1　开发环境和运行平台

身份认证系统的开发工具包括 Visual Studio 开发平台、MS SQL Server 数据库平台、ActiveX 控件 Biokey.ocx、OpenSSL 共享库 libeay32.dll、ssleay32.dll 及 openssl 源码包等。Visual Studio 是微软公司推出的目前最流行的 Windows 平台应用程序开发环境。通过使用 Visual Studio 平台，可以开发任何规模、任何类型在 Windows 操作系统下的应用软件。Visual C++ 是 Visual Studio 中一款支持 C++ 语言的开发工具，支持 MFC 类库，有强大的调试功能。MFC 为微软基础类库的英文缩写，为用户提供了一批预先定义的用于应用管理、数据结构、可视控制、对话框、图形等各方面的类及成员函数。使用 MFC 可以大大地减轻程序员的开发负担。

MS SQL Server 同样也是微软公司开发的一款分布式数据库，有着很多优良特性；采用单线程和多线程运行模式，极大地提高了系统的运行效率；与微软服务器操作系统紧密集成良好的网络性能；能管理 5000 个并发用户，每分钟可以处理 3600 个事务，是流行的企业数据库管理系统。

Biokey 为北京中控科技发展有限公司开发的一款指纹识别系统。Biokey 确保高性能的识别或是验证，提供 1∶few 或 1∶N 的识别模式，在 PⅢ 900 上运行匹配速率最高可达每秒 6000 枚指纹，但是仅仅需要 350KB 的内存，SDK 支持的系统包括 Windows、Linux、Mac OS、DOS 或是 DSP 的应用。在系统中的 Biokey.ocx 为深圳泰迪科技发展有限公司提供。

OpenSSL 项目是共同努力开发出来的一个健全的、商业级的、全开放和开放源代码的工具包,用于实现安全套接层协议(SSL v2/v3)和传输层安全协议(TLS v1),以及形成一个功效完整的通用加密库。该项目由全世界范围内的志愿者组成的团体一起管理,他们使用互联网去交流、设计和开发这个 OpenSSL 工具和相关的文档。OpenSSL 基于由 Eric A. Young 和 Tim J. Hudson 开发的 SSLeay 类库。OpenSSL 工具箱在一个与 Apache 类似的许可下,这意味着可以免费获得并将它使用在商业或非商业目的的项目上。系统理论上支持 Windows XP 平台,并且在 Windows XP SP2 上进行测试。

### 9.6.2　整体设计与实现

系统支持服务器/客户端模式。整体功能图如图 9.15 所示。

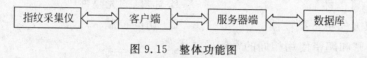

图 9.15　整体功能图

系统功能结构图如图 9.16 所示。系统主要包括指纹采集仪、客户端、服务器端、数据库四大块。指纹采集仪通过指纹采集仪适配器与客户端进行通信,传送指纹图像。客户端与服务器端通过 SSL 进行网络连接。服务器通过本地网络对数据库进行访问。

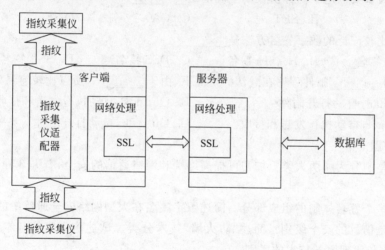

图 9.16　系统功能结构图

## 习题 9

**一、名词解释**

PKI、PGP、VPN、CIDF、SSL、NAT、DTS、CRL、TLS、PGP、ISAKMP、数字签名、数字水印、一次口令机制、包交换、重放攻击、密码分析学、暴力攻击、双宿堡垒主机、误用检测/特征检测、计算机取证、蜜罐

**二、选择题**

1. 身份认证的主要目标包括确保交易者是交易者本人、避免与超过权限的交易者进行交易和_____。

A. 可信性　　　　　B. 访问控制　　　　C. 完整性　　　　D. 保密性

2. 目前最安全的身份认证机制是＿＿＿＿＿＿＿＿。

A. 一次口令机制　　　　　　　　　B. 双因素法

C. 基于智能卡的用户身份认证　　　D. 身份认证的单因素法

3. 下列环节中无法实现信息加密的是＿＿＿＿＿＿＿＿。

A. 链路加密　　　B. 上传加密　　　C. 节点加密　　　D. 端到端加密

4. 安全认证主要包括＿＿＿＿＿＿＿＿。

A. 时间认证　　　B. 支付手段认证　　　C. 身份认证　　　C. 信息认证

5. 在安全认证中，信息认证主要用于＿＿＿＿＿＿＿＿。

A. 信息的可信性　　　　　　　　　B. 信息的完整性

C. 通信双方的不可抵赖性　　　　　D. 访问控制

6. 文件加密和解密使用相同的密钥的技术是＿＿＿＿＿＿＿＿。

A. 明文加密　　　B. 数据密钥　　　C. 对称密钥　　　D. 数字签名

7. 在网上交易过程中使用＿＿＿＿＿＿＿来证实一个用户的身份及其访问网络资源的权限。

A. 浏览器　　　B. 数字算法　　　C. 数字证书　　　D. 公证机构

8. 目前最重要的电子商务协议安全规范是＿＿＿＿＿＿＿＿。

A. SSL　　　B. SET　　　C. CA　　　D. EC

9. 应用比较广泛的数字签名方法是＿＿＿＿＿＿＿＿。

A. RSA 签名　　　B. HASH 签名　　　C. DSS 签名　　　D. SSL 签名

10. 下列＿＿＿＿＿＿＿邮件程序在默认的情况下，由于＿＿＿＿＿＿＿，所以比较容易感染病毒。

A. Foxmail，自动打开附件　　　　　B. Outlook，自动执行发送和接收

C. Foxmail，自动执行发送和接收　　C. Outlook，自动打开附件

## 三、简答题

1. 密码体制分为哪两大类？加密可提高终端和网络通信的安全，有哪 3 种方法加密传输数据？

2. 简述一个签名体制的组成部分。简述数字签名在大型网络安全通信中的作用。

3. 什么是信息的安全级别？简述"防火墙"技术分类。试述防火墙的基本类型。试比较包过滤技术和代理服务技术的区别。

4. 黑客攻击有哪 3 个阶段？入侵检测系统根据识别采用的原理可以分为哪 3 种？信息隐藏技术主要由哪两部分组成？RSA 算法运用了数论中的什么定理？

5. 常用的防范黑客的技术产品和物理隔离产品有哪些？新型防火墙的设计目标是什么？简述"散布"与"混乱"在密码中的应用。

6. 试分析与比较网络通信中各种加密方式的优缺点。简述对称加密与非对称加密的原理，并比较各自的优缺点。

7. 异常检测和误用检测有何区别？网络病毒的特点是什么？怎样清除网络病毒？试述各种后门的特点，并提出解决后门的方案。

8. 电子商务基本的认证技术有哪些？电子商务主要面临哪四方面的安全问题？相应的技术上的对策是什么？数字签名在电子商务中起什么作用？

9. 简述一个典型的 PKI 应用系统包括几个部分。试述公匙加密和私匙加密的主要特

点。为什么说使用非对称加密可以防止赖账行为?

10. 试述电子签名的过程。试比较 SET 协议和 SSL 协议。为什么说证书机构是网上的"工商管理部门"?

**四、论述题**

1. 简述蠕虫传播过程的传染病模型,解释相关变量、方程的含义。

2. 简述 BLP 安全模型(Bell-Lapadula security model)的基本原理。

3. 简述 SYN FLOOD 攻击的原理,并说明 TCP SYN-Cookie 机制是如何解决这一问题的。

4. 简述 RSA 算法中密钥的产生、数据加密和解密的过程,并简单说明 RSA 算法安全性的原理。

# 第**10**章

# 企业信息化的发展与展望

本章对企业信息化目前的热点内容和未来的发展方向进行详细的分析,特别是针对与企业信息化发展紧密相关的供应链管理、客户关系管理、企业管理解决方案、协同商务、知识管理、企业信息化与现代制造、云计算与企业应用、物联网等作全面的介绍、阐述和展望,使读者可以更全面和深入地了解和把握企业信息化的现状和未来发展。

## 10.1 供应链管理简介[56]

### 10.1.1 供应链与供应链管理的定义

供应链(Supply Chain)至今尚无一个公认的定义。所谓供应链,其实就是由供应商、制造商、仓库、配送中心和渠道商等构成的物流网络。因此,供应链可以定义为:围绕核心企业,通过对信息流、物流、资金流的控制,从采购原材料开始,制成中间产品及最终产品,最后由销售网络把产品送到消费者手中。它是将供应商、制造商、分销商、零售商、最终用户连成一个整体的功能网链模式。

从上述定义中可以看出,一条完整的供应链应包括供应商(原材料供应商或零配件供应商)、制造商(加工厂或装配厂)、分销商(代理商或批发商)、零售商(大卖场、百货商店、超市、专卖店、便利店和杂货店)及消费者。同一个企业可能构成这个网链的不同组成节点,但更多的情况下是由不同的企业构成这个网链中不同的节点。例如,在某个供应链中,同一个企业可能既在制造商、仓库节点,又在配送中心节点等占有位置。在分工愈细、专业要求愈高的供应链中,不同节点基本上由不同的企业组成。在供应链各成员单位间流动的原材料、在制品库存和产成品等构成了供应链上的货物流。

供应链是一个企业机构模式。它不仅是连接供应商到用户的物料链、信息链、资金链,同时更为重要的是一条增值链。因为物料在供应链上进行了加工、包装、运输等过程而增加了其价值,从而给这条链上的相关企业带来了收益。

供应链管理(Supply Chain Management,SCM)是指在满足一定的客户服务水平的条件下,为了使整个供应链系统成本达到最小而把供应商、制造商、仓库、配送中心和渠道商等有效地组织在一起进行产品制造、转运、分销及销售的管理方法。SCM也是一种集成的管理思想和方法,它执行供应链中从供应商到最终用户的物流的计划和控制等职能。

从单一的企业角度来看,SCM是指企业通过改善上、下游供应链关系,整合和优化供应链中的信息流、物流、资金流，以获得企业的竞争优势。SCM是企业的有效性管理，表现了企业在战略和战术上对企业整个作业流程的优化。它整合并优化了供应商、制造商、零售商的业务效率，使商品以正确的数量、正确的品质，在正确的地点，以正确的时间、最佳的成本进行生产和销售。

## 10.1.2　供应链管理的目标和目的

供应链管理的目标是在满足客户需要的前提下，对整个供应链（从供货商、制造商、分销商到消费者）的各个环节进行综合管理。例如，从采购、物料管理、生产、配送、营销到消费者的整个供应链的货物流、信息流和资金流，把物流与库存成本降到最小。因此，供应链管理要对整个供应链系统进行计划、协调、操作、控制和优化，要将顾客所需的正确产品能够在正确时间，按照正确数量、正确质量和正确状态送到正确地点，并使总成本达到最佳化。

一个企业采用供应链管理的最终目的有3个：①提升客户的最大满意度（提高交货的可靠性和灵活性）；②降低公司的成本（降低库存，提高资金的流转，减少生产及分销的费用）；③企业整体"流程品质"最优化（去除错误成本和异常事件）。企业界对供应链的关注在持续升温，应该说，这是市场竞争的必然，也是企业精细化管理的必然。毕竟企业的生存和发展是要利润支持的，而利润来自于对收入和费用的管理和控制，来自于对客户需求真实、持续的把握，以及对自身提供产品和服务能力的管理。

## 10.1.3　供应链管理的内容与应用

每家企业都离不开供应商管理，要么处理供应商关系，要么自己就是供应商。供应商管理是整个供应链中的关键部分，而且它必须同满足顾客需求的目标相结合。提高供应链可视性是实现供应链管理有效性的切实方法，而且它也是供应链入库作业最需要的。在整个供应链中，入库作业非常复杂，而且涉及重大的财务责任。众多的采购订单，以及众多供应商从多个工厂和仓库中发出的不同货物，这些货物从本国或其他不同国家的港口或机场发出，这一复杂的过程在管理上无疑是一项重大的挑战。再加上不同的文化、时区和商业习惯，要实现全球供应链系统的可视性确实不是一件容易的事情。

供应商管理作为入库供应链管理的一部分，需要流程、人和技术。它需要一个流程，而不是一系列采购订单的处理。它需要有眼光、有技能的人才，需要他们对一系列复杂的因素进行管理、与合作伙伴建立协同关系、处理因销售和其他事件带来的采购需求变化。流程、人和技术3个基础元素非常重要，对整个企业也非常有用。这3个基础元素共同作用的结果将给企业带来供应链管理上的协作统一，并以服务的改善和生产力的提高作为提高顾客满意度和竞争优势的推动力。

供应链管理包括计划、采购、制造、配送、退货和供应商管理六大基本内容。

**计划**：这是SCM的策略性部分。企业需要有一个策略来管理所有的资源，以满足客户对产品的需求。好的计划是建立一系列的方法监控供应链，使它能够有效、低成本地为顾客递送高质量和高价值的产品或服务。

**采购**：选择能为企业的产品和服务提供货品和服务的供应商，和供应商建立一套定价、配送和付款流程并创造方法监控和改善管理，并把对供应商提供的货品和服务的管理流程结合起来,包括提货、核实货单、转送货物到制造部门并批准对供应商的付款等。

**制造**:安排生产、测试、打包和准备送货所需的活动,是供应链中测量内容最多的部分,包括质量水平、产品产量和工人的生产效率等的测量。

**配送**:很多"圈内人"称之为"物流",是调整用户的订单收据、建立仓库网络、派递送人员提货并送货到顾客手中、建立货品计价系统、接收付款。

**退货**:这是供应链中的问题处理部分。建立网络接收客户退回的次品和多余产品,并在客户应用产品出问题时提供支持。

**供应商管理**:对供应商进行定期的评估,分析问题并和供应商一起制定解决问题的办法,与供应商建立合作联盟和利益共同体,一起成长和发展。

现代商业环境给企业带来了巨大的压力,不仅仅是销售产品,还要为客户和消费者提供满意的服务,从而提高客户的满意度,让其产生幸福感。科特勒表示:"顾客就是上帝,没有他们,企业就不能生存。一切计划都必须围绕挽留顾客、满足顾客进行。"要在国内和国际市场上赢得客户,必然要求供应链企业能快速、敏捷、灵活和协作地响应客户的需求。面对多变的供应链环境,构建幸福供应链成为现代企业的发展趋势。

## 10.1.4　供应链管理的实施与应用

供应链管理的实施主要涉及 4 个领域:需求、供应、生产计划、物流。职能领域主要包括产品工程、产品技术保证、采购、生产控制、库存控制、仓储管理、分销管理。辅助领域主要包括客户服务、制造、设计工程、会计核算、人力资源、市场营销。

供应链管理的实施步骤有:①分析市场竞争环境,识别市场机会;②分析顾客价值;③确定竞争战略;④分析本企业的核心竞争力;⑤评估、选择合作伙伴。

对于供应链中合作伙伴的选择,可以遵循以下原则:①合作伙伴必须拥有各自可利用的核心竞争力;②拥有相同的企业价值观及战略思想;③合作伙伴必须少而精。

### 1. 供应链管理运作中的几个关键要素

(1) 以顾客为中心,以市场需求的拉动为原动力。

(2) 强调企业应专注于核心业务,建立核心竞争力,在供应链上明确定位,将非核心业务外包。

(3) 各企业紧密合作,共担风险,共享利益。

(4) 对工作流程、实物流程、信息流程和资金流程进行设计、执行、修正和不断改进。

(5) 利用信息系统优化供应链的运作。

(6) 缩短产品完成时间,使生产尽量贴近实时需求。

(7) 减少采购、库存、运输等环节的成本。

### 2. 供应链合作伙伴的选择

(1) 根据合作伙伴在供应链中的增值作用和其竞争实力,把合作伙伴分为两个层次:重要合作伙伴和次要合作伙伴。重要合作伙伴是少而精的、与企业关系密切的合作伙伴;次要合作伙伴是相对多的、与企业关系不很密切的合作伙伴;供应链合作关系的变化主要影响重要合作伙伴,而对次要合作伙伴的影响较小。

(2) 供应链合作伙伴选择考虑的主要因素。在选择供应商时,一般需要考虑的因素包括产品价格、质量、可靠性、售后服务、地理位置、财务状况、技术能力等。其中,供应商的交货提前期、产品质量、交货可靠度和产品价格这 4 个因素是选择供应商的最关键因素。

## 10.2 客户关系管理简介[57~59]

### 10.2.1 客户关系管理的定义

客户关系管理(Customer Relationship Management,CRM)的概念最初由美国加特纳集团提出来,而在最近开始在企业电子商务中流行。CRM 的主要含义就是通过对客户详细资料的深入分析,来提高客户满意程度,从而提高企业竞争力的一种手段。

CRM 主要包含以下几个主要方面:①客户概况分析(Profiling),包括客户的层次、风险、爱好、习惯等;②客户忠诚度分析(Persistency),指客户对某个产品或商业机构的忠实程度、持久性、变动情况等;③客户利润分析(Profitability),指不同客户所消费的产品的边缘利润、总利润、净利润等;④客户性能分析(Performance),指不同客户所消费的产品按种类、渠道、销售地点等指标划分的销售额;⑤客户未来分析(Prospecting),包括客户数量、类别等情况的未来发展趋势、争取客户的手段等;⑥客户产品分析(Product),包括产品设计、关联性、供应链等;⑦客户促销分析(Promotion),包括广告、宣传等促销活动的管理。

CRM 是一个不断加强与顾客交流,不断了解顾客需求,并不断对产品及服务进行改进和提高,以满足顾客需求的连续的过程。其内涵是企业利用 IT 技术和互联网技术实现对客户的整合营销,是以客户为核心的企业营销的技术实现和管理实现。客户关系管理注重的是与客户的交流。企业的经营是以客户为中心,而不是传统的以产品或以市场为中心。为方便与客户的沟通,客户关系管理可以为客户提供多种交流的渠道。

### 10.2.2 客户关系管理的起因

#### 1. 需求拉动

一方面,很多企业在信息化方面已经做了大量工作,收到了很好的经济效益。另一方面,一个普遍的现象是很多企业的销售、营销和服务部门的信息化程度越来越不能适应业务发展的需要,越来越多企业要求提高销售、营销和服务等日常业务自动化和科学化。这是客户关系管理应运而生的需求基础。

#### 2. 技术推动

IT 飞速发展使得上面的想法不再停留在梦想阶段。办公自动化程度、员工计算机应用能力、企业信息化水平、企业管理水平的提高都有利于客户关系管理的实现。很难想象在一个管理水平低下、员工意识落后、信息化水平很低的企业能从技术上实现客户关系管理。有一种说法很有道理:客户关系管理的作用是锦上添花。

#### 3. 理念更新

经过 20 多年的发展,我国市场经济的观念已经深入人心。当前,一些先进企业的工作重点正经历着从以产品为中心向以客户为中心的转移。有人提出了客户联盟的概念,也就是与客户建立共同获胜的关系,达到双赢的结果,而不是千方百计地从客户身上谋取自身的利益。

### 10.2.3　客户关系管理的内涵

对客户关系管理应用的重视来源于企业对客户长期管理的观念,这种观念认为客户是企业最重要的资产,并且企业的信息支持系统必须在给客户以信息自主权的要求下发展。成功的客户自主权将产生竞争优势并提高客户忠诚度,最终提高公司的利润率。客户关系管理的方法在注重关键要素的同时,反映出在营销体系中各种交叉功能的组合,其重点在于赢得客户。这样,营销重点从客户需求进一步转移到客户保持上并且保证企业把适当的时间、资金和管理资源直接集中在这两个关键任务上。

西方工业界不断用各种工具和方法(流程、财务、IT 和人力资源)进行产业升级。目前进展到最核心的堡垒——营销,而 CRM 就是工业发达国家对以客户为中心的营销的整体解决方案。同时,CRM 在近年的迅速流行应归功于 IT 技术的进步,特别是互联网技术的进步。如果没有以互联网为核心的技术进步的推动,CRM 的实施会遇到特别大的阻力,可以说,互联网是 CRM 的加速器,具体的应用包括数据挖掘、数据仓库、CALLcenter、基于浏览器的个性化服务系统等,这些技术随着 CRM 的应用而飞速发展。

客户关系管理的工具一般简称为 CRM 软件,实施起来有一定的风险,超过半数的企业在系统实施一段时间之后将软件束之高阁。从软件关注的重点来看,CRM 软件分为操作型和分析型两大类,当然也有两者并重的。操作型更加关注业务流程、信息记录,提供便捷的操作和人性化的界面;而分析型往往基于大量的企业日常数据,对数据进行挖掘分析,找出客户、产品、服务的特征,从而修正企业的产品策略、市场策略。从软件的技术层面来看,CRM 软件分为预置型和托管型两类。如何解决数据安全方面的担忧,是托管型 CRM 面临的最大难题;如何说服一个成熟企业将核心数据放置在企业可控制范围之外,是托管型CRM 能走多远的重点。

### 10.2.4　客户关系管理的发展

现在是一个变革的时代、创新的时代。比竞争对手领先一步,而且仅仅一步,就可能意味着成功。业务流程的重新设计为企业的管理创新提供了一个工具。在引入客户关系管理的理念和技术时,不可避免地要对企业原来的管理方式进行改变。变革、创新的思想将有利于企业员工接受变革,而业务流程重组则提供了具体的思路和方法。

在互联网时代,仅凭传统的管理思想已经不够。互联网带来的不仅是一种手段,它触发了企业组织架构、工作流程的重组,以及整个社会管理思想的变革。

(1) CRM 中的管理理念。CRM 是伴随着因特网和电子商务的大潮进入中国的。Oracle 于两年前就在中国开始了客户关系管理的市场教育和普及工作。

(2) 在 CRM 中,客户是企业的一项重要资产。在传统的管理理念及现行的财务制度中,只有厂房、设备、现金、股票、债券等是资产。随着科技的发展,开始把技术、人才视为企业的资产,对技术及人才加以百般重视。

(3) 客户关怀是 CRM 的中心。客户关怀贯穿了市场营销的所有环节。客户关怀包括客户服务(包括向客户提供产品信息和服务建议等)、产品质量(应符合有关标准、适合客户使用、保证安全可靠)、服务质量(指与企业接触的过程中客户的体验)、售后服务(包括售后的查询和投诉,以及维护和修理)。

(4) 客户关怀的目的是增强客户满意度与忠诚度。国际上一些非常有权威的研究机构经过深入的调查研究以后分别得出了这样一些结论:"把客户的满意度提高五个百分点,其结果是企业的利润增加一倍","一个非常满意的客户其购买意愿比一个满意客户高出六倍","2/3 的客户离开供应商是因为供应商对他们的关怀不够","93%的企业 CEO 认为客户关系管理是企业成功和更有竞争能力的最重要的因素"。

(5) 应用 CRM 给企业带来的好处。成功应用 CRM 系统将给企业带来可衡量的显著效益。美国独立的 IT 市场研究机构(Information Systems Marketing,ISM)持续 13 年跟踪研究应用 CRM 给企业带来的影响,通过对大量实施 CRM 企业的跟踪调查,得出了详细的、可量化的利益一览表,从而证明在 CRM 系统上的资金、时间、人力的投入是正当的。

## 10.2.5　客户关系管理的实现

(1) 销售。在采用 CRM 解决方案时,销售力量自动化(Sales Force Automation,SFA)在国外已经有了十几年的发展,并将在近几年在国内获得长足发展。SFA 是早期针对客户应用软件的出发点,但从 20 世纪 90 年代初开始,其范围已经大大地扩展,以整体的视野提供集成性的方法来管理客户关系。

(2) 营销。营销自动化模块是 CRM 的最新成果,作为对 SFA 的补充,它为营销提供了独特的能力。如营销活动(包括以网络为基础的营销活动或传统的营销活动)计划的编制和执行,计划结果的分析,清单的产生和管理,预算和预测,营销资料管理,"营销百科全书"(关于产品、定价、竞争信息等的知识库);对有需求客户的跟踪、分销和管理。营销自动化模块与 SFA 模块的不同在于它们提供的功能不同,这些功能的目标也不同。营销自动化模块不局限于提高销售人员活动的自动化程度,其目标是为营销及其相关活动的设计、执行和评估提供详细的框架。

(3) 客户服务与支持。在很多情况下,客户的保持和提高客户利润贡献度依赖于提供优质的服务。客户只需轻点鼠标或打一个电话就可以转向企业的竞争者。因此,客户服务和支持对很多公司是极为重要的。在 CRM 中,客户服务与支持主要是通过呼叫中心和互联网实现的。在满足客户的个性化要求方面,它们的速度、准确性和效率都令人满意。

(4) 计算机、电话、网络的集成。企业有许多同客户沟通的方法,如面对面的接触、电话、呼叫中心、电子邮件、互联网、通过合作伙伴进行的间接联系等。CRM 应用有必要为上述多渠道的客户沟通提供一致的数据和客户信息。客户经常根据自己的偏好和沟通渠道的方便与否,掌握沟通渠道的最终选择权。例如,有的客户或潜在的客户不喜欢那些不请自来的电子邮件,但企业偶尔打来电话却不介意。因此,对这样的客户,企业应避免向其主动发送电子邮件,而应多利用电话这种方式。

(5) 在线 CRM 是基于互联网模式、专为中小企业量身打造的在线营销管理、销售管理、完整客户生命周期管理工具,通过整合多种网络化、低成本营销手段和沟通方式,帮助企业建立与客户之间通畅的交流平台,全方位管理客户资源,多角度查询和分析客户特征、客户业绩贡献、客户获取和客户维持的成本。

# 10.3　企业管理解决方案简介[60]

## 10.3.1　企业管理解决方案起源

企业管理解决方案(Systems Applications and Products in Data Processing,SAP)是代表着最先进的管理思想和最优秀的软件设计。世界 500 强中有超过 80％的公司使用 SAP,我国许多大型国营和民营企业中 90％使用 SAP。SAP 产品阵线齐全,覆盖从大型、中型到小型企业规模的各种解决方案。它们是:①SAP 大型企业解决方案——SAP Business Suite(ERP、CRM、SRM、SCM、PLM);②SAP 中型企业解决方案——SAP Business All-in-One;③SAP 托管式 ERP 解决方案——SAP Business By Design;④SAP 小型企业解决方案——SAP Business One;⑤SAP (System Application Program);⑥ERP;⑦MRP;⑧PP (Production Planning); ⑨ SOP (Sales Operation Planning); ⑩ DM (Demand Management);⑪MPS (Master Production Schedule)。

SAP 既是公司名称,又是其产品——企业管理解决方案的软件名称。SAP 是目前全世界排名第一的 ERP 软件。而今 SAP 公司是全球最大的企业管理和协同化商务解决方案供应商、全球第三大独立软件供应商、全球领先的协同电子商务解决方案供应商。SAP 是企业管理解决方案的先驱,它可以为各种行业、不同规模的企业提供全面的解决方案。自1972 年起,其软件的有效性和可靠性已经被数十个国家的上万家用户所验证。并通过这些客户不断地推广使用。因此,SAP 在各行各业中具有广泛的就业空间。

## 10.3.2　SAP 系统构成

(1) 财务会计 FI:应收、应付、总账、合并、投资、基金、现金等。财务会计集中企业所有有关会计的资料,提供完整的文献和全面的资讯,同时作为企业实行控制和规划的最新基础。

(2) 管理会计 CO:利润及成本中心,产品成本、项目会计、获利分析等。管理会计是企业管理系统中规划与控制工具的完整体系,具有统一的报表系统,协调企业内部处理业务的内容和过程。

(3) 投资管理 IM:提供投资手段和专案,从规划到结算的综合性管理和处理,包括投资前分析和折旧模拟,以及固定资产、技术资产、投资控制等。

(4) 销售与分销 SD:销售计划、询价报价、订单管理、运输发货、发票等。销售与分销积极支援销售和分销活动,具有出色的定价、订单快速处理、按时交货,交互式多层次可变配置功能,并直接与盈利分析和生产计划模组连接。

(5) 物料管理 MM:采购、库房管理、库存管理、MRP、供应商评价等。物料管理以工作流程为导向的处理功能对所有采购处理最佳化,可自动评估供应商,透过精确的库存和仓储管理降低采购和仓储成本,并与发票核查相整合。

(6) 生产计划 PP:工厂数据、生产计划、MRP、能力计划、成本核算等。生产计划提供各种制造类型的全面处理:从重复性生产、订制生产、订装生产,加工制造、批量及订存生产直至过程生产,具有扩展 MPRⅡ 的功能。另外还可以选择连接 PDC、制程控制系统、CAD和 PDM。

(7) 品质管理 QM:质量计划、质量检测、质量控制、质量文档等。品质管理监控、输入和管理整个供应链与品质保证相关的各类处理、协调检查处理、启动校正措施,以及与实验室资讯系统整合。

(8) 工厂维护 PM:维护及检测计划、单据处理、历史数据、报告分析等。工厂维护提供对定期维护、检查、耗损维护与服务管理的规划、控制和处理,以确保各操作性系统的可用性。

(9) 人力资源管理 HR:薪资、差旅、工时、招聘、发展计划、人事成本等。人力资源管理采用涵盖所有人员管理任务和帮助简化与加速处理的整合式应用程式,为公司提供人力资源规划和管理解决方案。

(10) 专案管理 PS:项目计划、预算、能力计划、资源管理、结果分析等。专案管理协调和控制专案的各个阶段,直接与采购及控制合作,从报价、设计到批准,以及资源管理与结算。

此外,还有工作定义、流程管理、电子邮件、信息传送自动化等;与其他系统的集成;针对不同行业提供特殊应用。

## 10.3.3　SAP 产品

### 1. mySAP ERP

mySAP ERP 将可升级高效企业资源计划软件与灵活的开放技术平台相结合,该平台可充分利用 SAP 和非 SAP 系统并对两者进行集成。

### 2. mySAP 客户关系管理

mySAP 客户关系管理(mySAP CRM)是以客户为中心的电子商务解决方案。这项解决方案旨在为客户提供满意、忠诚的服务。它有助于提高竞争优势,带来更高利润。

### 3. mySAP 产品生命周期管理

mySAP 产品生命周期管理解决方案(mySAP PLM)是商务套件中的核心组件之一,它提供了贯穿整个产品和资产生命周期的协同工程、定制开发、项目管理、财务管理、质量管理等功能。

### 4. mySAP 供应商关系管理

mySAP SRM 实现了企业内及供应商之间采购和购置流程的自动化,提高了对供应链的洞察力,并且使客户能够全面地了解全球的费用支出情况。

### 5. mySAP 供应链管理

供应链已成为企业间竞争的关键领域,同时也意味着企业将面临一系列的挑战。这些促使了他们必须不断加快前进的步伐,推出个性化和可配置的产品与确信的承诺。

除了上面介绍过的几大模块，SAP 还提供了二次开发语言 ABAP（Advanced Business Application Programming）的版本 ABAP/4，用户还可以通过 SAP 内部的开发平台运用 ABAP 语言进行系统开发。其中包括 SAP 系统与外部系统的数据传输、报表的制作，以及对数据的导入、导出等。

### 10.3.4　SAP 在中国

SAP 公司早在 1995 年于北京正式成立 SAP 中国公司，并陆续建立了上海、广州、大连分公司。10 多年间，SAP 本着将国际先进的管理知识同中国实际相结合的宗旨，充分满足了中国企业追求管理变革的要求。SAP 以信息技术为核心，不断推出适应企业管理需求和符合企业行业特点的商务解决方案，并会同合作伙伴帮助中国企业进行管理改革、增强竞争力。作为中国 ERP 市场的绝对领导者，SAP 的市场份额已经达到 30%，年度业绩以 50% 以上的速度递增。

SAP 在中国拥有众多的合作伙伴，包括中国石化、IBM、HP、Sun、埃森哲、毕博、凯捷中国、德勤、源讯、汉得、高维信诚、神州数码、东软软件、汉普、新波信息科技、北京龙象信益、清华紫光，方正科技、华软新元、广东新盛通、明基逐鹿等。SAP 在众多的项目中与这些伙伴密切合作，将先进的管理理念和方法转变为切实帮助中国企业成功的现实。

自 1997 年就已开始从事软件开发的 SAP 中国研究院于 2003 年 11 月正式成立，同时升级为 SAP 全球八大研究院之一。作为 SAP 全球分支机构中发展最为迅速的机构，目前已有来自全球的 1000 余名研发人员。通过与 SAP 全球研发网络的紧密合作，SAP 中国研究院目前的工作范围覆盖了企业应用级解决方案研发流程的全部环节，并致力于为中国、亚太地区乃至全球的客户提供创新的、全面的企业应用级解决方案。目前，SAP 中国研究院的工作重点在成长型企业解决方案、SAP 最佳业务实践、Linux 应用、供应链管理及制造相关解决方案、企业战略管理解决方案、企业业务流程革新、SAP ERP 财务和 SAP ERP 人力资源管理解决方案，以及其他战略性研发项目。

## 10.4　协同商务简介[61]

### 10.4.1　协同商务的定义与内涵

协同商务（Collaborative Commerce，CC）被誉为是下一代的电子商务系统。1999 年，美国加特纳集团给出了协同商务的定义：将具有共同商业利益的合作伙伴整合起来，通过与整个商业周期中的信息进行共享，实现和满足不断增长的客户需求，同时也满足企业本身的活力能力。通过对各个合作伙伴的竞争优势的整合，共同创造和获取最大的商业价值，以及提供获利能力。

就协同商务概念而言，企业信息化系统的目的不仅是管理企业内部的资源，还需要建立一个统一的平台，将客户、供应商、代理分销商和其他合作伙伴也纳入企业信息化管理系统中，实行信息的高效共享和业务的一系列链接。"协同"有两层含义：一层含义是企业内部资源的协同，有各部门之间的业务协同、不同的业务指标和目标之间的协同，以及各种资源约束的协同,如库存、生产、销售、财务间的协同,这些都需要一些工具来进行协调和统一;另一层含义是指企业内外资源的协同,也即整个供应链的协同,如客户的需求、供应、生产、采购、交易间的协同。

协同商务的理论产生的背景原型主要来源于 20 世纪末的"虚拟企业"。虚拟企业理论主要是指将企业的各个商务处理过程进行电子化,用信息技术搭建一个全新的企业组织。这个组织不但将企业内部的资源进行有效的整合,而且实现一个跨企业的合作,实现一个动态的企业运行模式。而跨企业的运营模式也迅速在全球蔓延。随着这个观点不断推进,协同商务也就出现,具体来说,协同商务的产生主要有社会和信息技术的发展两大方面的背景。

从现在的角度看,协同商务的内涵有以下 4 个方面。

(1) 信息与知识的共享(Information and Knowledge Sharing)。这里有几个方面的内容:一是将员工或用户的信息与自身的职责、工作联系起来,与用户有关的所有信息都是关联的;另外一方面,信息不但包括协同商务本身的信息,甚至包括了 ERP 及其他系统的信息,这些信息都集成在协同商务中;再次,内容管理也必须纳入到整个系统当中,作为一个协同商务系统,其中很重要的一点是对自身产品的外部传播,例如在互联网上发布最新的企业的产品信息,建立与客户的沟通渠道,动态地维护外部网站的信息。

(2) 业务整合(Business Integration)。企业内部或是跨企业的员工为了一个共同的目标进行工作的同时,都需要借助业务的整体。例如员工在完成一个产品市场设计的同时,需要借助市场部门、客户部门甚至外部广告公司的协助,在这样的情况下,就需要对企业整个资源的整合。协同商务的整个处理过程也是企业内部业务的一个整合过程,客户根据网上的订单进行下订单,通过商务处理过程,实现客户的需求,客户也可以通过自助门户随时了解整体业务过程的处理情况。这样强化了客户联系的能力。

(3) 建立合作的空间(Business Space)。在企业运作过程中,企业的员工需要其他部门的协助,表现得通俗一点,他需要一些知识专家对他的一些问题进行一个解答或咨询的时候,他就需要借助这样一个空间或社区来进行,例如在线会议、在线额达培训课程等。另外一方面,企业的很多工作不单单是需要内部员工的协助完成,更需要外部用户的参与,例如客户的参与。员工在完成客户需求的同时需要不断地与外部客户进行一个有效的沟通。协作社区的出现也是电子商务发展的一个部分,也是协同商务的作用的体现。

(4) 商务的交易。协同商务必须可以提供安全可靠的商务交易流程,包括客户的订单管理,以及合同管理、财务交易的管理等。这些交易结果可以与内部其他系统进行一个互动,以及数据的更新。

## 10.4.2 协同商务的构成与作用

一套协同商务系统包括多个模块,每个模块有多个部件。通过整合,它们形成一个完全集成的基于 Web 的方案,包括企业信息门户、知识文档管理、客户关系管理、人力资源管理、资产管理、项目管理、财务管理、工作流程管理、供应链管理。

(1) 企业信息门户(Information Portal)将企业的所有应用和数据集成到一个信息管理平台之上,并以统一的用户界面提供给用户,使用户可以快速地获取个性化的信息。

(2) 知识文档管理模块(e-Document)在一个数据库中存储和管理各种信息和事务。

e-Document 是存储企业电子数据的基础,是知识积累和共享的平台。

(3) 客户关系管理模块(e-CRM)将客户集成到服务、销售、产品和财务等视角中来,真正获得对客户 360°的观察。

(4) 资产产品管理模块(e-Logistics)对产品、服务、价格、资产等信息进行管理,并且通过互联网及 Intrant 共享这些信息。

(5) 项目管理模块(e-Project)管理与项目相关的信息,安排项目的计划、监督实施、监控项目的资金运转。

(6) 人力资源管理模块(e-HRM)对企业的组织架构、职位构成及各个员工的相关信息进行管理和维护,对用户在系统中的角色权限和安全级别进行管理。

(7) 财务管理模块(e-Financials)录入相关的数据,并形成各种报表供管理层在线分析组织的经营状况和业绩表现。

(8) 工作流程管理模块(e-Workflow)根据企业的组织和业务流程的不同,灵活地定制所需要的工作流程,实现企业运作的规范化、透明化和高效化。

协同商务的作用有以下 7 个方面。

(1) 协同的信息管理。对于相当一部分企业来说,财务管理、人力资源管理、项目管理、客户关系管理、物流管理等各种软件已经在普遍地使用,信息化的内部要素(包括 ERP、CRM、SCM、OA、网上门户、电子支付系统和物流配送系统等)已基本建成。协同商务系统要突破现有软件将企业各数据封存在不同的数据库和应用平台上,而造成企业实际信息应用所面对的难题。它采用中央数据库管理企业信息,数据可以通过任何与其相关的应用更新或被提取。

(2) 协同的业务管理。实际工作中,企业任何一个部门或个人的工作,所影响到的因素是方方面面的。只有让这些变化的因素在系统中实时地更新并体现,才能实现真正意义上的业务协同化管理。例如销售部门的销售动作,涉及客户的回馈或订单、采购部门的采购、财务部门的应收、应付账款、人力资源部门对相应人员的绩效考核、管理层对企业整体运营的分析等。协同业务管理的目的就是需要所涉及的相关点及时地对变化的因素做出反应。

(3) 协同的资源交互共享知识和信息。企业可以根据实际情况创建自己的知识库并实现知识的创建、组织、提取和采用等一系列过程。协同商务将企业现有的知识和信息集成在一起,并且通过信息门户,根据每个用户的要求定制出个性化的信息和应用,使用户可以方便地获取相关的知识和应用。通过协同商务平台,企业内部的员工可以创建、积累和共享知识信息,而客户、供应商和外部合作伙伴也可以通过这样的平台达到知识信息创建和共享的目的。

(4) 应用的个性化。通过协同商务的企业信息门户,将企业的所有应用和数据集成到一个信息管理平台之上,并以统一的界面提供给用户,使企业可以快速地建立企业对企业和企业对内部雇员的个性化应用。协同商务向分布各处的用户提供商业信息,帮助用户管理、组织和查询与企业和部门相关的信息。内部和外部用户只需要使用浏览器就可以得到自己需要的数据、分析报表及业务决策支持信息。企业信息门户突破“信息海洋”造成的工作效率低下的情况,以友好、快捷的方式提供给访问者最感兴趣和最相关的信息。

(5) 商业智能。协同商务不仅仅是信息的载体,更是信息的分析工具。通过对数据的加工和转换,提供从基本查询、报表和智能分析的一系列工具,并以各种形象的方式展现,为企业考察运营情况、业绩表现、分析当前问题所在和未来发展趋势,展开商业策略,调整产品结构、分销渠道、工作流程和服务方式等提供决策支持。

(6) 支持企业发展和业务流程调整。企业的组织结构、人力资源构成、工作流模式会随着企业内部和外部环境的变化而变化,而协同商务系统具有良好的可扩展性和强大的自定义功能,以适应组织结构和业务流程调整的需要,而无须进行最底层的开发,大大提高了系统的灵活性和适用性。

(7) 基于 Web 的结构。协同系统基于 Web 开发,采用最流行的 B/S 结构,客户端只需安装 IE 浏览器就可以使用系统。系统使用具有易用性、维护简单、24 小时连续服务的特点。

### 10.4.3 协同商务的发展与前景

根据美国加特纳集团的研究调查,到 2005 年拥有协同商务能力的供应商和客户,与没有协同商务能力的企业竞争时将能够赢得超过八成的商机。所以协同商务对于企业未来生存和发展具有相当程度的重要性。而且电子商务交易集市(e-Market Place)的未来发展方向也将是协同商务,它通过集成采购商、供应商、后勤作业及金融服务商等整合信息,可以提高整个商业价值链的整体运作效率。目前国内的企业对于协同商务的认识还不够,目前企业的信息化建设重点还是在 ERP 与 PDM 等。但是,协同商务作为电子商务的更新一代产品有着巨大的市场。

协同商务提出的时间虽然不是很长,但是一直在迅速发展中,其管理思想也在不断地完善,主要是协同商务链与企业信息门户等两大发展方向。

(1) 协同商务链。协同商务思想的提出及相应的发展主要来源于供应链管理的思想和发展,以及信息技术的不断发展对企业能力的提升。信息技术的发展、各种企业信息管理系统的不断完善,使得企业有更多能力来实现供应链优化的思想。

(2) 信息门户。协同商务的另外一个发展重点是向企业信息门户方面发展。传统的电子商务向协同商务转变的过程中,信息门户的出现无疑使这个转变加快了进程,但是信息门户的局限性在于提供给客户一个前台的整合界面是远远不够的,因为门户就是门户,只是提供一个统一的访问入口。协同商务平台将是未来的发展方向,目前的各种应用系统如ERP/CRM/SCM 及信息门户等都会成为一个更大、更复杂的企业间系统的组成部分。

## 10.5 知识管理简介[62、63]

### 10.5.1 基本概念与发展状况

#### 1. 基本概念

知识管理(Knowledge Management,KM)是为企业实现显性知识和隐性知识共享提供新的途径。知识管理是利用集体的智慧,提高企业的应变和创新能力。知识管理包括几个方面工作:建立知识库,促进员工的知识交流,建立尊重知识的内部环境,把知识作为资产来管理。

　　知识管理在知识资产管理、学习型组织、人力资源管理和信息化4个方面进行深化和突破。知识管理是企业在面对非连续的变化所致之重大变革之际,所建立的一个包含了将资料、资讯技术与整个组织流程、企业精神等加以整合之过程及成果,其中包含了全体员工的创新力和创造力。

　　在信息时代里,知识已成为最主要的财富来源,而知识工作者就是最有生命力的资产,组织和个人的最重要任务就是对知识进行管理。知识管理将使组织和个人具有更强的竞争实力,并做出更好的决策。在2000年的里斯本欧洲理事会上,知识管理更是被上升到战略的层次:"欧洲将用更好的工作和社会凝聚力推动经济发展,在2010年成为全球最具竞争力和最具活力的知识经济实体。"

### 2. 发展状况

　　知识管理诞生于知识经济逐渐兴起、信息技术飞速发展、商业竞争日益加剧的环境中。知识管理与信息技术密不可分,它们共同构建企业BI,并成为企业核心竞争力的源泉。知识管理是信息管理的进一步发展。第一代信息化管理的是数据;第二代信息化管理的是信息;而知识管理将信息化推进到第三阶段,第三代信息化管理的对象是知识。知识管理的基本精神是将知识分享(Knowledge Sharing),透过知识的分享,促使整个企业和个人得以进步。

## 10.5.2　主要内容与主要作用

### 1. 主要内容

　　知识管理可以定义为资料收集、组织内知识的分享与共用、管理资讯系统(MIS)、流程管理及学习经验等的整合。知识管理主要应用在解决突然发生的状况及渐渐加快的趋势。知识具有4个特性,也正是由于这些特性使知识难以被管理:①惊人的可有多次利用率和不断上升的回报;②散乱、遗漏和更新需要;③不确定的价值;④不确定的利益成分。知识有4种表现形式:①知道是什么的知识(Know-What)——理解性知识;②知道为什么的知识(Know-Why)——推理性知识;③知道是谁的知识(Know-Who)——管理性知识;④知道怎样做的知识(Know-How)——技术性知识。

### 2. 主要作用

　　(1) 积累起来:①构建企业知识库,对纷杂的知识内容(方案、策划、制度等)和格式(图片、Word、Excel、PPT、PDF等)分门别类管理;②充分发动每个部门、员工,贡献自己所掌握的企业知识,积少成多,聚沙成塔;③重视企业原有知识数据,进行批量导入,纳入管理范畴;④帮助企业评估知识资产量、使用率、增长率。

　　(2) 管理起来:①创建企业知识地图,清晰了解企业知识分布状况,提供管理决策依据;②构建知识权限体系,对不同角色的员工开放不同级别的知识库,保证企业知识安全;③注重版本管理,文件资料从初稿到最后一版,均有版本记录保存并可查。

　　(3) 应用起来:①让知识查询调用更加简单,充分利用知识成果,提供工作效率,减少重复劳动;②依据知识库构建各部门、各岗位的学习培训计划,随时自我充电,成为"学习型团队"；③提供知识问答模式，将一些知识库中缺少的经验性知识从员工头脑中挖掘出来。支持异地协同，通过互联网获取知识库内容，为异地办公提供知识支持。

### 10.5.3　生命周期与实现步骤

#### 1. 生命周期

（1）获取。收集有可能形成知识的数据、信息等素材。

（2）整理。对素材进行整理加工，从而形成初步知识。

（3）审核。对初步的知识进行评估、判断、审核与完善，形成正式的、可发布的知识。

（4）发布。通过各种渠道把知识发布出去。

（5）利用。知识被其他人访问并在组织的日常运作中利用。

（6）更新。知识在使用过程中不断得以改进、补充、完善和更新。

（7）淘汰。过时的知识被逐渐淘汰。

#### 2. 实现步骤

（1）认知。认知是企业实施知识管理的第一步，主要任务是统一企业对知识管理的认知，梳理知识管理对企业管理的意义，评估企业的知识管理现状。帮助企业认识是否需要知识管理，并确定知识管理实施的正确方向。

（2）规划。知识管理的推进是一套系统工程，在充分认知企业需求的基础上，详细规划也是确保知识管理实施效果的重要环节。这个环节主要是通过对知识管理现状、知识类型的详细分析，并结合业务流程等多角度，进行知识管理规划。在规划中，切记知识管理只是过程，不能为了知识管理而进行知识管理。把知识管理充分融入企业管理之中，才能充分发挥知识管理的实施效果。

（3）试点。此阶段是第二阶段的延续和实践，按照规划选取适当的部门和流程，依照规划基础进行知识管理实践。并从短期效果来评估知识管理规划，同时结合试点中出现的问题进行修正。

（4）推广和支持。在试点阶段不断修正知识管理规划的基础上，知识管理将大规模在企业推广，以全面实现其价值。推广内容：知识管理试点部门的实践，在企业中其他部门的复制；知识管理全面地融入企业业务流程和价值链；知识管理制度初步建立；知识管理系统的全面运用；实现社区、学习型组织、头脑风暴等知识管理提升计划的全面运行，并将其制度化。

（5）制度化。制度化阶段既是知识管理项目实施的结束，又是企业知识管理的一个新开端，同时也是一个自我完善的过程。要完成这一阶段，企业必须重新定义战略，并进行组织构架及业务流程的重组，准确评估知识管理在企业中实现的价值。

## 10.6　企业信息化与现代制造[64~67]

1）制造业信息化进程

半个世纪以来，特别是近 30 年来，信息革命已经渗透至各个经济部门，迅速改变着传统产业和整个经济的面貌。计算机和通信技术的迅猛发展极大地拓展了制造业的广度和深度,产生了一批新的制造哲理和制造技术,使制造业正发生着质的飞跃。纵观制造业信息化进程,可将其分为以下几个阶段。

(1) 功能自动化阶段。20世纪70年代电子技术和计算机技术的发展为生产领域的自动控制提供了可能,使得以计算机为辅助工具的制造自动化技术成为可行,由此出现了计算机辅助设计(CAD)、计算机辅助制造(CAM)、计算机辅助工艺规划(CAPP)、物料管理计划(MRP)等自动化系统。信息集成阶段:20世纪80年代针对设计、加工和管理中存在的自动化孤岛问题,实现制造信息的共享和交换,采用计算机采集、传递、加工处理信息,形成了一系列信息集成系统,如CAD/CAPP/CAM、CAD/MRP Ⅱ、CAPP/MRP Ⅱ、CIMS。

(2) 过程优化阶段。20世纪90年代信息和通信技术在知识经济发展过程中处于中心地位,企业意识到除了信息集成这一技术外,还需要对生产过程进行优化。如用并行工程(CE)方法,在产品设计时考虑下游工作中的可制造性、可装配性等,重组设计过程,提高产品开发能力;用企业经营过程重构(BPR),将企业结构调整成适应全球制造的新模式。

(3) 敏捷化阶段。1995年以后,以互联网为代表的国际互联网,正以极快的速度在发展。互联网在改变信息传递方式的同时也改变着企业组织管理方式,使以满足全球化市场用户需求为核心的快速响应制造活动成为可能。敏捷制造(AM)、虚拟制造(VM)等新的制造模式应运而生。

2) 现代制造信息化需求

(1) 信息需求。信息革命促使了市场全球化,使现代企业呈现集团化、多元化和动态联盟的发展趋势:企业跨越不同的地域,产品涉及多个领域。这些企业需要及时了解各地分公司的生产经营状况,同一企业中不同部门、不同地区的员工之间也需要及时共享大量企业信息。企业和用户之间,以及企业与其合作伙伴之间也存在着大量的信息交流。只有了解企业信息的需求,才能有效管理组织这些信息,选择合作伙伴,实现现代化制造。企业信息涉及有关产品设计、计划、生产资源、组织等类型的数据,不仅数据量大,数据类型和结构复杂,而且数据间存在复杂的语义联系,数据载体也是多介质的。

(2) 网络服务需求。对制造业企业来说,网络应用服务的需求主要集中在以下几个方面:希望上网发布企业信息,如企业介绍、产品介绍等;能有行业性的专业网站提供行业信息、行业动态等;能在网上了解有关的政策法规,为企业活动提供依据;能在网上跟踪行业技术信息,为企业开发适合市场需求的新产品;与用户进行网上信息的交流,及时反馈用户意见,组织网上用户的培训与产品使用问题的解决等;与协作生产企业进行网上的信息交流和商务活动,提高工作效率;开展网上的商务活动,如产品销售、产品的虚拟展示等;数字化产品模型共享,建立一个虚拟三维产品的"图书馆",让各企业分享,减少巨大的重复性CAD造型工作。

3) 制造业信息化现状

(1) 信息化现状。目前我国在信息高速公路上投入了大量的建设资金,全国的信息高速公路网络已初具规模。企业的CAD、CIMS、ERP等方面的信息化建设也积累了不少经验,但信息化建设的发展也出现了不平衡。如"信息公路上的车不多",网上信息量少,内容不够丰富,不能吸引用户;上网费用还太高,不能被广大用户所接受;技术上还较为复杂,用户无法自我维护。

（2）制造业网络工程研究现状。市场的全球化使得企业之间的竞争更加激烈,出现了一系列现代生产模式和制造哲理,要求改变企业现有的组织结构,实现多种敏捷组织形式,如项目任务协同功能工作小组、虚拟集团及多种合作组织机构,建立起协同合作为主导的"竞争、合作、协同"机制。网络技术和计算机技术的发展,为制造业中海量信息的处理提供了可能,促进了敏捷企业网络化工程的组建。

4）现代制造网络工程实施建议

利用互联网、企业内部网,构建敏捷制造网络集成平台,可建立有关企业和高校、研究所、研究中心等结合成一体的敏捷制造网络体系,实现基于网络的信息资源共享和设计制造过程的集成;建立以网络为基础的,面向广大中小型企业的先进制造技术虚拟服务中心和培训中心,建立网络化制造工程,具体实施包括基于 Intranet 的制造环境内部网络化和基于互联网制造业与外界联系的网络化。

5）制造网络实现的关键技术

在信息技术的条件下,将分布于世界各地的产品、设备、人员、资金、市场等企业资源有效地集成起来,采用各种类型的合作形式,建立以网络技术为基础的、高素质员工系统为核心的敏捷制造企业运作模式,其关键技术如下。

（1）分布式网络通信技术。互联网、Intranet、Web 等网络技术的发展使异地的网络信息传输、数据访问成为可能。特别是 Web 技术的实现,可以提供一种支持成本低、用户界面友好的网络访问介质,解决制造过程中用户访问困难的问题。网络按集成分布框架体系存储数据信息,根据数据的地域分布,分别存储各地的数据备份信息,有关产品开发、设计、制造的集成信息存储在公共数据中心中,由数据中心协调统一管理,通过数据中心对各职能小组的授权实现对数据的存取。

（2）CIMS 技术。CIMS 工程项目主要包括生产计划管理、自动化制造系统技术信息管理、技术信息管理、工程数据库管理、办公自动化、决策支持、质量保证、库存管理等应用系统的开发。各应用系统间系统平台集成、数据信息交换是企业间成功实施动态联盟企业的关键技术基础。

（3）协同工作技术。在一定的时间（如产品生命周期中一个阶段）、一定的空间（如产品设计师和制造工程师并行解决问题这一集合形成的空间）内,利用计算机网络,小组成员共享知识与信息,避免潜在的不相容性引起的矛盾。同时,在并行产品开发过程中,多功能小组之间、多功能小组各专家之间由于各自的目的、背景和领域知识水平的差异必将导致冲突的产生,因此需要通过协同工作,解决各方的矛盾、冲突,最终达到一致。

（4）工作流管理。其主要特征是实现人与计算机交互时间结合过程中的自动化,主要涉及的内容是工作任务的整体处理过程、工作组成员间依据一组已定义的规则及已制定的共同目标所交换的文本文件、各种多媒体信息或任务。工作流管理系统是一个用于分布式环境中工作任务进程间的协调或协作式处理软件系统。

## 10.7　云计算与企业应用[68~70]

云计算（Cloud Computing）是基于互联网（云）的对计算机技术（计算）的最新发展和应用。它是一种动态可升级的计算模式,通过互联网向用户提供包装成服务的虚拟化资源。

这种计算模式将 IT 基础设施的建设、运营和维护与用户的业务应用系统分离开来,大幅度地提高了整个计算应用系统的可访问性、可用性、可靠性和可伸缩性,是计算模式发展的最新方向。根据 Gartner、IDC 等权威市场研究机构的调查显示,随着云计算关键问题的解决和核心方法的确定,云计算有望在未来的 20 年主导分布式应用,成为最为主要的计算模式。Gartner 认为,到 2015 年云计算产业的市场总额将高达 4000 亿美元。

随着网络的日益普及和 IT 技术的迅猛发展,网络存储和网络计算等服务也不断深入到人们生活的方方面面,改变着传统的生活方式和工作模式。目前,PC 依然是人们日常工作生活的核心工具,用它处理工作文档、存储数据、发送 E-mail、业务计算或与别人信息共享等。然而,当 PC 硬盘出现问题而无法修复时,我们将束手无策而最终丢失所有个人数据。而在未来的"云计算"时代,"云"会替我们做存储和计算的工作。只需要一台能上网的计算机或其他终端设备,不需要安装任何应用软件,不需要关心存储或计算发生在哪朵"云"上,就可以在网络上实现各种应用,也可以存储大量的数据,通过网络服务来实现需要做的一切,甚至包括超级计算这样的任务。重要的是不必担心个人的数据会丢失,因为"云"会帮我们安全保管,毫不发生差错。这样的愿景能否实现,将决定于互联网技术带来的一种新型网络计算模式——云计算。

云计算不是革命性的新发展,而是历经数十载不断演进的结果。从 20 世纪 80 年代末,开始出现应用大量系统来解决单一的科学问题,这就是网格计算的概念,而这种概念又导致向云计算的发展。到了 20 世纪 90 年代,虚拟化的概念已从虚拟服务器扩展到更高层次的抽象,首先是虚拟平台,而后又是虚拟应用程序。公用计算将集群作为虚拟平台,采用可计量的业务模型进行计算。2001 年,软件即服务(SaaS)又将虚拟化提升到了应用程序的层次,它所使用的业务模型不是按消耗的资源收费,而是根据向订户提供的应用程序的价值收费。云计算已经走进人们的日常生活,从 2007 年到 2009 年其增长速度是非常快的。包括 Google、亚马逊、微软、IBM 这些重要的大公司相继推出了云计算产品,以及 Facebook、Salesforce 这样的小公司也在用云计算。

为什么云计算拥有划时代的优势?主要原因在于它的成本。企业的 IT 开销分为 3 部分:硬件开销、能耗和管理成本。根据 IDG 的调查,全球企业 IT 开销中的硬件开销是逐年下降的。能耗成本上升得很厉害,管理成本上升最厉害。如果使用云计算,成本有很大的区别。应用云计算,Google 节省了 30 倍成本,根据 UC Berkeley 的统计数据,使用云计算技术后,特大型数据中心的网络、存储和管理成本较之中型数据中心可以降低 5～7 倍成本。另外,在美国每个州的电费都不一样,夏威夷本地没有资源,要运煤过去发电,所以价格比较贵。爱达荷州的水电比较方便,所以电价比较便宜。二者相差 7 倍。再者,资源的利用率也不同。例如一个网站,平时访问人很少,但是到圣诞节前访问量很多。网站拥有者为了应对这些突发流量,会按照峰值要求来配置服务器资源,造成这些资源的平均利用率只有 10%～15%。而云计算平台是大家共享的,资源的利用率平时都能维持在 80% 左右,这又是 5～7 倍。云计算有更低的硬件成本和更低的电价,以及更高的资源利用率,两个乘起来就是 30 倍以上的成本节省。所以,可以预见在未来 3～5 年里,传统的 IT 企业将发生翻天覆地的变化。

另一方面,自 20 世纪 90 年代以来,互联网的应用在全球范围内得到了迅猛发展,对人们的生活、工作和学习等各方面都产生了深远的影响。一方面微处理器性能得到了很大的提高,互联网基础设施不断提升,越来越多的计算设备接入到互联网中;另一方面,Web应用正成为互联网上最重要的一种应用。根据目前的统计,Web信息流量已经占到了整个互联网信息量的80%以上,而且,越来越多的应用开始采用基于Web服务器的B/S计算模式。人们通过Web获取资源、相互交流,并以全新的方式开展各种电子商务活动。尤其是云计算的出现,用户群和应用形式的迅速增加给支撑Web应用运行的Web服务器系统带来了许多具有挑战性的问题。从系统容量的角度看,应用系统的复杂化和用户群体的不断增加要求Web服务支撑运行的计算机系统具备不断增强的运算能力,系统在设计和建立之初所考虑的系统容量往往显得十分不足。如果放弃原有系统而代之以更加强大的新系统不能保护原来的投资,增加了系统的整体成本,而且这样的方法并非一种真正的解决之道。因此需要通过一定的方法和技术来支持系统容量的不断扩充。

## 10.7.1　国内外研究现状

### 1. 国外发展情况

Google在2007年10月在全球宣布了云计划,Google与IBM开展雄心勃勃的合作,要把全球多所大学纳入"云计算"中。2008年1月30日,Google宣布在中国台湾启动"云计算学术计划",将与台湾大学、交通大学等学校合作,将这种先进的大规模、快速计算技术推广到校园。2007年10月,Google与IBM开始在美国大学校园,包括卡内基美隆大学、麻省理工学院、斯坦佛大学、加州大学柏克莱分校及马里兰大学等,推广云计算的计划,这项计划希望能降低分布式计算技术在学术研究方面的成本,并为这些大学提供相关的软硬件设备及技术支援(包括数百台个人计算机及BladeCenter与System x服务器,这些计算平台将提供1600个处理器,支援包括Linux、Xen、Hadoop等开放原始码平台)。而学生则可以透过网络开发各项以大规模计算为基础的研究计划。

IBM于2007年8月高调推出"蓝云(Blue Cloud)"计划,这一计划已经在我国上海推出。IBM的Willy Chiu透露,"云计算将是IBM接下来的一个重点业务。"这也是IBM扩张自身领地的绝佳机会,IBM具有发展云计算业务的一切有利因素:应用服务器、存储、管理软件、中间件等。因此IBM自然不会放过这样一个成名机会,即提出了"蓝云计划"。Google和IBM的合作则颇具互补效应。两家公司正试图将各自的技术进行融合,IBM熟谙企业级计算机的运行之道,而Google悉知大流量数据传输和高速网路链接的不二法门——两家公司联手有望创造出重大成就。IBM公司CEO塞缪尔·帕米萨诺开玩笑地把这个项目形容为Google年轻工程师与IBM"胖老头儿"的绝妙拍档。Forrester Research分析师阿德利安称,云计算编程技术将成为基准的下一代计算机编程结构,IBM想捷足先登以抢占制高点,这正好可以利用Google的网络优势。

2008年8月1日,IBM宣布将斥资3.6亿美元在美国北卡罗来纳州建立云计算数据中心。IBM将该数据中心称为史上最复杂的数据中心。IBM同时还将在东京建立一所新的机构,帮助用户使用云计算基础设施。新的数据中心将位于北卡三角科技园的一栋现有建筑中。IBM将使用服务器虚拟化技术及其他新机制,从而使该数据中心的能源利用效率比业内平均水平高50%,每年的二氧化碳排放量减少31 799吨。该数据中心占地6万平方英尺,在2009年下半年投入运营。IBM表示:"使用该数据中心的用户能够获得空前的互联网计算能力,并获得业内领先的成本和环保优势。"云计算是当前 IT 领域的热门概念。IBM 周五宣布的举措是 Blue Cloud 云计算计划的一部分。IBM 位于东京的机构将不是数据中心。IBM 在东京的专家将为大企业、大学和政府提供云计算咨询,帮助他们利用云计算设施,设计云计算应用,以及向他们的用户提供基于云计算的服务。

微软公司正在秘密开发完全脱离桌面的互联网操作系统 Midori,取代已经有 20 多年历史的 Windows 操作系统,目的是为了大规模应用云计算技术。微软的优势也显而易见,全世界有数以亿计的 Windows 用户,微软所要做的就是将这些用户通过互联网更紧密地连接起来,并通过 Windows Live 向他们提供云计算服务。微软正在创造这样一种用户体验,即从一般的设备存储转移到任何时间都可以存储的模式,其目的很明显,就是在互联网战略上同 Google 平起平坐。

亚马逊(Amazon)于 2007 年向开发者开放了名为"弹性计算机云"的服务,让小软件公司可以按需购买亚马逊数据中心的处理能力。2007 年 11 月,雅虎也将一个小规模的服务器群,即"云",开放给卡内基-梅隆大学的研究人员。惠普、英特尔和雅虎三家公司联合创立一系列数据中心,目的同样是推广云计算技术。

CherryPal PC 就是一种使用亚马逊提供的云计算服务的 PC。该机型支持硬件加密,可以提供到云服务的安全连接。使用云服务的 CherryPal PC 装备有飞思卡尔 MPC 5121e MobileGT 移动处理器(频率 400MHz),256MB 内存。因为大部分工作都是交给云计算来完成,所以基本上很难接触到机身集成的 Linux 操作系统,一切都是从该机器运行的 Firefox 开始的。CherryPal PC 拥有 4GB NAND 闪存,802.11g 无线网卡,两个 USB 接口,以及 10/100 以太网卡,VGA 输出和耳机插口。虽然闪存容量并不高,不过用户基本上用不到它。因为每一个使用云服务的用户在服务器上拥有 50GB 的存储空间,并可以升级。据悉该机型的操作系统为基于 Debian 的 Linux 系统修改而来,所支持的应用程序包括 iTunes、OpenOffice、媒体播放器、聊天程序,其他程序也在不断扩展中。Cherrypal 创始人兼首席执行官 Max Seybold 说,CherryPal 是一个为发展中国家的学校、青少年准备的计算机,该 PC 可以听音乐、上网等。现在 CherryPal PC 已经正式公布,上市的价格为 249 美元。Sun 公司的"黑盒子"计划已经进入了发售阶段,而大部分竞争对手的相关服务则依然在酝酿当中。

### 2. 我国的云计算

目前,国外对云计算关键问题和核心方法的研究如火如荼,取得了不少科研成果,并在此基础上初步产生了云计算产品、服务,初步形成了云计算产业链。相对于此,我国在云计算领域的科研还处在启蒙和摸索的阶段,尚未能解决云计算的关键问题和掌握云计算的核心方法,也就无法产生相应的产品、服务和形成云计算产业。

2008 年 3 月 17 日,Google 全球 CEO 埃里克·斯密特(Eric Schmidt)在北京访问期间,宣布在中国大陆推出"云计算"计划。在中国的"云计算"计划中,清华大学是第一家参与合作的高校。它将与 Google 合作开设"大规模数据处理"课程。其中,Google 提供课程资料给清华大学整理加工,提供实验设备,并协助学校在现有的运算资源上构建"云计算"实验环境。合作于 2008 年 3 月底开始。未来 Google 将把课程向其他学校推广。2008 年初,IBM 与无锡市政府合作建立了无锡软件园云计算中心,开始了云计算在中国的商业应用。2008

年7月份瑞星推出了"云安全"计划。这说明，越来越多的IT供应商将中国作为云计算业务发展的热点区域，云计算业务在中国市场具有巨大的发展潜力。

## 10.7.2　云计算的类型

云计算按照服务类型大致可以分为3类：将基础设施作为服务IaaS、将平台作为服务PaaS和将软件作为服务SaaS，如图10.1所示。IaaS将硬件设备等基础资源封装成服务供用户使用，如Amazon云计算AWS(Amazon Web Services)的弹性计算云EC2和简单存储服务S3。在IaaS环境中，用户相当于在使用裸机和磁盘，既可以让它运行Windows，也可以让它运行Linux，因而几乎可以做任何想做的事情，但用户必须考虑如何才能让多台机器协同工作起来。AWS提供了在节点之间互通消息的接口简单队列服务(Simple Queue Service, SQS)。IaaS的最大优势在于它允许用户动态申请或释放节点，按使用量计费。运行IaaS的服务器规模达到几十万台之多，用户因而可以认为能够申请的资源几乎是无限的。而IaaS是由公众共享的，因而具有更高的资源使用效率。

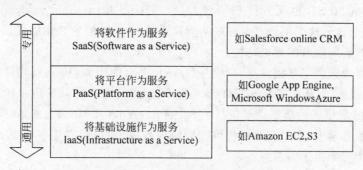

图10.1　云计算服务层次模型

PaaS对资源的抽象层次更进一层，它提供用户应用程序的运行环境，典型的如Google App Engine。微软的云计算操作系统Microsoft Windows Azure也可大致归入这一类。PaaS自身负责资源的动态扩展和容错管理，用户应用程序不必过多考虑节点间的配合问题。但与此同时，用户的自主权降低，必须使用特定的编程环境并遵照特定的编程模型。这有点像在高性能集群计算机里进行MPI编程，只适用于解决某些特定的计算问题。例如，Google App Engine只允许使用Python和Java语言、基于称为Django的Web应用框架、调用Google App Engine SDK来开发在线应用服务。

SaaS的针对性更强，它将某些特定应用软件功能封装成服务，如Salesforce公司提供的在线客户关系管理CRM服务。SaaS既不像PaaS一样提供计算或存储资源类型的服务，也不像IaaS一样提供运行用户自定义应用程序的环境，它只提供某些专门用途的服务供应用调用。

需要指出的是，随着云计算的深化发展，不同云计算解决方案之间相互渗透融合，同一种产品往往横跨两种以上类型，如表10.1所示。例如，Amazon Web Services是以PaaS起家的，但新提供的弹性MapReduce服务模仿了Google的MapReduce，简单数据库服务SimpleDB模仿了Google的BigTable，这二者属于PaaS的范畴，而它新提供的电子商务服务FPE和DevPay及网站访问统计服务Alexa Web服务，则属于SaaS的范畴。

**表 10.1 云计算服务类型和代表性产品**

| 服 务 类 型 | 代表性产品 | 备 注 |
|---|---|---|
| IaaS(Infrastructure as a Service) | Amazon EC2,S3 | 提供虚拟 CPU,内存 |
| PaaS(Platform as a Service) | Google App Engine, Microsoft WindowsAzure | 提供应用服务器 |
| SaaS(Software as a Service) | Windows Live, Google Docs, Zoho Office,百汇写写,百汇格格,百汇秀秀,Salesfore.com | 提供现成软件 |

## 10.7.3 云计算的特点

云计算这个术语自 2007 年以来成为计算机科研领域和 IT 业界的新贵,其核心是一种新的基于互联网的计算模式,这种模式既包括系统的设计开发时,也涵盖系统的运行时。在这种模式中虚拟化了的动态可伸缩的各种计算资源通过互联网交付给用户,用户无须了解资源本身的构成、状态,也无须维护资源。(引用 wiki http://en. wikipedia. org/ wiki/ Cloud_computing。)云这个用语是对互联网世界里的一个比喻,它表示隐藏了通过互联网交付的资源服务背后所隐藏的复杂结构。

云计算的概念组合了基础设施,即服务(IaaS)、平台即服务(PaaS)、软件即服务(SaaS)和 Web 2.0 的理念,以及一些 2007 年以来互联网上能最大限度满足用户计算需要的最新技术主题。SaaS 提供者的典型例子包括了 Salesforce. com 和 Google Apps 等,它们的软件和数据存储在服务器上,通过互联网提供商业应用程序,用户只需用一个 Web 浏览器就可以使用这些应用程序提供的服务。

云计算的定义有着狭义和广义之分。狭义的云计算指的是厂商通过分布式计算和虚拟化技术搭建数据中心或超级计算机,以免费或按需租用方式向技术开发者或者企业客户提供数据存储、分析及科学计算等服务,如亚马逊数据仓库出租生意、微软的 SSDS 等。广义的云计算则指厂商通过建立网络服务器集群,向各种不同类型的客户提供在线软件服务、硬件租借、数据存储、计算分析等不同类型的服务。显然,广义的云计算包括了更多的厂商和服务类型,例如以八百客、沃利森为主开发的在线 CRM 软件,国内用友、金蝶等老牌管理软件厂商也推出的在线财务软件,谷歌发布的 Google 应用程序套装等,都可纳入这一范畴。

云计算具有以下特点。

(1)超大规模。"云"具有相当的规模,Google 云计算已经拥有 100 多万台服务器,Amazon、IBM、微软、Yahoo 等的"云"均拥有几十万台服务器。企业私有云一般拥有数百或上千台服务器。"云"能赋予用户前所未有的计算能力。

(2)虚拟化。云计算支持用户在任意位置、使用各种终端获取应用服务。所请求的资源来自"云",而不是固定的有形的实体。应用在"云"中某处运行,但实际上用户无须了解、也不用担心应用运行的具体位置。只需要一台笔记本电脑或者一部手机,就可以通过网络服务来实现人们需要的一切,甚至包括超级计算这样的任务。

(3)高可靠性。"云"使用了数据多副本容错、计算节点同构可互换等措施来保障服务的高可靠性,使用云计算比使用本地计算机可靠。

(4)通用性。云计算不针对特定的应用,在"云"的支撑下可以构造出千变万化的应用,同一个"云"可以同时支撑不同的应用运行。

(5) 高可扩展性。"云"的规模可以动态伸缩,满足应用和用户规模增长的需要。

(6) 按需服务。"云"是一个庞大的资源池,按需购买;云可以像自来水、电、煤气那样计费。

(7) 极其廉价。由于"云"的特殊容错措施,可以采用极其廉价的节点来构成云,"云"的自动化集中式管理使大量企业无须负担日益高昂的数据中心管理成本,"云"的通用性使资源的利用率较之传统系统大幅提升,因此用户可以充分享受"云"的低成本优势,经常只要花费几百美元、几天时间就能完成以前需要数万美元、数月时间才能完成的任务。

这里有一个例子能够很好地说明云计算对于企业应用的巨大优势。2008 年纽约时报需要尽快将其以 TIFF 图片格式存储的 1100 万篇从 1851 年到 1922 年的老报纸转换成为PDF 格式的文档。如果仅仅是使用纽约时报自己的信息系统,需要的转换时间大概是 2年;如果新增处理系统,投资巨大而且时间也不允许。最后,纽约时报在专家的建议和协助下采用了云计算模型,租用亚马逊的 EC2 计算服务,通过使用 100 个 EC2 虚拟服务器,在不到 36 小时的时间就完成了这一任务,开支不过几百美元。

近来,产业界对于云计算的关注程度越来越大,并且尝试部署在云计算之上的应用也急剧上升。云计算已经成为计算模式的最新发展方向。据 Gartner 公司预测,在未来的 20 年当中,云计算都会是计算模式的主要模型。云计算对于各种计算机应用的好处是不言而喻的。

## 10.7.4 基于云计算的企业应用

云计算与企业应用的关系十分密切,云计算模式是未来企业应用的主要模式。该领域研究范围十分广泛,其核心在于如何利用云计算提供的廉价、稳定、高效的计算能力解决企业应用在设计开发时和运营时的具体问题。这里的关键问题包括软件工程中的软件全生命周期管理问题。

### 1. 企业应用的软件全生命周期特点

软件生命周期是软件的产生直到消亡的生命周期,周期内有问题定义、可行性分析、总体描述、系统设计、编码、调试和测试、验收与运行、维护到消亡等阶段。企业应用的生命周期因自身的复杂性对软件生命周期的管理有了更高的要求。

企业应用常常是采用分布式的体系结构,对于运行环境依赖较大,较之其一般的应用更加消耗 CPU 时间、内存、外存、数据库连接、事务、网络带宽、套接字连接等计算资源。企业应用的复杂性使得系统本身的需求分析、架构设计、开发测试乃至部署维护变得十分复杂和易于出错。众多的企业应用开发商纷纷采用先进的软件工程手段来保障系统的开发和维护,保障软件和应用的质量。这就使得现代的企业应用从其生命周期来说,是完全依赖于各种先进的软件工程方法学和相应工具支持的。故而,如何将企业协同应用的生命周期与软件工程方法学及其相应最佳实践和工具紧密结合起来,成为企业协同应用开发商们共同关心的问题。

**2. 基于云计算的企业应用全生命周期管理**

互联网环境下,云计算能提供廉价、稳定和高效的计算能力,企业对于云计算的关注程度越来越高,因此,研究基于云计算的企业应用开发的特点,通过云计算技术为企业协同软件和协同应用提供一个简捷、透明、高效、安全、按需伸缩的应用全生命周期管理和运行平台,体现了云计算"平台即服务"的思想,有极其光明的市场前景。基于云计算的企业应用全生命周期管理有如下优点。

(1) 简捷:有别于传统企业应用需求分析、设计开发、测试部署、维护升级的烦琐步骤和复杂流程,互联网环境下基于云计算的企业应用平台从以往的软件工程实践中抽取出一系列的最佳实践,在 IaaS 的基础上进行封装,提供简单、便捷的软件和应用全生命周期管理。

(2) 透明:企业应用的配置和运行时管理对于大型企业和企业生态圈是必不可少和至关重要的,然而传统 Case By Case 的管理方法和手段既易于出差错,又不利于最佳实践的发现和推广,还给企业的运营带来不小的负担。互联网环境下基于云计算的企业应用平台在这个问题上将为其上的企业应用提供可共享的配置和管理脚本,让最佳实践突破企业组织边界,轻松、安全地为所有授权用户共享,从而实现配置和运行时管理的透明化。

(3) 高效:企业应用的效率既取决于企业应用的软件质量,也就是架构设计和代码实现,同时也取决于应用运行平台的效率。互联网环境下基于云计算的企业应用平台一方面通过软件全生命周期的管理,推广架构设计的和代码实现的最佳实践,通过质量控制和质量保障来确保企业应用的软件质量;另一方面在运行时基于 IaaS 提供一个高可靠、高效率、安全的运行环境。

(4) 安全:安全是所有企业应用的核心需求,互联网环境下基于云计算的企业应用平台将实施贯穿软件全生命周期的安全策略,通过软件工程的手段控制软件错误和缺陷的产生,并在运行时通过虚拟化、模糊化、全局身份认证、授权管理等手段全方位地保障企业应用的安全。

(5) 按需伸缩:伸缩性是企业协同应用中的一个技术难点,在云计算技术出现之前,这一问题一直都未得到很好的解决。对于那些处于快速成长期的企业来说,这一点尤为突出,协同系统的服务能力成为企业发展的瓶颈,严重制约了企业的快速成长。云计算为这一难题提供了低成本、高效率的解决方案,使得协同系统的伸缩性不再是企业发展和扩张的瓶颈,真正实现了按需伸缩的企业计算模式。

# 10.8　物联网[71]

## 10.8.1　物联网的定义与历史

1999 年提出物联网(Internet of Things)这个概念时,当时叫传感网。物联网的定义是:通过射频识别(RFID)、红外感应器、全球定位系统、激光扫描器等信息传感设备,按约定的协议,把任何物品与互联网相连接,进行信息交换和通信,以实现智能化识别、定位、跟踪、监控和管理。"物联网概念"是在"互联网概念"的基础上,将其用户端扩展到任何物品与物品之间,进行信息交换和通信的一种网络概念。"中国式"物联网定义指的是将无处不在的末端设备和设施,包括具备"内在智能"的传感器、移动终端、工业系统、楼控系统、家庭智能设施、视频监控系统等,和"外在使能"的,如贴上 RFID 的各种资产、携带无线终端的个人与车辆等"智能化物件或动物",通过各种无线和/或有线的长距离和/或短距离通信网络实现互联互通、应用大集成,以及基于云计算的 SaaS 营运等模式,在内网、专网和/或互联网(Internet)环境下,采用适当的信息安全保障机制,提供安全可控乃至个性化的实时在线监测、定位追溯、报警联动、调度指挥、预案管理、远程控制、安全防范、远程维保、在线升级、统计报表、决策支持、领导桌面(集中展示的 Cockpit Dashboard)等管理和服务功能,实现对"万物"的"高效、节能、安全、环保"的"管、控、营"一体化。

在物联网中,物品能够彼此进行"交流",而无需人的干预。其实质是利用 RFID 技术,通过计算机互联网实现物品的自动识别和信息的互联与共享。物联网概念的问世,打破了之前的传统思维。过去的思路一直是将物理基础设施和 IT 基础设施分开,一方面是机场、公路、建筑物,另一方面是数据中心、个人电脑、宽带等。而在物联网时代,钢筋混凝土、电缆将与芯片、宽带整合为统一的基础设施。在这个意义上,基础设施更像是一块新的地球。故也有业内人士认为物联网与智能电网均是智慧地球的有机构成部分。

这几年推行的智能家居其实就是把家中的电器通过网络控制起来。可以想见,物联网发展到一定阶段,家中的电器可以和外网连接起来,通过传感器传达电器的信号。厂家在厂里就可以知道你家中电器的使用情况,也许在你之前就知道你家电器的故障。

一般来讲,物联网的开展步骤主要如下:

(1)对物体属性进行标识,属性包括静态和动态的属性,静态属性可以直接存储在标签中,动态属性需要先由传感器实时探测。

(2)需要识别设备完成对物体属性的读取,并将信息转换为适合网络传输的数据格式。

(3)将物体的信息通过网络传输到信息处理中心(处理中心可能是分布式的,如家里的电脑或者手机,也可能是集中式的,如中国移动的 IDC),由处理中心完成物体通信的相关计算。

## 10.8.2　物联网与互联网

物联网是一种事物,因此,物联网和互联网概念的关系也是相互依存的关系。物联网概念离开了互联网,物联网概念就是无本之木,无源之水;有物联网必然在人们头脑中形成与之相对应的互联网概念,不会有只有物联网,而没有互联网概念的情况出现。这就是物联网和互联网概念的辩证关系。物联网概念也是一种科学概念。因此,它也可以作为某一认识阶段上科学知识和科学研究的结果、总结而存在。正如前面定义所述,物联网概念是在互联网概念的基础上,将其用户端延伸和扩展到任何物品与任何物品之间,进行信息交换和通信的一种网络概念。它也是互联网知识和研究的结果和总结。

## 10.8.3　物联网应用案例

物联网已经在很多领域有运用,只是并没有形成大规模运用。常见的运用案例有:(1)物联网传感器产品已率先在上海浦东国际机场防入侵系统中得到应用。机场防入侵系统铺设了 3 万多个传感节点,覆盖了地面、栅栏和低空探测,可以防止人员的翻越、偷渡、恐怖袭击等攻击性入侵。而就在不久之前,上海世博会也与无锡传感网中心签下订单,购买防入侵微纳传感网 1500 万元产品。(2)ZigBee 路灯控制系统点亮济南园博园。ZigBee 无线路灯照明节能环保技术的应用是此次园博园中的一大亮点。园区所有的功能性照明都采用了 ZigBee 无线技术达成的无线路灯控制。(3)智能交通系统(ITS)是利用现代信息技术为核心,利用先进的通信、计算机、自动控制、传感器技术,实现对交通的实时控制与指挥管理。交通信息采集被认为是 ITS 的关键子系统,是发展 ITS 的基础,成为交通智能化的前提。无论是交通控制还是交通违章管理系统,都涉及交通动态信息的采集,交通动态信息采集也就成为交通智能化的首要任务。

## 习题 10

1. 简述供应链管理和协同商务的主要内容、相互区别及应用。
2. 简述客户关系管理和 SAP 的各自特点、目的及其应用。
3. 简述知识管理和物联网的主要内容、目标和目的。
4. 简述企业信息化与现代制造间的内在关联和实施。
5. 简述"云计算"与企业信息间的相互关联和应用。

# 参 考 文 献

[1]   赵守香,王雯.企业信息化[M].北京:清华大学出版社,2008.

[2]   唐晓波,企业资源计划[M].武汉:武汉大学出版社,2009.

[3]   张真继,邵丽萍.企业资源计划[M].北京:电子工业出版社,2009.

[4]   汪国章,桂海进.ERP 原理实施与案例[M].北京:电子工业出版社,2003.

[5]   王东迪.ERP 开发示例详解之制造篇——Eastling ERP[M].北京:人民邮电出版社,2004.

[6]   张后启.企业如何走上 ERP 成功之路.汉普管理咨询有限公司.

[7]   吕文清.ERP 制造与财务管理[M].广州:广东经济出版社,2003.

[8]   冼进.ERP 系统的研发及应用[D].华南理工大学硕士论文,2004.

[9]   刘志明.ERP 技术及在我国的发展.中国 ERP 知识库,2004.

[10]  商业智能.百度百科 http://baike.baidu.com/view/21020.htm? fr=ala0_1.

[11]  电子商务.百度百科 http://baike.baidu.com/view/757.htm? fr=ala0_1_1.

[12]  信息安全.百度百科 http://baike.baidu.com/view/17249.htm? fr=ala0_1_1.

[13]  朱永庚.人力资源管理[M].天津:天津大学出版社,2009.

[14]  陈维政,等.人力资源管理.第二版[M].北京:高等教育出版社,2006.

[15]  宋玉卿,等.采购管理[M].北京:中国物资出版社,2009.

[16]  万晓,左莉,李卫.销售管理[M].北京:清华大学出版社,2009.

[17]  坦纳,等.销售管理[M].陶向南译.北京:中国人民大学出版社,2010.

[18]  胡志勇.财务管理[M].北京:北京理工大学出版社,2009.

[19]  陈昌龙.财务管理[M].北京:清华大学出版社,2010.

[20]  Jiawei Han,Micheline Kamber.数据挖掘概念与技术[M].第二版.范明,孟小峰译.北京:机械工业出版社,2007.

[21]  张伟,杨炳儒,钱榕.多关系频繁模式发现研究[J].计算机科学,2007.

[22]  郑之开,张广凡,邵惠鹤.数据采掘与知识发现:回顾和展望[J].信息与控制,1999.

[23]  黄绍君,杨炳儒,谢永红.知识发现及其应用研究回顾.计算机应用研究,2001.

[24]  汤宇松,刘相峰,黄亚楼,等.数据挖掘系统设计[J].系统工程理论与实践,2000(9).

[25]  Peng-Ning Tan,Michael Steinbach,Vipin Kumar.数据挖掘导论[M].范明,范宏建,等译.北京:人民邮电出版社,2007.

[26]  Agrawal R,Imielinski T,Swami A. Mining Association Rules between Sets of Items in Large Databases[C],Proceedings of ACM SIGMOD International Conference on Management of Data,Washington DC,199312072216.

[27]  何俊,等.数据挖掘及其在银行业的应用[J].华南金融电脑,2002(06).

[28]  罗可,贺才望.基于 Apriori 算法改进的关联规则提取算法[J].计算机与数字工程,2006.

[29]  肖治国.RIA 技术特性与发展趋势[N].长春大学学报,2008(12).

[30]  Jeff Tapper,Michael Labriola,Matthew Boles,James Talbot.Flex3 权威指南[M].杨博,杜昱宏,等译.北京:人民邮电出版社,2009.

[31]  Geert Van de Putte,et al. Using Web Services for Business Integration. IBM Red books,2004.

[32]  韩立巧,张传生.基于 SOAP 技术构建 Web 服务的研究[J].计算机程序,2003(06).

[33]  SOAP Version 1.2. http://www.w3.org/TR/soap12-part1/,2003.

[34]  W3C. WSDL 2.0 [EB/OL],http://www.w3.org/2002/ws/desc/,2002.

[35]　邱彦林.Flex_越走越宽的 RIA 之路[J].程序员,2009(04).

[36]　史雯娟.基于 Flex 的 RIA 开发[J].福建电脑,2008(01).

[37]　黄曦.Flex 3.0 RIA 开发详解:基于 ActionScript 3.0 实现[M].北京:电子工业出版社,2008.

[38]　柳刚,吴德萍.一种富 Internet 应用程序(RIA)的实现[J].计算机时代,2008(11).

[39]　王非.富互联网应用中框架技术实现 Web 信息系统[J].程序员,2008(10).

[40]　周爱民.AJAX、RIA 与 RWC:Web 的战局[J].程序员,2009(04).

[41]　指纹识别.百度百科 http://baike.baidu.com/view/7245.htm.

[42]　几种主要的识别技术.上海科技在线学习 http://www.stcsm.gov.cn/learning/lesson/shengwu/20050117/lesson-2.asp.

[43]　田捷、杨鑫.生物特征识别技术理论与应用[M].北京:电子工业出版社,2005.

[44]　http://202.38.232.17/~CDDBN/Y486768/PDF/INDEX.HTM.

[45]　http://blog.csdn.net/liuchanghe/archive/2006/08/22/1105599.aspx.

[46]　雷明.计算机网站指纹认证系统设计[J].微机发展,2001.

[47]　毛幼菊,陆音.基于指纹识别和数字认证的网络商务系统[J].计算机工程,2003.

[48]　程世勋,李东,何新华.基于电子商务 Web 应用的 SSL VPN 研究[J].网络通信与安全,2006.

[49]　张世辉.基于生物特征的身份认证系统[D].华南理工大学硕士论文,2003.

[50]　蒋巧文,潘孟春.利用中心点信息的活体指纹分类算法[J].电子技术应用,2004.

[51]　 杨若冰.指纹识别产业链分析.中国电子标签网 http://www.chinarfid.com.cn/JSZL/20061811476702.htm.

[52]　简敬元.基于 TCP/IP 协议的网络指纹识别系统设计[J].学位论文,2004.

[53]　付启重.指纹信息处理及在网络身份认证中的应用研究[J].硕士论文,2002.

[54]　王猛.基于指纹特征作为数字水印的身份认证[J].硕士学位论文,2006.

[55]　http://www.chinarfid.com.cn/JSZL/20061811476702.htm.

[56]　周艳军.供应链管理[M].上海:上海交通大学出版社,2008.

[57]　王广宇.客户关系管理[M].北京:清华大学出版社,2010.

[58]　余力,吴丽花,等.客户关系管理[M].北京:中国人民大学出版社,2009.

[59]　(美)William G.Zikmund.客户关系管理——营销战略与信息技术的整合[M].北京:中国人民大学出版社,2005.

[60]　SAP 系统.百度百科 http://baike.baidu.com/view/8784.htm.

[61]　上海市企业信息化促进中心.协同商务[M].上海:上海科学技术出版社,2010.

[62]　Managing Knowledge to Fuel Growth.知识管理——推动企业成长的加油站[M].陈儒,程明译.北京:商务印书馆,2009.

[63]　左美云.知识转移与企业信息化[M].北京:科学出版社,2006.

[64]　张淑慧,刘士军,张磊,林杰.网络化制造平台发展现状与技术趋势分析[J].计算机工程与应用,2006(05).

[65]　成经平.网络化制造及其关键技术研究[J].轻工机械,2005(03).

[66]　郑姝.网络化制造及其关键技术[J].轻工机械,2008(01).

[67]　美国卓越制造协会.绿色制造[M].赵道致,纪方译.北京:人民邮电出版社,2010.

[68]　江晓庆,杨磊,何斌斌.未来新型计算模式——云计算[J].计算机与数字工程,2009(10).

[69]　Amazon. Amazon elastic compute cloud (Amazon EC2) . 2009. http://aws.amazon.Com/ec2/.

[70]　Ivy:A. Muthitacharoen, R. Morris, T. Gil, and B. Chen, "Ivy: A Read/write Peer-to-peer File System" in Proc. of the Symposium on Operating SystemsDesign and Implementation (OSDI),2002.

[71]　物联网.百度百科 http://baike.baidu.com/view/1136308.htm.